新时期嘉定作家群
文学丛书

U0880160

花半

龚静——著

文匯出版社

水墨《花半也好》 龚静 / 作

新时期嘉定作家群文学丛书序

孙甘露

此次由文汇出版社出版的这套丛书，是在2010年，由上海文化出版社出版的《新时期嘉定作家群——资料卷、作品卷》的基础上，为进一步全面深入地回顾新时期以来嘉定作家的文学创作成就，以作家个人作品或作品集的形式，梳理展示嘉定作家在文学创作上的探索和贡献。同时，也令我们深思嘉定这一具有深厚的历史文化底蕴的古城如何在今日延续文脉，养育了风格如此多样的作家，他们的作品透露出对时代和生活的细致观察，叙事沉着从容，不为喧嚣的潮流所动，而角度和笔触又是迥异多姿。

此次收录文丛的殷慧芬、张旻、楼耀福、龚静、须兰、许佳、戴达、魏滨海、戴臻、陆棣、赖云青、赵春华、陶继明、葛秋栋、王威尔等十五位作家的作品，涉及了小说、散文、儿童文学等诸多领域，作家的年龄和创作经历也伴随着新中国的发展而来，他们的作品既表现了当代中国日常生活的巨大变化，也反映出时代变迁下不同阶层、不同领域的人群的内心生活的细微演化；同时，在不同时期和各自领域文学创作的流变中保持了敏锐的观察和高度的警惕，不为时俗所迷惑，又新意迭出，触动人心。深厚的生活积累和对文学历史的深入研究使这些作品周正、持重、谦逊而意蕴绵长。

对这些作家、作品的研读和品鉴，应该更多地着眼于上海文学乃至中国当代文学的视野中，更应该仔细地探寻滋养他们的嘉定的历史、文化、地理的特质和氛围。在某种意义上，特殊的地理位置，也使他们获得了有效的距离和冷静的观察，这种文学上的大城小镇正是孕育史上无数重要作家、催生重要作品的得天独厚的土壤。

正如许多专家、学者一再提及的，嘉定作为人文荟萃的名城，产生过钱大昕、陆俨少等著名的学者、艺术家、教育家等，我们深信，随着时间的推移，文丛所收录的嘉定作家的写作，会在历史的眼光中被不断地再发现、再阐发，也为后来者接续传统树立有益的典范。

2019 年 5 月 19 日

自序：花半也好

2018年夏天的时候我画了一幅国画小品，两三张大小不一的荷叶，一朵半开的荷花，再加瞬间逗留在荷茎上的一翅红蜻蜓，除去荷花花瓣的少许粉红，蜻蜓细小的身体那一撇红，余皆浓淡水墨。想了想，写了四个字权作画名：花半也好。

这一天是我的生日，画一幅小品算作自己给自己的礼物吧，似乎也含有一点点自我的期许和安慰。夏日荷花，似乎应该画一朵正当绽放盛开的，何其香溢纸面，可是，我似乎自足于一朵花的慢慢开启，好像“花之生”，蓓蕾、渐开、绽放、凋谢，接着又一个轮回，渐开的样子也许并不惊艳，却是花之生中饱满的状态，期待，使之本身也成为一个期待。当然，盛开自然是美的，诱人的，每一朵“花半”应该都期待着“花盛”吧。但也许有的花一生都无法绽放，或者半途凋零也是可能的，可是终究还是花半过，也是一朵花的花痕。当然亦然生命的力量。而倘若，花半着，并渐渐全然地芬芳，就算终有萎谢，渐渐地全然，自然是花之美满。可是，我还是愿意画一笔半开的花，也许不那么起眼，可是，它慢慢地感受着花之生，并在花半的时候做一朵好看的半花。

好比自己从上世纪80年代大学时代就开始的阅读和写作，时光流转，至今已然很多很多年，也写了一些作品，出版了一些书，可是依然是渐渐前行的状态，依然感觉每一篇作品的写作都是一次新的开始。生命有时，写作有时，不会圆满，与花半倒是相似。

《花半》凡三部分。第一部分名为“心象”，所收入的文章皆近几年来的一些杂感随想，无论从一个字眼入手，还是某些现象着眼，这些杂感可谓目之所观，心之所思，文之所系，以感知和思维和文字勾连起各种现象，故名“心象”，都是之前没有收入过集子的。

第二部分为“行色”，选自多年来创作的一些非虚构文本，主题涉及城市人文，人事情境交融。“行色”是我写于2012年的一篇文章题目，写的是上世纪90年代沪上之所见所观所思，有着那个年代特有的气息。文章最后一段我这样写道：“流行的物事一波又一波地开始，涌动，过去，好像不能停止，资本如何能停止呢，人也觉得不进则退，可是，进什么，退的又是什么？何以不进就退了呢？一股脑儿地都赶着潮去了。行色不止。其实只在这一刻的色形中。”如今重新读来，感觉已然21世纪的第二个十年即将结束，新的东西更多更快地出现和更替，但我还是如是观。后来“行色”又做了我一本散文精选集的书名，就是海天出版社2016年出版的《行色——龚静散文精选》(乃柳鸣九先生主编的《本色文丛》之一种)。在我看来，“行”和“色”已然我们身处的世相，虽然我们每个人能看到的世相终究不过是局部和碎片罢了，但行色并不匆匆，每一痕行色间自有生命和时间的流传。这次《花半》中也收入《行色》一文，第一念头就是将此题目作为第二部分的章节标题。

此章节每篇文章相对篇幅较长，在写作上也有意识吸收一些小说的叙事元素，和短文的表达在文本节奏、叙事和文字表达上都有些差异，也是希望拓展散文表达的时空。这些文章有的收入过之前的集子，比如《住过淮海坊》；有的收入《花半》时又做了修改，比如《徐家汇的周末》，是在之前《霞飞》一文基础上的多次修改；有的则为第一次收入作品集，比如《咖喱角》《为什么不写写你们呢？》《就要这条影子呀》等。

第三部分则名之曰“书·生”。“书·生”一名，曾经是我一本读书随笔的书名。原本一介书生，在书中生长自是题中之义，所以在“书”和“生”中间加了一点，既是单个名词，又有多重涵泳。“游于艺”“书生长”都是我认为人生一辈子的修行，所以还是将第三部分的读书笔记和一些文学艺术的杂谈纳在“书·生”名下，窃以为也是恰当。读书笔记主要收入了读汪曾祺作品而生发的心得，有收入过集子的，也有新近写作而未结集出版的。遗憾因了疏懒和对有些问题思考得尚不够深入，所以“读汪”笔记还是写得太少太少了。这部分中其他一些文学艺术杂谈评论都是首次收入集子。

在编辑这本自选集开始时，就想着要多收入一些从未结集出版的文章，一是尽量与以前已经出版的集子减少重复，二是也期望呈现一些近年来新的创作面貌与有缘的朋友们分享。不过，还是应了“花半”之意，尽管也许在静夜之时能听到花开的声音，但依然在绽放的途中，而且，总在途中。

写这些文字，就作为这本书的自序吧。

2019年1月28日于静水斋

目录

心象

行色

书·生

心象

夏天的祈祷

青色的天空
干燥的嘴唇
爆裂
泉
灰色的立方体
水渗入尘土
滴雨
飘洒

1986 年 8 月

栏和拦

想来大家也会观察到这个现象，到一些欧美或日本这样的国家旅游，感觉视野相对比较疏朗，高楼大厦少见和人流相对少乃原因之一，即便若东京这样人流密集的，其街衢视野给人的感觉还是比较清爽，何以如此？窃以为：道路少设栏杆。

马路、人行道、自行车道，或以白色交通线示意，或只略高台阶，道道分别，人车有序，无繁复纹样尖牙利齿状的黑色铸铁栏杆，无夏天尤其反光强烈的不锈钢粗圆栏杆，当然更不会出现每路必栏杆的局面，坊间街衢通道，数数栏杆：黄线位栏杆，人行道/自行车道/机动车道各自栏杆，已三四道栏杆线，再加上商铺门外开，商品占道，何来清透明快之视景？何况栏杆不少触角尖锐，已有发生穿越栏杆者被栏杆尖角刺伤甚至夹死事件，本来栏杆是要拦住人，防止随意穿越，结果拦不住的人照样穿栏而行，栏杆自觉冤枉，到底栏和拦如何相处？

栏杆有时候似乎是硬道理。沪上西区某弄堂，宽窄仅容俩小车，加上两边各四十厘米左右的人行道，在上世纪倒也算是幽巷里弄，脚踏车居民进出自如，不过进入21世纪，商贸活动频繁，破墙的水果铺子是一定会在人行道占点地盘的，底层的美发厅当然又要砌出台阶的宽度，最最大宗的当是轿车。上世纪70年代曾经很是憧憬地说过到2000年实现“四个现代化”，那时觉得

2000 年远在天边，哪料想眼门前儿早过了，“四化”实现得如何暂不表，总之汽车化的迹象越来越明显，于是宅巷时常梗塞，两边小区建造时虽已 21 世纪，但对汽车化的前瞻性明显不够，地下就是有车库，也是自行车的。一年一年的汽车多起来，怎么办？有人就停弄堂，车轮一侧人行道，一侧弄堂，弄得进出车辆每天上演肠梗塞，何况现在的人不知咋回事，很多火爆，常常纠结，有话不好好说，有车也不好好开，不闹出点动静不罢休。坊间喜欢大活动大整治，世博会了，理由实在足，居委会先是派人坐镇弄堂，不让车驻，一天两天的，慢慢人行道清爽了；第二步栏杆出场，栏杆中间窄巷，插队不行，超车不行，进出分明，这下倒也好了，只是比较考验驾驶员车技。当然视觉更加滞重，但又如何？大概还没到注重视觉的程度吧，先把时不时的拥堵疏导好，很上上大吉了。

还有公园绿地，大多欧洲国家的公园土地和树木和草地多为零距离亲密，很少栏杆阻隔，路人随意漫步，极目草木花卉，若再来点蓝天白云，赏心悦目之词移步此间虽通俗却刚好。即便有栏杆，也高度低，式样简，横竖稀疏，绝无繁复纹样，也少见不锈钢材质，大多铁质内里油漆而外（也方便后续维修吧）。有年去俄罗斯旅游，在叶卡捷琳娜的夏宫，局部小路和草坪间拉起栏杆，却横竖疏阔，高度目测十厘米左右，就是个意思，而日本（或欧洲）城市乡间的栏杆若有的话也是如直棱窗户的款式，细竖条，尽量在视觉上对城市空间做减法，给人的视觉亦不迫压。视坊间：道路栏杆，公园也栏杆。仰望高楼大厦广告杂物花花绿绿，平视却又是密密麻麻的铸铁、刺眼闪亮的不锈钢，还仿佛很有花样经的一堆花纹，即便不过横竖几何，也是又高又粗，反正栏杆就得拦住了，否则何以为栏？如此栏杆用材成本自然较高，不厚道地猜想，估计寻租空间也比简朴款的要富有想象力。

窥一斑不一定见了全豹，但栏杆思维见效确是见证，不栏杆，就是不守规矩；栏杆了，强制之下只好守则。好比车流不息的马路，若是没栏杆，汽车乱抢道，自行车上车道，行人穿行车道，游人踩草坪摘花草，已然司空见惯的，非得这里栏杆那里栏杆，不得不了，才略有各行其道的意思。可如此栏杆思维之下，本就拥挤喧嚷的城市，栏杆处处，非辛弃疾郁闷遍拍的亭台栏杆，是或尖锐或亮冷的金属，是暗藏危险的尖角，不要说拍遍，拍一下手就刺痛了，当然安装之后少有管理多靠雨水洗刷刷的栏杆，灰尘细菌铁锈那是不可避免的，破损之下被人扒开形同虚栏穿行无阻者已然随常可见。

其实栏杆再高对有些人也是拦不住的，亲见不少人车流之间硬是跨栏而过，尤其一些二十郎当者，飞跃栏杆和跨越地铁票闸同样矫健，大概唯有哪一天出了事故才认栽，不过说不定没多久又旧痒难耐了。是否栏之设定者不为阻挡之久矣，也是否曾经被栏得久了，栏杆思维已成定势（潜定势），见不得规则有序，非得栏杆矗起，才被动规矩。公民教育尊重公共伦理等从小即始的缺钙，在栏杆上倒是窥一斑而见全豹的。窃以为少栏杆国（地区）并非君子乡，只是不栏杆思维罢了。如何摒弃栏杆思维，拦者和被拦者得共解。

2013 年 10 月 16 日

慢和慢

一边高铁着，一边大家都在说要慢生活，不要赶工程抢献礼，不要快餐要慢食，不要每天步履匆匆埋头赶路忽略了路边的小花，不要胡子眉毛什么都要心浮气躁，要专注静心从容不迫，不要总想着做什么事，要学会感受无事此静坐的真意，不要走得太快等等灵魂，等等。在快走快走快抢快抢快要快要的现世里，“慢”又被人捡拾起来诉说，或者憧憬或者作秀也或者尝试。缓慢之慢以从容恬淡之姿重出江湖，尽管说慢生活的书马不停蹄巡回签售讲座宣传，也尽管点击浏览着说慢的文字，一边汽车照样抢道，人照样闯红灯，地铁挤不上还要把着门，假日高速变成慢速，景点游人多过风景，还是一个紧张拥挤恨不得什么都要赶上趟的节奏。人们在大干快上、只争朝夕、过了这村就没了这店的社会文化氛围中已然深深潜移默化并渐次固化却少自知。

慢，是不容易的。慢慢地做事情，其实更需要定力，需要信心，需要持守，需要专注，需要一份沉浸其中的心气，若常常分心，容易受扰，即使慢或许也只是形式上的慢，也或许不过一时之慢。慢更是一种生活态度，一种对事对人对世界的认知，如此方能真正地慢下来，其实在慢下来之前是先让自己安静下来，安心安静的状态里，狂风吹过，暴雨来袭，慢的节奏也是可以依旧的。

当然，先慢慢慢慢地慢一慢，于心急火燎的情形下，无论如何总是好的，可以助人以安。

另一个慢却是少有提及，即“我慢”。我慢乃佛教用语，乃执我倨傲之意。傲慢，怠慢，简慢，慢视，慢泄等，此慢在当下生活中倒是比比皆是。偶然看一个电视节目，某身患重疾的台湾明星在说话，招牌的红头发已经看不到了，还原了一个年过花甲面容憔悴的大叔形象，在诉说过往辉煌时说及几次投资失败搬迁住宅，有一次的小区邻居是某位台湾女明星，“哎，×××，那是多小的一个咖啊，我跟她住一块儿”，谈笑间依然颇不屑状，在现在如此境遇下那种“我慢”还是颇为深重。娱乐圈之名利场自然不奇怪，所谓大咖小咖，其实浮生沉浮罢了。不过此名利场也是社会镜子，尤其在官本位社会中，权高还是权低，但凡有点权，大多我慢甚重，习惯前呼后拥，受用被人仰视，不尊重人也还罢了，甚至说出屁民云云，至于我爸我妈我爷爷是谁那是随常可闻，气焰嚣张吆五喝六不可一世，其实同一个国家同一个公民才是至理，但制服一穿头衔一加就以为权力在握，轻者轻侮他人，重者肆意妄为。只要此时我的位置比你高，就似乎可以逞一逞威风，发一发平素之怨怼。就是无所谓权力不权力的，路上擦了车，也常常不问青红皂白破口大骂，公交车没开稳晃了晃自己的身子，竟然和司机肉搏，或者自己不爽竟无缘无故迁怒他人，手术后效果没达到理想状态，并不先去好好沟通，竟然持刀杀医，社会和人心戾气之重已经到了恐怖的地步，原因自然多方面，“我慢”之重也该为休戚相关的部分。人人以自己为中心，轻视他人的存在，毫无反省自律之心，把身心之种种不满统统迁怒外部，几乎不或很少反观自身之问题。社会体系是一个方面，长期来特权思维和特权行为的畅行无阻已然影响到大多数民众的思维方式和日常行为，因为发泄的管道并不畅通，一点小事即可点燃愤怒，点燃狂躁，仿佛全世界都亏欠了其自身。这种“我慢”已然蔓延成一种社会不安之气，清明之气无法彰显，乖戾之气如雾霾让人防不胜防，照此下去，难免气滞累积至心癌。

且不说佛家修行之去“我慢”(去贪嗔痴去我慢去我执，正是修行之根本)，就是普通日常，多点体谅，多点谦让，多点感同，少火气，多微笑，也许会改变一些我慢。“我慢”在日语中谓忍耐让步，倒也颇合本意。人人都“我慢”的社会中，又何来称心如意的事情呢？到头来，身处其中人人皆如惊弓之鸟。哪怕你位高权重，哪怕你高压维稳，火山的岩浆正在地底下炽热燃烧，不知哪一天喷薄而发，一发不可收拾。

窃以为此慢彼慢或也颇有勾连。以不急不躁从容淡定为生活态度的，以慢慢来不必赶趟为价值观的，该会对历史文化积淀多些尊崇，大概会多一些修养自己的“我慢”，随时转化“我慢”，具体而微到现实事件，会选择合适的待人接物的方式，而非肆意膨胀“我慢”，对能悟觉人、人性、生活，以生活为修行者来说，“我慢”正是需要去除的障碍。

当整个社会蔓延张狂“我慢”，乃至成为习性，甚而成为一种心瘾，慢生活之从容大概也不过是一种时尚舆情罢了。当然，落实到个人，依然可以践行，随时体察各种我慢，乃至渐渐转化去除，正是修行之要。

2013 年 11 月 6 日

器和器

器是个很有意思的字，上下四个口，看着就是挤挤挨挨的一堆，中间一个“犬”，本义是说有很多东西，用狗看着。器皿，器物，器械，器官，说的都是有形之物，从人自身，到人所制造，器真是无处不有，离了器，大概是不行的，于是，器又有了延伸义，器量，器重，有形之物的器成了度量、才能之衡量，更有晚成之大器的高度赞美。器官构成人的肉身，器皿乃人生活之必需，可谓无器不人生。

现在是物质丰沛甚至过剩的时代，虽然地球的资源其实已经透支，但人已经不那么习惯远虑了，只管近乐，火热达达滚的生活还在滚沸着，器物之繁之盛乃常景，必备之外，真假古董的、设计时尚的、材质各异的、大小不一的……虽不一定赶得上宫廷之奢靡，也实在不乏泱泱之势。厂家工坊、实体电商、路边小摊，甚至公路边绿化带里也会摆出一溜的粗糙版景德镇，家居公寓、饭店宾馆、商场会所，各种楼堂馆所，无论西式中式禅意田园和风农家乐，当然器是必须，但器盛乃至器剩也是不争之实，博物馆自然不在其列，收藏家或许也不在其中，不过以买卖为目的的收藏倒也可以讨论，赝品仿品源源不断，大概也是迎合了某种炒卖的市场吧，和器物之美其实干系不大的，倒和仿造技巧的高低有关（并不是说赝品就不会产生好东西，好的赝品其实也是一种艺术品，只不过不是某个年代之物罢了)，想说的是这个世界真是充塞了太多太多的器，或许还是以创意、艺术等等名义产生并生产着。

人是否需要超出太多需要的器？曾经也是器之爱好者，比如茶具碗盏，不同釉色工艺，不同造型款式，让人眼睛一亮的，总恨不得袖回家，其实并不为用，若以用论，一个人一个家庭能用得了多少，不过是那一份拥有之渴望的满足，很多时候是给灰尘找居室，给空间找壅塞，且清洁整理费心费力。再比如衣物，一样的道理，不是没有穿，而是一份内在的不满足，或许换换新鲜也是热爱生活的理由，只是外在的购买总不会有满足之时，可惜家居空间不会无限扩张。渐渐地，或许体能衰退越来越觉得收拾器物劳心劳力，真正体会到“物化”之“异化”，也因此越来越自问是否需要太多的器，是否一定需要占有。比如嗜茶，是否就一定要十几把紫砂几十种茶盏？够用是否就可以了呢。当然这些器物是文化，是艺术，不过其实如此拥有或许也更多是炫耀占有之念。必须之外的“余情余意”确是生活之韵，然简单何尝不是生活之本。

最近有种“断舍离”的观念慢慢渗透人群，是日本杂物管理咨询师山下英子所述的理念，断即不买、不收取不需要的东西；舍即处理掉堆放在家里没用的东西；离则为舍弃对物质的迷恋，让自己处于宽敞舒适自由自在的空间。不少人也开始尝试，首先从整理家居余物开始，却是发现并不容易，这样带着某种记忆，那件看着似乎还能用。当然，这个观念其实也不新鲜，“虚室有余闲”，陶渊明的诗句犹然在耳。只是，在消费消费消费为主导理念的当下提出颇为剀切。舍，从断开始；断的，其实还是内心的不足之感、拥有之念，或许也与成长过程中某种缺失感有关。那么明白自己的真实所需，了解自己和物质的关系，管理自己的欲念，才是断舍离的真正开始。

或许我们更需要一种不器的心念，好比庄子所云“不物于物”，才能了然那么多的器的渴念，那么多的被器重的期许，大多皆于对自我的过分之器。因为自我器重，所以看重外界评价之肯定，看重成为器的实现。当然，等级结构的人类社会本就预设了这样的自我预设评估，身处其中的人难以超脱，不过渐渐意识于此还是可以做到的，至少对自己的本性和欲念有一个观照，乃或可获得活出真正自我的可能。

器，而能不器。

2014 年 3 月 26 日

素和素

如果说字也有味道和颜色的话，那么素就是清淡和明净了。这个大概是普遍的共识。素原来就是本色、素色，原有、素食，另则为没有染色的生绢、事物之要素之意。说的都是些原来本质的东西。人的世界总是从素出发，渐渐就杂了，斑了，荤了，繁了，离原来越来越远，只是素还在那里，素是基础，是根本，好比没有生绢哪有各种彩缎锦罗呢，没有食物原材，哪来各种菜肴各色菜系呢，所以，像一棵树一样的，素一直在那里。

说起来素是自然自在自性的，老子说过见素抱朴，朴乃没有加工过的原木，外表单纯，内心朴素，素和朴都是一种自然的呈现，是不加以也无法遮盖的，更不会作为一种化妆式的方式来“素”，比如裸妆，既要妆，还要似不妆，当然或可视为人们对素保持的一种尊敬。不过，素，总还是自在表达的好，而非将之作为一种标榜和外部装饰。比如当今素食素生活素衣等等颇为阐扬，当是对欲望过炽的风气之反拨，也是对环保简单生活的践行，确值得倡扬并真正做起。如果说因为现代社会的某些消费/营销理念，而使之以比较时尚化的方式推广，也是可以接受的。不过，素食餐厅似乎渐有高档化的趋势，一点点炒什锦就要四五十元，一碗素面要三十多元，挡住了一部分消费者的脚步，素食仿佛成了高端消费的象征，当然或许店家亦要纠偏过去人们通常以为的素食便宜的观念，精工细作的素食，艺术化的摆盘，让素食很高大上。如果说仿荤的素食其实还是暗渡了肉食者的口味，已经不那么“素”了，那么素食的高大上貌似以素的名义让渡给了高端消费，当然同时也满足了一把人性中的攀比心理，以及我也素食了的时尚标榜。去过几次类似的素食餐厅，装修雅致，餐具也雅致，无中式餐厅常见的那种喧哗，确乎让人心情舒适，不过想吃盘青菜是没有的，青菜再怎么炒也卖不出高价呀，当然一定要深度加工以及命名美丽的那些才显高档嘛。也是，青菜可以自家炒的，工夫素食菜自家做比较费事。不过，如此素食高端化，是不是反而距素的本意却是远了呢？素食的烹调其实不过是食材施展原味的助力，而非过度阐释。朴素的素，慢慢演绎成了锦衣夜行的奢华。比之土豪式的炫耀自然内敛不少，本质的心理不无相仿。

还有素衣，有的品牌价格极其昂贵。友人去过新开张的以非动物面料环保为理念设计的服装店，那些棉麻衣服动辄四五千,一般消费者恐怕绕道，走的还是高端路线。当然设计师的附加值要体现，但倘若环保理念的东西如此昂贵，普通消费者自然要选择不那么环保的物事了。如此，环保又会成为口号或者昂贵的代名词。好比前几年有个品牌曾推出“我不是塑料”麻布袋，惹得时尚者们纷纷以拥有一袋为荣，问题是时髦过后又弃之不用了，反而凭空里多了浪费。当然资本总有翻手为云之力将某种好的理念演绎成资本事件的，此亦如此，好比某些明星骑自行车宣传环保，其实家里停了几辆大排量汽车是一个理。

这样的素，是戴了素的面具。

素的好是原生态的。比如素人画家，没经过通常的美术专业训练，却凭着身心内在的感悟和勤勉，画出令人赞叹的作品。看过电影《花开花落》，根据真实事件改编。法国小镇的女佣萨贺芬（后被誉为素朴派画家），白天帮佣，晚上作画，三餐不继，也要挤出铜板买最最便宜的颜料，猪血是颜料，泥土也是颜料，每晚在圣像的注视下画啊画，偶然为来此小住的德国收藏兼艺评家威廉·伍德看到，于是生活改善，也声名远播，可惜一战始，收藏家因德国人身份逃离小镇，无力继续支持萨贺芬，一去暂无音讯。萨贺芬疯了，最后孤独死于养老院。电影让人唏嘘，那些深色底子上灿烂的树和树叶让人震撼，斑斓的树叶像一双双眼睛，看久了使人晕眩。不过有个问题也值得思索，当萨贺芬被人发现，为人称道，画作被收藏，她租了大房子，买了白色礼服（本来要在画展上秀的），当听到支持者无力支付钱款，画展也无法按期举行时（她曾在圣像前应诺的），精神完全垮了，疯癫由此始（现实真相不知是否如此，电影如此表现）。其实她还是她啊，那个喜欢坐在树上听风的女子，但被推崇的感觉似乎代替了曾经的素人之感。人性的幽微复杂也许正在于此吧。

素，比绚烂更不容易。好比人都知道饮食清淡多吃蔬菜利于健康，可是对各种口感还是难以抵抗，并以及时行乐安慰自己，浓油赤酱重辣酸香，鸡鸭鱼肉海鲜，香甜润滑入口即化，美味啊。不过转身又担心各种辅助口感的添加剂问题了，其实深想起来，除了一些食品生产者贪婪金钱昧良心之行，人们过度的口感追求或许也是蝴蝶效应中的一翅扑扇。再好比人也都知道返璞归真的好（素朴的生活状态），可是世事各种沾染，不说洗净，就是少点染色或褪掉沾染，或许也有三观和利益的纠结考量。

知道素，欢喜素，懂得素，践行素，其实是身心不断洗涤和归真的过程。

素心，才能真正见素抱朴的。

2014 年 2 月 12 日

寂和寂

窗外老早是农田，春耕秋收，风雨霜雪，作物生长，眼目清亮。然后，推土机来了，走了，房子幢幢，不远处的高架上车子川流，可是房子和房子之间到底有树，水杉香樟芭蕉辛夷桃花李树各种，树渐高，叶渐浓，安静地生息，安静地绿红黄橙，鸟一会弯了柳枝一会飞进樟叶里。去市中心，没几天，就开始想念这些树，这些树和树在一起的寂美。树和树过滤了轰隆的车流回响，生长着的树成就了安静的美。

好像从记事起，亲朋邻人街谈巷议喜欢闲话这里闹猛唻，人多闹猛啊，轧轧闹猛呀，附带着一种风风火火过日子的感觉，言下之意不闹猛的地方是难耐的，不闹猛的事体是不好玩的，市面就是要闹猛，人挤人，热闹啊，同类型的商店也要开在一起，似乎很少觉得闹猛和嘈杂有时是同义词，于是乎，闹猛红火似乎成了我们的审美表达。做事情就是搞运动，活动后人群散去，垃圾满地，标语歪斜，桌椅倾倒，不像活动像剪径，闹猛的空气尚未散尽，浓郁的浊气还在蒸腾，人心刚刚从闹猛中退出来，似不忍离去，没关系，大卖场的促销，商厦广场的推销，店门口的音响，小商品市场的挤挤挨挨，不把一条马路烧到 90 摄氏度朝上是不罢休的，坊间的闹猛全年不休，至多春节暂告间歇，歇也歇得不彻底，非得要炮仗烟雾腾腾才满足。不可或缺的大嗓门，手舞足蹈的热烈聚谈，兼之近年扩音喇叭的广场舞，近年店铺新开张整天甚至三天连续的吹打，常年供应不脱档……城市里难得有几条安静的马路是可以闲走的，山林也渐变成旅游的大喇叭和呼幺喝六。当然，静寂也该还是有的吧，不过静寂似乎确乎不是我们身处周遭的常态，相比所谓奢侈品，安静寂静才是稀缺品。

人和人不同，有人确实喜欢闹猛，也是有高嗓门大喇叭的自由，但他人也有安静权的自由，个人在社会公共领域的自由是有限度的，必以不扰乱他人的自由为边界，而非我爱放高音喇叭关你什么事的蛮横，个人和社会之边界的明确、平衡才是文明社会的标志之一，否则言其蛮横还是积口德，实乃野蛮。

应该说，我们的文化里是有寂静之美的审美基因的，“千山鸟飞绝，万径人踪灭”的寂静，倪云林一脉山峦两三枯树的寂美，中国大多文人画中渲染的山林之静，都在文化传承中的。不过，也许到底是文人文化传统，而非广大的“风”俗，后又有外族入侵后文化的杂驳变化，寂静之美并没有普遍为审美传统。抑或也缘于农耕文明的遗存？广大的旷野需要人声鼎沸的温暖？以家族为核心的伦理缺乏对公共空间的认知？还是身体在微信脸书时代，文明素养等还在村头高音喇叭时抑或更后？也许官本位的文化中，人们反而是更缺乏对公序良俗的遵守的，因为只需对上峰负责，所以何谓个人自由的边界是不在思维和行为习惯中的。

既然没有真正的个体，那么可能不会习惯直面静寂下来必须直面的内心，需要觉知的内心或许又有种种的不堪和挣扎，轧轧闹猛毕竟容易打发时间，人的空洞似乎瞬间得以填满，一直被我们奉为圭臬的“过得充实”，或许也不无一种用外部的填补避开了那些需要的直面，直面你的所思所欲，直面你的恐惧和渴念，直面你的寂寞，在寂中咂摸到静默的美和安详，当然也会有惶恐和不安，把身体放在闹猛里暂时会逃过这些，也或许此生就不去意识这些，于是就让身体不得安宁，于是心也就习惯了闲逛，安静下来就会感到无端的恍惚。

“你要爱你的寂寞”，里尔克对青年人说。其实，人都要爱自己的寂寞，寂寞是常态，好比每个人都要扛自己的十字架，人群里的温度不过暂时的炉火罢。寂中外观做事或内观省思，才能成全事情或自己。或说体育运动须于跃动中完成，然跃动背后日复一日寂寞的重复训练，才是完成的根本。“默默无言，昭昭现前”，寂静中“灵然独照，照中还妙”，是谓寂照也。看一棵棵树，风吹雨打，枝叶飘摇，一切又趋于静寂，但寂静中他们从来都在生长，起初齐腰二层楼，一年年过去了，楼高依旧，树高越楼，树冠铺陈若湖。寂，藏着生机。

即便寂，然后灭，寂灭，何尝不是一种生命的完满。人哭闹着被带到人世，终要离开，痛苦地走，不舍地走，安详地走，终是走了。佛说圆寂，这个词有安详之美，若花瓣在空中慢慢飘落，绿叶在花凋的地方生长，等待花再次开放。所有都在安静中发生，却具足圆满。好吧，就世俗一点，人要阳光一些，过分的寂寞也许会心理抑郁，只是当你的寂寞不过是一种外部的寂静，又何妨呢，静默地做事，静默地观照，也许你看到你的经脉正像树一样生长。

2014年4月29日—5月初

遇见和转身

一样的离家嫁到异乡，一样的努力勤勉在异国高校谋得教职，一起分享家庭婚姻孩子他乡生活的喜怒哀乐，二十多年过去了，孩子长大，自己人到中年，各自生活际遇自然消长变化，但那些日子里的倾诉和理解满满地囤在那里，雪夜的茶馆倾谈仿若昨日，如今在走廊的遇见，一方嘘寒问暖，满满交流的热望；一方却言语至简，身体微转似乎分秒欲走。何以至此？从朋友的叙述中听出，是纳闷，不解，甚至隔着网络，都能感到气息里的伤感，说话间的停顿好像在忍住涌上来的哽咽。

非常理解朋友此时此刻的哽咽，哽咽里是真真切切的莫名怅然，好像岁月的持久瞬间就如烟花飞灰，灰烬犹在，烁烁点点间火星却次第泯灭。

也遇到类似的情形。二十多年的老朋友，看见彼此的青春华年，看见各自生命的苦恼哀乐，也见证老友多年后隆重的婚礼和满满的幸福感，夜空的礼花璀璨犹然如前，虽说随夫去了异国，但每每探亲归国，也总是一起吃饭诉说彼此生活思绪。忽然有一天，回国不再告知，相聚似乎也总是欲言又止，即使问候几句，也不再如以前那样细细说来，渐渐地不微信，不伊妹儿，彼此的共同朋友感触亦然，大家都有些纳闷，感觉她似乎有难言之隐，家庭、婚姻之变故？可即使老朋友，因为各种理由她不愿详诉，也不能打探，偶尔片言只语的闻说总是碎片。念及，心真的会痛，就好像已然成为身体一部分的东西突然失落了，可又不知所以然，也无法觅寻拼贴。二十多年的友情就这么戛然而止了？好像暂停键被哪只看不见的手按下，只留下虚空，虚空却又非空，盈盈的回忆似乎有意无意地提醒着你曾经的“分享”和“共情”。

若在以前，也许真的会惶恐起来，会细细耙梳着可能哪句话说得不妥无意间使友人不开心了，而自己却还不自知，也会想着如何好好聊聊使友人倾怀舒畅起来，好像二十几岁时突然收到彼时的友人来信，被信上密密麻麻的倾诉和失落甚至混杂的焦虑困惑着，显然我非收件者，或许寄错了信封？不解和担心几乎心跳失控，单车夤夜至她家，见其安然，和父母谈着天，表面上似乎情绪平静，也并未就信件多解释，心中有明白有困扰，不过终究还是明白了，那就做个代收者吧，如此或许是最好的感同理解的方式。当然，若在今天，就简单多了，微信（视频音频）即可，风里单车行简直如平淡日子里戏剧的张力。或许，其实不必担心不解，只默默收好信件即可——话说，若是今天，也无信件一说了吧。念及陈年旧事，好比念及那个年代的青春阴晴，对接今天老友仿佛的失联，单车急行之切切是涌泉不再了，猜想、失落、心痛却依然难免，但会捂住胸口慢慢地按摩，慢慢地使它不那么痛，慢慢地对自己说很多事都是无解的，没有标准答案，无法水落石出，好比彼此的遇见，是因缘；而遇见了，还能相友相知，已是福分；那么，如今的转身，也自是因缘，灯火已经阑珊，回首也是空寂，那就不如慢慢各自前行，心念牵挂，真要重见，就会重见。也许，重见后的相知有更多“同情之理解”，只要心意还在，时间会使前缘接续。

当然，其间已然有空白和陌生，只是人到中年，已经不会如年轻时那样以为情谊是不能掺和杂质的，倾诉是一定要全盘托出的，人和人的相交相知，原本就是彼此生命的部分交集，怎能要求重叠和全然相似，人心天际缥缈，交集已是幸运，倘若能够在这个交集中有丰满的沟通，从观念到情绪到心灵，简直就是人生之丰饶的遇见。

所以，对电话里情绪低落的朋友说，不必太多思量啦，也许那天她情绪不好，也许这些年因为终究不常在一起工作了，总有些生分，哪天她愿意和老朋友分享心情心事了，就聆听，感同，倘若还是这样淡淡的，那就淡淡的吧，过去时间里彼此的情谊，承续自是美好，游丝轻垂也没什么不好，终究勉强不得，好比时间，过去了就是过去，追不可追，当然如果真的遇见虫洞，时间弯曲，来回穿梭，身体随心所欲于形和意，何其畅达，不过，至少在此生是无法超体的。那么，就这样吧。人世间的孤独其实是命定，沧海月明珠有泪，遇见，是欣悦；只是当时已惘然，转身，是理解。

今春出版了一本新书，书名就叫《遇见》，人文主题散文集，写作时间跨度自2001年到2014年，是过去的时空里遇见的一些人一些事，“从秋霞圃出发”，尝“蒸饺”滋味，感受“霞飞”“杂志”等种种“行色”，“住过淮海坊”，师从“林下友仁”弹琴……时间、地点、空间，不同的世相，长长短短的遇见，伴随起起伏伏的感念和心境，文字记录下这些，虽终究梦幻泡影，人总希望留下痕迹，哪怕痕迹其实也很快风吹烟散。《心经》说：

“观自在菩萨，行深般若波罗蜜多时，照见五蕴皆空。……色即是空，空即是色，受想行识，亦复如是。”世间的“我”都是暂时与色受想行识之五蕴的和合。如是观之，所谓遇见，其实亦“暂时”之相遇，只是，即便“暂时”，“遇见”丰富了生命的慢慢完成，也许，遇见之后再见；也许，遇见之后不再相见；都已然成了“见”的年轮。

Elizabeth Bishop 诗云“close close all night/the lovers keep/they turn together/in their sleep/close as two pages/in a book/that read each other/in the dark”（亲昵 亲昵 / 情人们整夜黏在一起 / 在睡梦中 TA 们一起翻身 / 亲昵得像一本书里的两页纸 / 黑暗中阅读彼此），但也写道“The art of losing isn’t hard to master”（失去的艺术不难掌握）。当你或 TA 转身，背影或写满注视，或疏落淡然，放开手，蝶飞蜂舞，生物之以息相吸也，生命已经经过。

2016 年 3 月 28 日至 4 月 4 日

无根的定居者

84 岁的玛莲娜一直住于布拉格老城区的犹太社区一间洗衣房改建的屋子里，丈夫已经去世，她独自一人生活，每天站在看得见犹太教堂和墓地的窗口看一会儿，她感到安心，这里有熟悉的一切，星期天邻居女士和她一起去听音乐会。虽然，游客很多，带来了嘈杂，但也带来了变化。玛莲娜说喜欢这种变化，当然也"不希望布拉格的本地人只是成为旅游的背景"。德国人拍的布拉格主题纪录片，自然不会没有布拉格美丽的人文景观，但主要落脚于布拉格人。虽然也算去过布拉格，但那不过是观光客的匆匆一瞥，曾经远离团队在老城区行走，寻找有关卡夫卡的"物理"信息，希望在布拉格热闹的老城广场背后看到小巷子里当地人的生活，这个纪录片部分满足了当时的遗憾。但是让我感念的更是玛莲娜那种对城市的归属感，虽然游人如织让本地人感到日常的居所似乎成了舞台，但这个城市的一切已然缠绕在个人的生命中，那个安静地看着窗口一方风景的背影是安定的。

还有那位热气球驾驶者，在阳光灿烂的早晨飞过布拉格上空，看着沐浴在晨曦里的城市，由衷地说热爱这个城市，自豪自己的工作。阳光照在他的脸上，通过屏幕能够看得到他内心的安定和归属感。

突然间涌起一种感动，这种感动其实一直深藏着，但却是以一种遗憾的方式存在着。感动他们对所居城市的归属感，那种生活了一辈子的踏实感。却发现这样的踏实感近年来越来越少为自己感到了，虽然同样是所居城市的本地人，有身份证，有居所，有工作，有家人，似乎环境也还不坏，但曾经有过的那种归属感，那种环境和身体的妥帖感，却隐隐地撕裂着，它仿佛在走远，努力地拉住，但却并非如愿，内心深处深藏着不安定感，非身份证所能归属的不归属感。

为什么？

玛莲娜住的社区，人们定期相聚，交谈互助；热气球驾驶员下班后到游人少见的本地城区酒吧和朋友把酒言谈，社区使城市变得亲切熟悉，变得与生命根脉相连，城市的广阔因社区而扎实着陆。想起少年时代，居住的环境也是熟人社会，虽然尚无社区的概念，但无形中还是有一种黏合的情感和力量，让人心妥帖下来。当然，城市本身不是一个熟人社会的形式，大城市是陌生化的，但同时大城市人也居住在一个个住宅小区中，何以难以形成一种社区与共的感同身受？很多人怀念以前居住条件虽然差，邻里之间虽然也时有龃龉，但彼此还是有关照，下雨了帮着收衣服，节日里分享美食，甚至亲戚来投宿家里住不下，能到邻居那里借宿一晚。水电费共同分担，大多情况下彼此都能理解，计较是有的，但并不十分厉害。大家也都有一种共同认同的底线原则，做出来的事情也就能互相理解，有什么问题沟通起来也就相对比较方便，因为彼此有心照不宣的伦理认同。当然，改善了居住环境的人们怀念过往的邻里关系，想来不是怀念那种逼仄的生存条件，而是那些人和人的既有距离又彼此温暖的关系，在这样的关系中生活，人会感到踏实安心。现在虽然也生活于小区，彼此熟悉的也有，陌生的居多，况且住户来自各地，且居住迁移频繁，点头颔首或者能说上几句已然安慰，能有成为友人的邻里那是经过多年的交往培植，实在福分。但大多情况下，其实彼此的连接是缺少的，多年居住，不知邻里姓名是常事，最多也就是面熟陌生罢了，对隐私的注重和社会伦理共识的碎裂以及社会安全度的降低，使人们之间的交往磕碰而不顺畅，那种熟人社会间的彼此敞开是难以见到了。在这样的环境中生活，其实在你的切身周遭难以建立合宜的人际关系，归属感建立困难，即便有，也比较脆弱。

在当下观念、生活方式、外部环境、人际关系都变得快餐化短平快的社会中，即便是人们以前习惯的单位也难以给予归属感了。近日与几位从事媒体工作的文友聊天，她们都觉得在纸媒的粘滞和新媒体的迅疾发展间作为编辑需要投入的心力更多，但无奈感却加深，而且单位对员工的态度似乎也变得工具化，而非以前那般的人情味，新上任的领导也不会去深入了解每位职工，大多视为工作者罢了，老职工退休欢送会这一些自然不多了，工作了几十年的单位似乎不过是一个打工的地方而已，那种曾经以为的归属感渐渐消失，失落感自然也随之而生。其实笔者在很多年前就有此体会，身在高校，本来工作就比较个体性，以前多人办公室，还能见面寒暄聊天，办公室个体化后，自然这样的机缘也减少了，再加上各种环境的变化，除非你常常介入各种人/事，个体对单位的归属感分外脆弱，幸好心理上已然有备，倒也没什么失落感。失落的倒更在于对身处环境/社会的归属感的缺失，那种万一有事似难以获助的不安全感隐藏于心。时常看到的诈骗招数像某种潜在的瘟疫植入人心，让人也许并非真如惊弓之鸟，也难以从容坦然于世。曾有回国探亲的朋友差点因诈骗电话而上当，幸好最后转账一刻猛醒，虽金钱未损，但余悸难除。当时听闻，还曾庆幸自己尚不会如此，但转念，信任和安全感如此脆弱的环境，幸免也许不过只是幸运罢了。

当下寰宇皆不太平，不是尼斯枪杀案，就是慕尼黑惊现枪声，或者船翻了，车烧了，资讯的即时性使不安全感燃遍全球。突然觉得生活在地球的某个城市、某个小区、某间屋子里的我们，其实不过是无根的定居者罢。当然，也许悲观了，母语、文化和想象，是我们随身携带的根，只是“根”之生态不断遭遇摧化，也许“带根的流浪人”（木心语）都无法做到。

于是，看到纪录片里安定的玛莲娜，感动非常。瞬间此刻，觉得人类社会似乎还是值得期待的。

2016 年 7 月下旬

心手相印

今年上海书展时作为嘉宾参加了一个“传统文化中的工匠精神”讲座，四位嘉宾中有丝绸公司老总，大学教授，现代文学研究者，大家从各自的专业角度和生活体验讨论工匠精神。各自的视角有差异，但对工匠精神的诠释还是比较一致的：认真、专注、用心投入于手头的工作，在新的时代环境下承传传统手艺的同时创意和发展。

说到工匠精神，我想也很容易联想到“匠气”一词，呆板、墨守成规、不那么灵气，大抵如此，不少工艺品也多有匠气，但想来匠气并非是工匠精神的副产品，好的手艺人，在手艺中注入个人生命体验，注入情感温度，手艺和个人生命是相连的，好比晚明文人张岱在他的《陶庵梦忆》“吴中绝技”文中历数吴中一些手艺人绝活后说的：“但其良工苦心，亦技艺之能事。至其厚薄深浅，浓淡疏密，适与后世赏鉴家之心力、目力针芥相投，是岂工匠之所能办乎？盖技也而近乎道矣。”这些工匠们在自身的领域内都做得非常好，技艺融合了匠人的用心，所表达出来的艺术品格和境界与鉴赏家们心意相通，这些仅仅凭手艺是不能办到的，也就是说技艺到一定程度也是接近“道”的。在中国文化中，达到“道”的境界一直被视作为人为艺的高境界的，张岱在这里赞赏的与我们今天所说的工匠精神，倒是一脉相通的。不过，近乎“道”这个要求似乎比较高了，个人以为所谓工匠精神，或者不必提到“道”的高度，而就是一种对手艺的尊重、专注，手艺和个人生命的一种融合。好比我们写作者，就是用心写作，用文字传达自己的生命感受和感悟。

当下各方面似乎都在重提工匠精神，想来一方面是乏缺所致，短平快、浮躁，丢失了静心精心做事的精神和共识，一方面也是对过往一段时间里粗制滥造之物靡行的反拨，同时也传达出机器文明越来越盛的今天，人们更加地关注起人本身，关注人和物的联系，关注我们在工作中注入手工的温度和心念和审美态度，而不只是满足于做出一个什么东西就可以了。某电商平台近来倡导“中国质造”，由“制”而“质”一字之差，表达了一种理念的变化。自然，此事非一时之能改变，需要政策的支持、个体的坚持、消费观念的变化以及整个社会人文生态的支撑（整个社会观念不再“劳心劳力”之分别当亦关键之一）。

除去经济的考量，比如手艺是否带来多少盈利（其实，真的好东西还是有人识货的，关键可能还在于初期的坚持），其实就本身而言，倘若真心热爱，心手相印的制作自是带来身心之欣，比之单纯感官之乐持久弥漫，由内而外地生发，这份快乐其实非经济收益全然代替。念起少年时暑假学绣花，一针一线之间的凝神贯注，是全然物外，心思凝聚于此时此刻，身心分外清宁，暑热也渐渐后退的。犹忆上世纪 80 年代那阵经常编织毛衣，成品上身当然开心，但编织的过程似乎记忆更深。岁月匆匆，不少毛衣都处理了，但一直留着一件手织的白色羊毛开衫，极细的羊毛兔毛线，后背袖子皆平针，左右前片以桂花针打底，饰以绞花辫子镂空及局部花骨朵的竖型纹样，袖口也相应配合纹样，不自夸地说编织细腻，式样大方，而今视之亦是美衫，手工之作，或还可拿来说道一番的。近三十年流逝，除去门襟局部略有泛黄，其他如昔，至今依然可穿。保留它与其为穿着，不如说其实是保留那份心念，心念中融合了彼时的耐心细心，那种心手一念创造的能量。手作的过程是辛劳的，就以编织而言，肩颈腰酸痛是必然，时间久了可能还会落下慢性病，不过手作时心思极定，记得那时还一边看书一边编织，熟能生巧，双手开启自动模式，思绪则于阅读中流动，心手在分合中却依然合一，看似平常，回首却觉难得。在越来越体会到身体机能下降带来不适的今天，尤觉身心相印的珍贵，这是在把身体不当身体的年轻时代缺乏体悟的，其实四肢灵活的、默默提供能量的、心脑相一的、让你觉察不到它的身体何其造化，当你开始感到身体的存在，那就是它渐出状况之时了。于此，心手相印实在是身心风调雨顺的礼物。

在机器文明的生态中，诞生于农业文明的手工艺文化确实有了很大的变化，很多东西不需要手作来完成，很多手艺也因此渐渐失传，所以有非遗保护，有新时代下的承传和创意发展，现在出版物不少关于手艺书籍，舆情也渐多呼吁讨论，不少微信公共号就专注于推广优质的手工用品，具体到实体，不少年轻人投身于手艺工作，做食品、做家具、设计首饰等，窃以为工匠精神的脉络接续还是可以乐观的。讨论会上大家说到手艺人如何养活自己的问题，做企业的嘉宾说，只要你手艺好，真正精于此，资本投资肯定是会有的。

写到这里，想起少时去乡村竹篾坊看村人劳作，粗厚毛竹以竹刀劈成薄薄竹片，手下动作流畅轻盈，脸上嘴唇抿得紧紧。暂告段落之时，却是不忘与熟人说笑几句，此刻怡然。

当每个人在做事情时皆身心投入，诚恳用心，无论做一件物品，还是做其他，不只是谋饭生计，也许工匠精神的讨论也就不必了，乃内化为个体和社会的共识，同时心手相印本身伴随的欣然，自然也会纳入人生观价值观的考量，而非仅仅以有形的财富来论。心手相印本身就是丰盛。

2016 年 8 月

失去平衡

这些年用了快递后，发现自己患上了快递综合征：担心快递丢失，一定会查验物流信息，在通常的送货时间过后收不到，就会电话查询，乃至致电业务员得知确切信息才能放下心来，当然收货签字才算真正告一段落。也算不上什么大毛病，往好的说似乎亦可归入认真负责谨慎的品质，不过，自我觉察下来，还是有些问题，认真是好的，负责也是好的，倘若总是如此，是否潜藏着某种掌控欲？希望事情都按照自己的愿望发展着，按照规则，没有失误，可是这个变动的世界如何是能规则的？每个人如何可能皆遵守规则？掌控，却难免失衡。

也许是从小所受教育所致，被期望功课门门最好都百分，99分就担心得不敢回家；被要求事事都去做，并要做到非常好；被教育人一定要努力，每天不努力就好像白活了；当然，不能完全否定这样的教育，勤勉、努力、事事用心，是正面的价值观，只是日积月累，潜移默化，有意无意，自然积淀起一套心理自动反应模式，难免弦绷得太紧，弹性和柔软却会渐失，即使成长后的自己已然意识到，一时半会也难以全然改变，就比如隔天应到的快递，两天还未至就要焦虑起来，其实也明白天有不测之风云，也明白其实不必过度去关注它，它终究会出现，却还是要去刷物流信息，好像不如此心理得不到关照和安慰，念及，其实也觉可笑，可笑里却也再次了然人心人性里有多少无法的掌控。人能掌控什么呢？

通常我们总希望事事顺利，即使出点意外，也是意料之内，并且有惊无险，还为平淡添几分回味，倘若真的来了意外，比如灾祸，疾病，突发事件，大概第一反应就是“为什么是我”？可是，怎么就不能是我呢？难道“我”是例外，“我”只是灾难的观看者，在安全的同时安全地送上同情感动？没有一个个体在无常手里有豁免权的。在灾祸、意外、疾病面前，人所唯一能掌控的也许只有自己的情绪和心境，也不必压抑不能接受之感（从小我们受的教育似乎又是那种做坚强战士型的，什么轻伤不下火线啊，什么男儿有泪不轻弹啊，什么不爱红妆爱武装啊，等等），让情绪去流动，好比让上中下三焦的气息贯通，不在身体内淤阻，然后慢慢地接受它，接受所有的意外，接受意外成为一种新的状态，所谓“活在当下”然也。这个时候，掌控的欲念自然后退，因为已然无法掌控，不如放开，生命在流动，人的身心会和环境建立起新的平衡。

再说到车祸。2015 年春天遭遇车祸，一起坐车的家人虽然不似我状况严重，但也有伤痛，而且平日里一向稳重的他似乎也有些状态失衡，有些抱怨，似乎如果我不那么早去坐出租车也许会免祸，等等。不过，在我看来，这些都无法预料，当然凌晨四点半的时候驾驶员最易疲劳，车祸概率也高，以后同样状况应该将此因素考虑在内。当然，也许很多事也似乎皆非偶然，也许宿命地说一句命中注定也未可知，但我倒并不认为为什么我们就一定幸运地总是“急诊室故事”的观众，而非可能也做当事人。“倒霉”这样的词，何以就一定用在他人身上呢？对于早年就出过一次车祸，绿灯骑行但差点被右拐弯的公交车碾压而过的我来说，已然接受了无常是随常的状态。当然，家人也明了抱怨不过是情绪的发泄罢了，慢慢地互相也形成共识，而接受了疗伤养伤的日常状态。这个过程是有矛盾和冲突的，也会伤害到个体情感，但我还是觉得是好的，看起来平衡有度的日常生活确实有些失衡，心境和情感同样如此，但倘若捂盖子，涂抹厚厚隔离霜，情绪垃圾只会累积更多，终至酿成沼气爆发大概更不可收拾了。失衡，吐故，纳新并非必然的结果，至少人能够了然。

在最近五六年的慢性病自我疗愈过程中，这一点略有体悟，药物、饮食之余，身心平衡的重建和适应有时甚或是重于药物的，这样的平衡也有利于药物发生作用。在疗愈的过程中喜欢用抄经的方式清心宁神，大多是《心经》，毛笔小楷，慢慢写，写着写着，疼痛似乎也会渐渐缓解，乃至有时甚至让你忽略了它，大概身心之全神贯注于笔墨，身体会自发地调动气息，让疼痛神经松弛下来，好比静坐调息也被科学家证明可以减压。自己体会下来，疾病的自我疗愈首先是接受身体的失衡，接受这个不那么活力了、不那么生机的“陌生的自己”，与之妥协共存，药物饮食等外部条件和这种身心的接受共同构成一种新的平衡，有些疾患是可以得到缓解的。

喜欢电影《美食、祈祷和恋爱》中巴厘岛上的老者对离婚后游历世界各地重新寻求体验自我的作家伊丽莎白·吉尔伯特说的话：Sometime to lose balance for love is part of living balance of your life（有时候因爱失去平衡也是你人生中平衡的一部分），爱是一种，其他也一样。人如何能掌控一切呢？你的存在都是一次必然中偶然、偶然中必然的激情交汇而得，或者就说是宇宙间的深意安排吧，那么你只能是此时此刻的“存在”，每个“存在”都不一样，又怎么守住既往的或者说希望中的一致？

在此刻的存在中，尽力而为，让生命和外部事件交错的能量自然去发生，即使一时失衡，一时担忧，只要能时刻觉察到，看到这份担忧，去学习不执念，身心深处似乎冉冉一种感念：失去平衡不是什么可怕的事，它和“存在”一起，是一种“存在”。

不错吧，快递综合征愈合中。

2016 年 4 月 15 日

踩出青菜的汁水，以及 VR

近半年来一直在写少年时代生活成长的那条街，邻居、街人、铺子，方圆四周的风俗，日常生活的细细碎碎，人的心念和盼望，写往事既是回望生命的来龙去脉，回望地域的层累沉淀，追溯不是怀旧，是看到时空的流动，尤其站在 2016 年的时空点，点点滴滴的文字回首拼贴成过往立体，与眼下的天地对应，发现那街那路还在，时空的流动却既非线性，也非必然，灰阴的天色里，竟生出几分科幻之感。

说是很多很多年前，其实也不过四五十年，那时小孩子写着为 2000 年实现四个现代化而奋斗，遥遥地想着 21 世纪简直好像不会到来似的，想着 21 世纪如何模样，能想象得到现在的生活如此巨变？无线电话，电脑，电子货币，载人航天，宇宙飞船，月球漫步，甚至都要准备着去火星看看了，连单细胞繁殖都实验成功了，当然关乎生命伦理，不过只是做一只叫多莉的羊，其中很多是那个时期的科学幻想，当下又热门着人工智能（在电视剧中机器人和人早已难以分辨），可是，那个看前现代科幻的人虽然人到中年，总还是那个人，如此跨越，好像平常，细究起来其实不无日常里的传奇。写着在老街水泥地的屋子里看福尔摩斯探案，看着看着天色暗了下来，勿要看书咪，吃夜饭啦，外婆端出咸菜豆瓣面条汤唤道，是她拿手的手擀面，咸菜是冬天里我帮着母亲外婆一起踏的，豆瓣是春天上市时剥了晒干收在茶壶桶里的，鲜味道从热乎乎的烟气里就闻得到……键盘嘀嗒，听到的似乎是霜降后八支光日光灯下踏咸菜的声音，嚓嚓嚓，洗净阴干的青菜码在粗陶缸里，撒一层盐粒，在双脚的踩踏中青菜慢慢出水，塌下去；再码一层，再踏，节奏均匀的脚踏，是有了自身的节奏了，青菜们在这种节奏中是否得到完美的按摩？不晓得，只见到它们低伏了，完成它们从青菜转身咸菜的使命，现在还是第一步，还要在发酵中静默等待，等待一棵清口咸鲜的咸菜的诞生。

整天坐在电脑前，足底总感凉意，霜降后电暖鞋就用上了，可是那时在毫无装修的家里踏咸菜，冬天，一开始穿着套鞋，渐渐脚底心发热，干脆赤足，棉袄也早已脱了，刚踩下去，碰到撒了盐的青菜，凉和硌，慢慢的，双足与青菜盐水交融，是就该如此浑然天成。和母亲轮流踏着，裸足和青菜大概也在发生着只有此刻当下的反应，不是一见钟情，也非自由恋爱，像是不得不为之的相亲，但相着相着竟也默契起来。键盘打出这些文字，从 21 世纪回头看到昏暗的灯光下，在厨房一角踏咸菜的场景。那种踩下去第一脚的阴和冷，到渐渐地脚底生热，再到浑身几乎出汗，存在身体里的感觉渐渐苏醒。

念及如今常常看到的 VR 虚拟技术，戴着特殊眼镜看如临其境的电影，玩似乎深入现场的游戏，置身于上天入地神出鬼没的世界，其实依然原地。3D 电影也算看过，那种虚拟场景也体验过，现在盛行的 VR 设备遗憾尚未尝试，不知道技术是否能达到身体和场景的切肤之感，是否冷暖体贴，是否能感到踏咸菜时那样的渐渐生热，那种脚底和青菜之间的缠绵？不知道，越来越让人想不到的科技也许会做到？

写作这篇长篇非虚构，其实也像穿越，少时的生活许多东西都要自己做，做点心，做酱瓜菜干，做煤饼煤球，做家具落地灯，甚至做收音机，那种拮据缓慢仔细的日子，像家附近的河水那样，从河的开始一直流淌着，但过着过着，快速，丰富，身体伊始倒似乎是渴盼的，毕竟方便丰富是人的欲念，可是久而久之，快速乃至飞驰，丰富乃至过剩，身心从渴盼适应略略的满足到焦虑纠缠，是不是真的需要这么多这么快，这么现实虚拟交错，这么生命成了数据，何况还有文明文化的冲突，和平秒变流血，置身如此变化如此不确定的社会中，肉身和肉身创造的文明并不那么默契，肉身还能如肉身内在的细胞那样按部就班地活动着？

福尔摩斯会想到21世纪有那么多探头吗，严密的推理似无用武之地，一个个探头连缀起来的影像，蛛丝马迹难逃，当然，探头偶尔会有盲区，当然总归需要人的智慧，探头毕竟只是记录，细节的推敲还得让位给人的理性，只是从前式的从仿佛寥寂的茫然中抓住吉光片羽，那样闪闪发亮的瞬间，大概也真的越来越少了。

当然，也不会再去踏咸菜，也踏不动了，探入陶缸手抓咸菜的冰冷感也不会再去体会，冷到冻疮满手的日子是身体不愿意重温的，只是那样的真切之感却难再了。对了，真切的生活，几乎所有都需要肉身全力参与，否则肉身也无法得以回馈，维艰，踏实。科幻片中已然无需劳作的人动动手指便可获得生活资源，却仍然想念着一只真实的苹果滋味，是否是想念真实的禁果之味？也许，到了某个阶段，肉身细胞已然变化到不再想念泥土想念真实的苹果，一切都仿佛从来如此。

咸菜的汁水如何湿濡濡滴滴答答，人不要感受了。

但是，现在，还是想用力感受，若羽毛飞舞，飘然，杳然，却飘然过。

2016 年 11 月 20 日

文庙的阳光、变装 party 及其他

布置应届的创意写作学生们分组做一个小刊物，在“踏访城市”的主题下自主选择方向、素材，文章和图片兼备。连着几届都会在“散文写作实践”课上布置，每一次都会看到来自五湖四海的年轻学子们观察当下上海的视角，文字和镜头共同来表达此时此刻的感受。安静的洋房马路有之，嘈杂待迁的里弄旧宅有之，市井温情的旧书报摊有之，城市标识的外滩风景有之，人心低回的教堂寺庙有之，热辣劲爆的 party 有之，每年每组不同学生，倒是不经意间裁下片片城市横截面，串起当今都会生态环境。

今年的四份小刊物交上来，看了，不说什么折叠之类，也不无城市时空的多重甚至毫不兼容特质。一份寻访市中心老城区的文庙旧书摊，旧书摊的来客，旧书摊的摊主，中老年人为主体，看看翻翻书，熟人见见面，一半淘书，一半解闷；时有年轻学子来淘旧书，也有人来此作为景点到此一游，也算解魔都风情之一；这组学生做得蛮落实，采访了摊主一，常来客一，鸭舌帽摊主说只是周末摆摆摊，赚点香烟铜钿；常客老者退休前专攻合成纤维，退休后常来文庙，兴趣文史，纯粹享受求知读书之乐，老妻女儿居美国，老爷子孤单难免，午后文庙的暖阳也给予他温暖。如今的文庙是不如早些年那么热闹了，1986 年伊始至今的旧

书市，从闹猛时的每天一万余人次，到今天的一日千余人，文庙的往事也已然成了一本旧书历史，大成殿正在维修，“万世师表”的横匾和匾前的孔子像与脚手架成几何图形，文庙的阳光照在打盹的中年摊主身上，晕黄，暖意，却也无端生出几分余温余烬之感。

当你还在余温里缓缓地想起一些往事时，一个热辣劲爆的变装 party 正在城市夜晚的某个空间隆隆地进行着，男身女装扮是底色，斑驳的是不同的装束，浓妆艳抹是必须的，奇装异服也不在话下，甚至情色在此环境里似也常态，大多老外，“他”或者“她”在此界限模糊，90 后学生起初难免惊诧，随后倒也融合度高，有熟人在旁，采访也无障碍，变装人也很喜欢有人听他（她）叙说经历心境，在他和她之间切换。亲临现场的学生很理性，并不认为他们是“异装癖”，甚至不关乎身份和性别认同，只不过是一种服装风格的偏好。当然，污名化自是不必要，不过窃以为此间还是有个体的性别认同的，否则何以生理的他时刻渴望着异装而成外形的“她”呢？

还有两组则是去了火车站寻找来和去的流动的人群众生相，以及借着家乡在沪上的小吃抒怀一腔舌尖上的乡愁。

并列起来，出发和来到，来到之后的各种人文情态，外来的带来异质，渴望被包容；在地的主动或被动接受迅捷的变化，尽可能地守望熟识。大都市的上海容纳各种，不同的人群可能互相碰撞，更可能各不相关，都市的非熟人化人文生态使相异的人群共轨于同一个当下的时空，并行不悖。

记得上一届有组学生特地去一个待拆迁的里弄踏访，坐在破门前的老人露出怀疑的目光，躺椅上的生猛中年男令人不敢趋前询问，学生们描绘着高档楼盘背后的破败里弄，描绘着所感受的那种衰败气息，感叹鲜亮都市生活的另一个面，就是不敢上去问问门口的老人的想法，问问那些退休的中老年人拆迁后的生活想象或念想。他们开始被惊到了，平日难以所见的日常生活就这么粗剌剌地在眼前一览无余，那些光鲜背后的粗粝让年轻学子们一时难以消化，幸好他们还是敏锐的，他们能感受，并继而思考城市生活的种种面向。这不是他们阅读的穿越玄幻小说，这恰恰是生活的本来面目，如此本来，却带来似乎的穿越之感。

这样的踏访其实已非为了做刊物写文章了，倒是给学生（也包括我）伴生更多对当下城市生活的认知，我们个人所见总是局限，更多的眼睛看到更宽阔的视野。见到鲜衣怒马高楼林立，见到阴沟积水杂碎满地，见到七彩灯光里的影影绰绰，当然很多可能总是无法见到，不过，没关系，见，拓展了知和思；不见，在见的积累下当然会深化认知的程度，拓宽判断的边界。城市踏访，是人生和文学的交叉寻访，是惯常和盲区的互相审视。

坦率地说，每次看到年轻人做的城市踏访微刊，也每次给自己带来很多的“看见”，看见以前的看不见，看见曾经的再看见，由文字带来的触摸，其实已然转化，并且常常表相，只是即便如此的触摸还是会漾起细水微澜，一个时空里的甚或毫不兼容的时空，正是当下已然的司空见惯。

世界的变化已非十年二十年前的想象，甚至三年五年前的状态，每个人遭遇着史无前例的跌宕，跌宕得跌跌撞撞，跌宕得心像壅塞，难以清明，美联储加个息，全球都要鸡飞狗跳，不过，其实，何必一定要紧跟，换了许多绿钞票，还是换不来平静心态，也不必整天喝励志鸡汤，在变和不变之间，在各自的时空里安身立命，阳光晒在文庙的廊柱上，晒在火车站的广场上，晒在一夜奔放过后疲惫的门墙上，毕竟没有不爱晒晒阳光的，毕竟大家还都要在太阳系里度过肉身的余生。

2016 年 12 月中旬

接受怎样的自己

四月时校对待付梓的个人作品精选清样，约十五万字，费时两三天，快递发出后，眼睛酸胀，疲惫非常，恨不得立马躺倒。晓得以前那种十几万字校样一天看完的神速和看完之后依然神清气爽的时光不复再有，或许还应该庆幸并感谢身体的支持终究还是在不长的时间内完成工作，其实放慢点速度也没大问题，这样身体就不会发出这么强烈的信号，虽然已经接受身体机能的衰退，可事到临头还是没有充分地尊重身体意愿，以为还能强化一下。

那种六十岁后练成健美身材的励志故事只是特例，大多数人的身体机能与年龄增长成反比，当然并不否认通过调理和适当运动延缓这种反比增率。不过，只是延缓罢了，接受自己的衰退衰老是必然的，难道你还想水仙花临水照永远？年轻时感觉“半老徐娘”之类词跟自己没关系，虽然也知道人总要老，总要死，不过以为到底有青春可以抵挡，遥遥的半老早着呢，现在，现在被时间狠狠鞭打着，活着活着就中年了，青春在哪里，飞得比光速还光速啊。自然，接受的过程甚至是残酷的，残酷是因为你避不掉，一天天残给你看。

青丝如云之发，如今日渐稀薄，每天一梳一把头发脱下来，黑豆黑芝麻还兼防脱发洗护，也就是自我安慰，其实效果究竟如何呢？老早刘海可以烫出一朵菊花，或者飞出一个翻翘，现在软塌塌像棵塌棵菜趴在额头。曾几何时吃啥啥香，胡桃花生各种坚果随便咬，如今齿龈不力，隔三岔五肿痛发炎，不用说敏感酸甜冷热，甚至咬嚼都成问题，接下去大概就是拔牙假牙之类的了；皱纹是不必说了，除非动刀打针，你还想光滑若鸡蛋？在一点点露出残相的生命面前，须得忍耐接受，残也要残得酷一点嘛。再说女人顶看重的体重，就算变化不大，年轻的瘦是轻盈苗条，中年的瘦就是憔悴干乎乎，若想长点肉，就是难以上脸，都去贴了腰腹，只好感叹造物主到底老辣，犟是犟不过的，不如顺生，慢慢调整。

想起有一年中年同事短时间内连续三次来电倾诉，每次约40分钟，主题只有一个：失眠啊失眠，怎么办？呼应这样的电话其实是一种能量的消耗，但其所诉，其实也是自己曾经并正在经历的，所以尽量感同理解并努力开解。她说看过心理医生，也在吃安眠药物，但感觉还是不行啊。焦虑之情溢于言表。

“失眠其实是身体的表象，也许你还得体会自己内在的心理，追溯最近一段日子甚至过往的一些体验和心情，或许你对自己有不满足不满意，加上女人进入更年期后难免有些生理不适，兼之对工作有焦虑，比如对职称不满意，申请的课题没有完成，或许对身体有太多的担忧。关键是不要急，慢慢来，先要接受自己现在的这种状态，而不是抗拒。其实，在你焦虑的背后是一种抗拒啊。”

“你怎么比心理医生说得还对啊，”同事好像有些释然，但还是在念叨，“怎么到了四十几岁了，身体越来越无法把握了呢。”“正常现象呀，还是要自己慢慢调节，不要着急，越急越心情差，睡眠差。”

这些话正是自己的体悟。也曾因为身体的不适和频出状况而深深焦虑，焦虑曾经的活力的丧失，甚至对生活失去兴趣和信心，自我疗愈的过程也好比是在不断地提醒和加深着这种焦虑，于是，早上醒来总像没睡醒（尽管晚上靠了药物入眠），爬起来似乎持续茫然混沌，一整天眼睛都是酸胀虚浮的，处于一种无奈、沮丧、惘然的状态中，虽然其实深心里有一个地方是清明的，清明着自己的这种灰败，可是又仿佛无力也不想去改变，任由着身心沉下去沉下去。好在，那份清明终究在那里，正视生命中出现的这些问题，是每时每刻的功课。然后，慢慢地去接受、面对、顺应，追溯这些问题的源头，即便答案不一定明晰，这样的过程就是自己打捞自己的过程。于是，一点点又浮上来，同自己重新好好相处。

那天忘了和同事说：接受变化中的自己。那个青春飞扬无忧无虑，活力十足不知疲倦的是自己；那个仿佛时时能掌控，处处尽把握的是自己；同样的，容易疲累了，思维迟钝了，记忆力下降了，身体指标不正常了，牙口不好了，睡不着觉了，走路气喘了，还得加上皮肤松弛，眼神暗淡，身材变形，这些也都是自己啊，但是，人大抵能悦纳鲜花盛开，却忧虑凋零落英，其实哪一样都是生命的必然。道理自是了然，临着，却难免彷徨排斥，尽管非直接表达，潜意识里已经种植，身体就以这样那样的问题来倾诉了。虽然，身疾并非尽然缘于心病，大致还是有道理的。

那么，倒不如先接受吧。当然，接受是一种大的态度，并非仅仅被动。接受了，才能坦然面对。医疗饮食心理协力，若痊愈，自欢喜；若问题已然，不免难受，但也得坦然，生命有那么多神秘和未知，医学如何能尽然？何况如今世道有那么多环境污染和食品安全之虞。不如和身体好好相处，聆听它，兼之按摩拉伸畅通经络，百会、大椎、太溪……让涌泉的力量充满身心，在时间的流逝中，深情地平静地充满你。安然，冉冉身心。

我们从小接受的是一种斗志昂扬的教育，仿佛人就不该衰弱，不该衰老，“轻伤不下火线”，人在这里大致只是被视为工具，所以，老是可怕的，可怜的，年轻才好，如今这套生存法则愈演愈烈，除非你老得有权有势，才似乎有世俗意义上的尊严。可谁又能避免这一出生命的戏码，哪怕你有特供。变化中的自己既是生命的无常，也是随常，顺应它，不勉强身心，不以外在的事相左右自己，积极但不过度，让生命在自然的状态中完满自洽，繁盛枯荣。

盛开和凋零都是生命的自在自为。

初稿于 2012 年 7 月。修改于 2016 年 5 月

和解的可能

毕业创作开题报告会上，小王说着说着突然哽咽，无法继续陈述。她写的小说基本写实，取材她的家庭。三姐妹均大学毕业，只是供女儿读书上大学的过程令其父母压力巨大，乃至父母和孩子间造成分歧。最初父亲因各种原因不赞成三姐妹上大学，要她们初中毕业都去打工赚钱，母亲却很执着，她不希望女儿们像她一样，一辈子深受重男轻女的压抑。也因此，父母吵架冷战。大女儿深受心理压力。后来父亲倒也支持最疼爱的二女儿（也就是小王）上大学，甚至倾其所有供其读学费不菲的研究生。故除了父亲，其余家人都有些责怪二女儿不体谅家庭困难。现在，三个女儿除了老二，也都毕业工作了。但是，一家人的矛盾结怨却还是无法释怀。大姐怪二妹，三妹怨二姐。过年回家的相聚，本该的天伦之乐，很容易一不小心，几句口角，即从表面的欢乐转换为结怨的爆发。

当有老师说起，因为经济等因素，一个家庭的资源常常无法让家庭成员平均共享而随之产生无奈矛盾时，刚想接着继续陈述的小王声音颤抖，一时大家都无语，等她慢慢平静下来。是这些话深深地和她的体验共鸣了，是这些话如剑一般挑开了她成长经历中的伤口。

我说，也许通过写这篇小说能够使你释然放下。小王道：

“本来也以为能够如此，却没想到依然还是很难释怀。”我们问她，故事的结局是这个家庭彼此之间的和解？因为这篇小说正是借着年夜饭的由头让三姐妹共聚父母老家，而由此展开叙述时空的。此时，我心中却闪过一念，几乎和小王异口同声：“没有和解。”

至少现在没有和解。与家人和解，其实首先要与自己和解，倘若自己这一关过不了，总是刻骨铭心，或者剪不断理还乱，那如何能以一个放下和真正理解的身心去与家人和解呢？而和自己的和解，何其不易。

其实小王是85后，她成长的年代已非计划经济时代那样的拮据和贫乏了，当然不同地区经济发展的差异会带来差异，一个家庭子女的多寡也是因素之一。若时代再往前推，那这样的问题可能更要严重。之所以能体会到小王几乎脱口而出的“没有和解”背后的余音，其实也是在成长过程中深深体悟原生家庭的问题带来的许多困惑甚至暗影。比如，母系父系家族矛盾在父母之间产生的纠缠，诸如你家亲戚结婚送什么，我家族人成亲送多少；你家来人是怎么招待的，我家客来又烧些什么菜；还有，身为老大，每次食物分配都要孔融让梨；身为女孩子，读书要好，帮做家务也要到位。成人了，则要多些承担家庭责任，即使成了小家，大家庭的责任也总要自觉分担，等等。当然，人总要承担家庭的责任，也总是编织在家庭伦理中的。只是原生家庭年长日久细水长流的一种氛围，一种渗入，会给个体生命成长产生潜移默化的影响，使其潜意识里产生一种压力，总觉得责任重大似的，而其实很多东西还真的非自己可以承担，毕竟即便一个家庭，每个人有每个人的脾性，根深蒂固的东西实在很难改变，绵薄之力能改变什么呢？何况家人和家人之间的沟通有时反而是更难的，因为彼此互相是有要求的，还容易有理所应当之愿，于是有些时候要么绕道不提，要么是沉默不响，真要撕裂开那些陈年旧事，是否每个家庭成员都能做好了直面那种尖锐的痛的准备？但是，你又无法不牵绊，因为这是命运。

可是，其实内心里是不希望如此牵丝攀藤的，那么潜意识则会选择逃避，相应的身体也会做出反应，比如容易虚弱，亚健康，一部分是真的身体出状况，一部分细细内观，会发现这是一种心理压力在身体上的反应。也许，能够看到这些反应的源头，也是一种和自己和解的开始，因为这些遭际，无论接受或逃避，都是你之所以成为你的一部分。

看类似《甲方乙方》这样的节目，很多家庭为了房子问题大动干戈反目成仇，有时候其实本质上就是家庭成员之间一些利益的不平衡，你多了我少了，我照顾父母我要房子，你不照顾的就不能得到——他们似乎不觉得照顾父母本身是责任，和房子无关的。调解员帮他们调解也非常艰难。调解之难是必然的，因为当事人还没有和自己做好和解的心理准备，接受自己的现实状态，接受自己应该的权利和义务，面对自己内心深处的利益考虑甚至自私，看清楚这一切，才有可能和家人彼此体谅。

若能深深了解自己的念头来自何处，自己的所为起源何处，或许也能更多地在一些事情上感同身受，和他人（包括家人）之间的关系才能有通透了然，彼此谅解的可能也就越大。

其实，家庭如此，社会又何尝不是如此呢？人自身的问题必然会带到周遭生活的环境中，个人和环境其实是相互的，良性的互动会产生好能量，而长期的负面循环，尤其是正面生态的被践踏和崩坏，再要形成和谐之状，岂是几句口号几次活动几个工程能改变的？所以，个人以为，所谓“和解”其实也是一种“深度了解”和“诚恳实践”，先从自己做起，获得心灵的了然、释放、理解，因为和解不只是一种谅解，而是接受伤痛甚或伤害之后的放下，这个过程甚或是鲜血淋漓的，好比清创，必须痛，才能包扎，才能愈合，而疤痕可能一直刻印心头，好像轻易忘却就是否定了曾经的生命体验。是故，和自己和解，何尝不是一种深刻认识身心的过程，伤痛和不堪，愿景和现实，狭隘和包容，像溪流越过礁石险滩，渐渐开阔，这样的自己，再与他人（包括家人）沟通，彼此之间或是可以和解的。

小王已经毕业，希望她在生活中渐渐地和往事“和解”。再见面时，我会说和解很难，但还是会有和解的可能。人和人的和解确实不易，每个个体对自身的了然，彼此之间的“共识”和“同频”都是实现这种可能需要的基础。那就先从和自己的和解做起吧。

写于2012年11月。修改于2016年

天堂之树和岁朝清供

难得岁末有个蓝天，赶了蓬皮杜现代艺术展的尾巴，看到不少上世纪曾名噪一时的作品，毕加索的《缪斯》，贾科梅蒂的《威尼斯女人》，布勒松的《圣拉扎尔车站背后》，杜尚的《自行车轮》，可可·香奈儿老年时的照片，一堆防毒面罩“装置”，康定斯基的抽象画，夏加尔的烂漫画作（少不得是他和他的蓓拉），对了，还有萨贺芬的一幅画。这个仆人出身的素人画家，买不起颜料，甚至用猪血融成红色，白天做工，晚上画画，色彩鲜艳至极，她喜欢画树，树叶色彩里含着色彩，看着像一只只斑斓之眼。看过电影《花开花落》里的萨贺芬其人其画，如今在家门口看见“天堂之树”，当然要多看几眼，凑上去细细看树叶上的白色点点，一个个小白点子细致匀称，握笔的人定是屏息敛吸。树是布满密密麻麻颜色的，色调是极饱和的，朱褐色的树干斜穿画面，不知那色调里的红色是否揉了猪血的底子。71 幅作品跨度 1906 年到 1977 年，上世纪西方人的观念和想象和心手相印，虽然它们其实在博物馆里待了蛮久了，很多人从它们面前走过，不过在纷乱的 21 世纪第二个十年与之相遇，欢喜自是不必说，竟也不陌生。作品背后的那些人，与现在看着它们的我们，究竟有多少别和不别？

1917 年杜尚买了个陶瓷便器签了个化名去参加堂皇的纽约独

立艺术展，嘴角一定带着戏谑嘲讽的笑，就是要解构所谓的艺术权威，然后结果大家也知道了，便器被拒，杜尚也退出协会，但之后杜尚被奉为后现代艺术鼻祖。那命名为《泉》的陶瓷便器录入艺术史。此次展出的杜尚作品是一个自行车轮装在一张圆凳上。后来学他的人一长串，自是不在话下，杜尚后来也不做什么劳什子艺术了，下下棋，过过日子，“我最好的作品是我的生活”，当然一要不愁生计，二则得通透。是啊，何必那么艺术非艺术的分别心。当然，这是杜尚的洒脱，一般人是学不来的，总归是要做出个什么来，别出个苗头来，这世界不就是个处处分别的社会嘛。你看萨贺芬，真正原生态的画家，起初画画也不为什么，就是欢喜，可是当被人看见被人发现，有了供养，开了画展，后来收藏者因战乱失联无法继续支持了，她倍感失落，最后精神失措孤老在精神病院。那些灿烂的树在原野上已然随风飘荡，萨贺芬却听不到它们的声音了，而她开始画画时是多么欢喜坐到树枝上听风听树声啊。

杜尚的戏谑在今天已经进入艺术史，原本是为了打破，终究还是被供奉起来，人的世界总归如此，人性使然罢了。不过，也终究让人心多了几个去处，所谓做一项艺术也罢，什么事情也罢，说到底也就是一个自己的念想，为他人承认是入了社会的辙，即便不能，又如何，也依然是自己的辙，不过是自己与外面世界的一些联系罢了。当然，商业社会之当下这么做来大概是只能喝稀粥的，一众人等总归是要挣得头脸赚得腰包，然后获了话语权，于是各种不愁，然后，再说点潇洒话，再行点喝茶听禅的，或者说点愤世嫉俗之话，将之前为银两暗送秋波的营生洗了地，这才停当，这才风雅了。

想着这些作品的年代跨度，人类世界的两次大战皆燃于此间，人类世界的诸多发展变化也兴于此间，而坊间也是罢了帝制而新民主主义而人民共和国，1977 年更是重要历史节点，结束浩劫翻开新篇章的翌年。时间流走了，作品倒是留下诸多的瞬间，诸多的人的思想情感表达，布勒松照片中那个男人跨越水塘的瞬间其实平常，但拍下来又颇多趣味，人的世界多少就是这么些瞬间罢，只是在瞬间的当口又是那么熬煎，终归留下痕迹。后人如吾等在苏维埃式的建筑里看这些欧美的作品，那些曾经的各种纠缠其实败给了时间和人性内在的本能，互相的看见是多么重要，“当你看到一个形体时，你必须聆听它。”虽然看见不等于了解，也许是误解的开始。

看完“天堂之树”不久，微信上的岁朝清供图也见着多起来，自画者有之，转发者有之。品种倒也多元：水仙盆景是也，天竹蜡梅是也，银柳佛手是也；当然也不仅画上，室内案几上也都摆将起来，不拘什么，应个年景节气。人心里有了意，看出去的阳光也好似有了过年的模样，照得暄暄的，各种不安全感不确定感也似乎暂时打包搁置一旁。尽管外面的世界发生着不少事，新任总统的，游行抗议的，网站被关的，言论被禁的，各种纷争剑气硝烟的，人心难免惶惶，画幅画，做个什么装置，当然是无法改变如此这般的世界，只是人类社会的规则到底是什么呢，人到末了求的是什么，岁朝清供之切实的平安，天堂之树之遥遥的斑斓，还是即便有了，又贪恋其他？

“通过移除达到完成。通过崩溃达到完成。通过空虚达到完成。”看到展览中这三句话。那么铿锵有力。完成一幅作品真是非得历经各种失望沮丧崩溃甚至绝望至无，方才始得。只是作品的完成非仅仅人（人类世界）的完成，究竟如何才是完成，何尝有什么答案？人性会对已有的答案满足吗？

2017 年 1 月 24 日

无名和苹果

《权力的游戏》第六季中艾莉亚·史塔克历经各种艰险（当然，腹部剑伤血流不止还能奔跑且完胜无面杀手也是过于神奇），一身本事回到临冬城，和高手“美人布雷妮”比武毫不逊色且占上风，美人问：哪里学来的本事？艾莉亚答：No one. 字幕译：无名之辈。也对，贾坤统领的无面者崇拜死亡之神，忘记自己是谁是进入黑白神殿的入场券，艾莉亚不断地被问“你是谁”，不断地回答“no one”，尽管其实内心深处她清楚地明白她要为死去的父母哥哥复仇，“仇人名单”是她颠沛流离活下去的动力和勇气，所以她将过去的衣物等扔进河时还是忍不住藏好她的“缝衣针”，但是某种程度上这种“no one”的训练，360 度锤炼她的技艺和能量以及心胸，当她辗转返家，焕然一个藏得住心事的冷面杀手。她的“myself”有“no one”作底，视野变得辽阔。

人这一辈子，最难的大概就是“无名”了。混沌婴孩，好不容易渐渐长大，建立自我，并且发展自我，成长自我，知道自己是什么人，能做什么，在尘世中定位自己的坐标，是一个确立“名”，且扩大“名”的过程。一文不名，不名一钱，皆贬义；声名远播、师出有名、名门望族，何等自豪；所谓出名要趁早，名人效应带来更多名利；这世界熙熙攘攘，芸芸众生，泯然于众人而无名，多数属于被动状态而非主动追求，一个名字，是一个人一生的符号；一个“名”字，何尝不是一个人一生的缠绕？

查查“名”的来由，很有意思。许慎《说文解字》曰：“名，自命也。从口从夕。夕者，冥也，冥不相见，故以口自名。”天色昏暗，不能互见，于是各以代号相称，此乃名之由来。溯源起来，名是为了互相看见。但看见之后，渐渐地对看见的要求高了起来，被谁看见，被更多人看见，保持被看见的位置，如此，名气、名位、名声、名望、名人……各种名，不管名不副实，还是实至名归，纷攘世间，乃至名反而成了冥，遮蔽了人的许多，只看见名，而不看见名背后的人。名，命名了自己；求名，或许失落了真正的名——自己。所以，不停地说 no one 何其不易，说给人听，也说予自己，好似锤炼自心，名而能不名。

不名和匿名也有区别。匿名，带有某种主动性的隐匿之选择，也许某一天还是会显名；而不名，名的世间价值意味渐次遁去，名也好，不名也罢，都不成为某种背负，只是一种人的存在吧。好比静坐冥想的那一刻，名与无名都是云烟，人与当下此刻的肉身共处，名焉？不名焉？其实都是身和周遭的流动。这些流动只不过是量子罢了。明乎此，大概会对名提高些免疫力。不因为名而冥也。

当然，其实我并不认为世间之人真的能 no one，比如笔者著文，要署名，还希望他人看到，看到者若有共鸣，作为作者当然雀跃。庄子所云之“至人无己，神人无功，圣人无名”，既是至人、圣人，自然是难得少有的，大多数人能了然名和无名，并且自知，已然有了某种自觉的。如何体悟自我之消失，窃以为消失云云更多意义上乃与万物同焉，你不必纠结那个我如何如何，你只是“此在”。“此在”，就无所谓名和 no one 了。很多时候，纷扰之物之事其实是流动着的念头罢了。

想起塞尚偏居埃克斯总是画着那些苹果，他喜欢画苹果，也因为苹果就在身边，模特儿难有，且苹果不会移动，对于不擅与人打交道的塞尚来说，苹果就是知己。经年累月地画着苹果，偶尔塞尚画人，他会对模特儿说“苹果，不要动”，在塞尚的感觉中，苹果和人是一致的。以前听到如是轶事会为塞尚感到心酸，如今却不那么感怀了，反而觉出一种豁朗。塞尚说得对啊，苹果和人，皆画家造型之对象，根性如一。

名之初始，是为了看见。人之好名当然不只是为了互相看见，还要被更多人看见，名挽着利牵住人心人行，说来也是正常，否则世间了无牵攀。能像一只苹果那样存在吗？虽然这个苹果和那个苹果，红富士和蛇果，国光和嘎啦，红色和橙色，纹理和块面，终究不过是苹果，画下来或者吃下去，只是一只苹果。

我们都明白人无法如一只苹果那样存乎于世，不过知晓自己终究是“no one”，或者有些“no one”的认知，虽不能“片叶不沾身”，亦裨益于在熙攘之名利世间穿行的。

2017 年 10 月中旬

山药红豆，春日蓝天

电脑手机，目力下降是定然的，想着不如多用用耳，不喜新奇，唯愿老书老曲的，一则可回味，二则早先或忽略或粗疏之处正可细究。《红楼梦》当然首选，不管看过几遍，也不管读过多少研究文章，读原著最要，每天听几回的下来，那些人物场景又过了一遍，有些人情世故处以现在的年龄当然比年轻时会心和明白了，大观园里的一场场花红柳绿最后白雪茫茫，宝玉那领猩红斗篷大概是尘世间走一遭的明证吧，都说高鹗的续写是不怎么好的，不过这个结尾窃以为或会曹公之心的。智能手机里听来这些，时间既像是有的，又似是无的，智能手机是时间走到现在的明证吗？还是也不过一领红斗篷？

文字里的古人，其实只是逝去的时间，无挽，无痴，像白雪冰激凌，滴滴答答地化，任由它去，又怎样呢？每天洗衣做饭，每天擦洗污垢，哦，对，要加上每天开电脑开手机，看看读读写写，笑笑想想，难过不难过，或者空白空无，没有大观园可逛，每天如此这般，年轻时曾感叹西西弗斯的悲剧中的力量，甚或以为此间大有深意在的，可是渐渐地，觉得哪个生命不是西西弗斯呢？顽石带着宝玉人间走一遭，还能回到大荒山青埂峰下，做回顽石，人倒是能做回什么呢？哦，有研究证明了，肉体消亡后，灵魂的能量还在，好比电影《发现》（*Discovery*）所述，人死后灵魂飘荡，不断回来，就看你看得见看不见了。可是似乎也不能回来阻止已然的死亡，只能眼睁睁看着其必然的发生。那么，这就是宇宙间的法则了？

冬天的树，树叶褪尽，成就了树的样子。春天的树，新叶爆满，树的样子仍在，却总是不同了，春潮涌动，满格焕发。好比闻到泥香，闻到草涩，即便不过是绿化带，也有点春耕的气味带了出来。貌似这么说有点矫情，城里待着，还春耕呢，瞎。好吧，少时的乡村记忆，即便不过走亲戚时所见所闻，总不合时宜地出来冒泡，自黑一下。若真在大田里春耕劳作，腰都直不起了。好比那句诗怎么说来着，“面朝大海，春暖花开”，怕是一个浪头打过来，抒情的手臂都湿透了。可是，人不这样想一想，说一说呢，也是会难过的。就像那句很“刻奇”的话“生活不只有眼前的苟且，还有诗和远方”，说得好像眼前的全不值一提，远方皆诗，毫无苟且似的，一个物理距离的位移，搞得好像一切问题都云散了，人都焕然一新似的，或者说人都不五谷杂粮，皆泠然而行了，实在比“生命中不能承受之轻”还要“刻奇”。以前，我们说此乃媚俗，现在则修正为“媚雅”，乃捷克语 kitsch 之音译，不少学者都对此分析过，大抵是自我感伤自我感动，甚至赋予虚假的感情以意义。说来，自我感动一把也无伤大雅的，很正常，或许要避免的是“刻奇的刻奇”，以为一到某个远方，一念某则经，就心灵荡涤，平安喜乐，从此不烦恼心，不妄念头，般若了。真如是，倒也阿弥陀佛。只是，有这么容易观自在的吗？

大概有点像如今微信公号的推文，标题一长串，夸饰到无以复加的地步，网上说比如《红楼梦》，据现今标题原则，那么可能为“富贵命凄苦情——富家公子与十二美女的孽缘纠缠”，也可能是“这样奢靡的生活，98% 的人这辈子也过不上”。脑洞开得蛮大的，天天“西游记”，说是现在的人好这一口，哦，非如此，后台数据很难看，100000+ 才是硬道理，然后吸粉吸广告，最重要的是吸金，万变不离其宗，古往今来有何异。所以，媚俗也罢，刻奇也罢，也都可以理解吧。哪里真能白茫茫一片真干净呢，不过是借着这些词，安慰安慰自己罢了。

班上有个研究生的毕业创作写科幻，说的是人和人工智能较量的故事。2043 年，强人工智能“网”问世，以每秒 781.3 亿亿次的计算速度完成任何智力和行为测试，人类的能力在此面前就像孩童玩泥巴，不过在故事中人类还是有 AI 没有的能力的，比如人类的情感等，在此不赘述。已毕业的一个学生也写过一科幻，说的则是多年以后，出现了一种记忆工程师，通过一种机器，专门为客户复原往生者的记忆故事，记忆工程师他人的故事“看”多了，有时也难分孰“我”孰“他”。在当下的现实中脑洞虚拟，是能给人带来快感的，或许亦非脑洞呢，从 email 到微博到微信不也是曾经脑洞，谁知道后事如何呢？下回是否能分解？能分解的也许是时间，不过时间也不过是个概念罢了，于区区人之肉身而言，看得见的是红颜和白首吧。

AI 或许真的为人创制，然后人受制于 TA，我的态度是且听下回分解吧，因为明知无能为力，不如此世此时此刻，梦幻泡影，终也有个幻和影，用料理机打一碗山药红豆芡实粥，虽不如红泥小炉煨着来得诗意，到底也是人操作着机器，机器为人服务的，在目前还是时序更替的地球日子里，春日蓝天下，物事和抽象，和谐相处。

2017 年 4 月 11 日

不断地知道，不停地升级

又接到短信通知，说某某系统要升级版本，请点击。原来的明明用得好好的，又要换了。更别提电脑系统了，当然总在不断升级中。感觉这些年来，每天总要接到几条这样的通知，用智能手机后更是不胜其烦，老土的我一般选择少用软件，少用 APP，不管什么升级不升级的，可也不能都不用吧，所以还得紧着小碎步，虽然很不情愿，可是理智地明白这是大势所趋，都智能时代了，人要想完全隔绝外界，不能说全然不可能，实在是为难的，就算心远，地也不会太偏，网络遍布；反言之，就算地偏，心真的远吗？

实在说，现在的人之心真是蛮劳累的，求学、生活、工作，提升生活品质，终身学习，接受各种新事物，解决各种新问题，不要说和十年二十年前相比，就是三五年前，又是一番天地，在巨变的世道中求生存得生活，手头做着事情，耳边听着“鸡汤”，心里还想着悠然见南山，像古人那样踩着农业文明的节点春播秋收的，好比身心时常穿越，可惜又无法都成全，自然跌跌撞撞焦虑徘徊。于是，道家佛学要学一点，冥想、唱诵、颂钵也要实践一下，老祖宗的《内经》要多多研读体会，经络艾灸更要实践实践，兼之各路西方的东方的“大神”们来传授各种方法，身心灵业已成庞大的生意，想想背后实在都是一个个渴求安顿好身心的现代人啊，求肉身之安康健美也罢，求灵魂之安宁悟觉也好，或者只是以此填补某种身心空白，为生活找个落脚点，实在也是某种希望自己多多升级的欲求吧。在这个不断地要求人多多地知道，不停地升级的现实环境中，倘若原地踏步，似乎都觉得对不起活此一遭啊，好像人生不开挂，人还不如挂了。

只是，知道得越来越多，真的就是进步吗？真的丰富人生了吗？反思自己用了智能手机，尤其微信后，确实知道得更多了，也读到不少有价值的文章，看到不少有意思的人生故事，了解到很多信息，生活的人文的时事的历史的诸种兼备，也在朋友圈分享了自己的文章和偶尔的日常，对于一个日常多在电脑前工作的写作者来说，微信确实让人感觉和外部世界的沟通更加方便和紧密，只要你愿意，时刻不脱线，分分钟裹挟其中，貌似很有个体存在感，虽然那个叔本华老先生老早就说过人生要么孤独要么庸俗之类的话，但哪里人人都有哲学家的深邃呢，即便孤独了，大概庸俗也是难免的吧，那不如就看似热闹的庸俗吧，是的，实在是明白这种所谓存在感的自欺感，这感那感，不过是个体生命的念头罢了，此时此刻的“在”罢了，说白了，就是一种心理感受，当然作为有意识的人类，尤其在乎这种感受吧，想一想，其实你跟外部世界的联系紧密了吗？未必。世界还是如此这般地运转，你还是如此这般地生活着，唯有的增加有也是有的，大概就是这一点心理能量的加持吧。暂且不管这能量是否真实不虚。时间久了，倒反而发现了另一个问题，这种存在感其实是转瞬即逝的，本来大体现在的世界就是一个转瞬即逝的信息流，水流过痕，终究无迹，你的这种关注恰是降低了自身的专注力和凝聚力，在信息流中，你获得了一些，其实减少了更多，围观也是一种生命能量的消耗，这里消耗了，那里的积蓄自然就减少了，也许会发现，工作完成度降低了，一天的时间碎片化了，信息是获得了，但思考力或许也下降了，因为不断地知道和被知道着，像钻探一样的挖掘度不知不觉中减弱着，人的思维纵深感不如以前了。觉及此，不说惊心动魄，也是痛悔有加。我应该是蛮晚才开始用智能手机的，本来是比较排斥的，但一旦用上了，各种功能由不得不关注，社会的发展也让手机成了人的生活状态和日常生活的延伸，然后，就变成了手机不傍身，心里不踏实。不必怪手机，实在是人性使然吧，毕竟可以关机的。

整理以前的绘画习作，看到2009年初画的一幅花卉，粉红花叶上绒毛纤毫毕现，阳光下熠熠生辉，回想其时情境，乃匀细呼吸，以极细之笔，笔尖沾一点点白色颜料，手腕且用力且轻放，瞬间轻扫纸面，一笔一笔点画而成。虽不过习作，但那种专注犹然入心。还记得前年临摹宋代花卉，薄绢上，细笔勾勒，正反面敷色，花叶、虫羽轻轻细描，在用心用力却又似乎云淡风轻中，专注力产生的创造感直等于幸福感。念及此，深省人和自己在一起的浑然一体才是不借助任何力量的存在。知道得越多，并不必然拥有更多觉知。只是，人总有弱点，有惰性，有脆弱，有不断生长的念头，也因此会有各种各样的瘾，手机之类的只是将此放大罢了。

好比人类文明已然升级至若早先科幻世界中的版本了，但人类世界依然冲突、流血、纷争，文明到底进步了多少呢？

2017年6月7日

要不要有期待

一次和出租车司机聊天，说起眼下的人情往来，我说现在的人不同以前啦，现在是“莫斯科不相信眼泪”，报喜不报忧，朋友间也要少倾诉，免得彼此做彼此的情绪垃圾桶，即使受伤生病啥的，能不说还是不说，免得互相烦扰。本来以为是好友的，一句“吉人自有天佑”后就没有下文了。有时想想这样好像也不太像朋友了哦，但是又觉得这样倒也彼此不多牵攀。师傅道：这个不来事的，人情味也没有了。跟你讲，我搭档，前一阵家里出事体了，格么我总归要表示表示，到医院里去望望，有时他班头调不过来么，我也帮他顶一顶，一道搭档开车子年数多了，哪能好勿相帮呢，否则心里过意不去。师傅，你这样老够朋友的，也给朋友带来希望哦。哪里哪里，司机谦虚起来，人么，总归还是要互相取暖的，否则过日子不是没有盼头了么。

路上堵车，不过听了司机的话，蛮有种笃定和安然之感。只是，大概难以在现实的人际中产生这种笃定感的，反而时时要告诫并已然内化成习惯，就是尽可能不要麻烦人家，不要打扰他人，也不要对朋友有期待之心，分享的只能是好心情，不太好的心情不要倾诉，哪怕是朋友，独饮并暗自疗伤才是现代人的标配，否则似乎不那么现代城市人的。尤其当下不少身心灵领域的各种言论，更多强调如是。在友人转发的文章中看到印度冥想大师香杰罗《冥想的准备》一书中一段话："1. 不要交谈过多。2. 不要收集过多的东西，贵重的东西会让我们的心有所挂碍。3. 不要对任何人有任何的期待。包括亲密关系中的爱人，家人。4. 不依赖任何人。保持独立性，按照自己的本心去做事。5. 保持安静，感受安静，并养成习惯。"这些在冥想中确实是必要的准备。当然，冥想中真正彻底的了无挂碍是有一个过程的，杂念不断涌现是冥想渐进的过程。平时也几乎每天都让自己全然地安静下来，闭上眼睛，排空心念，只是安静地坐着，但也接受杂念的产生，只是不使其奔突，而是看到它们，接受它们，让它们自然流动，渐渐地，久而久之，杂沓之念会渐渐减少，冥想时的状态也慢慢变得空明自在。个人觉得这段话应该也延伸在冥想的准备之外，尤其不收集过多的东西更要在日常践行。而不对任何人抱有期待，或许使自己更独立，更看见自己，看见自己内心的来龙去脉，不外求，也不会因外在的物象和人事改变自己，是故，尽可能地减少对外在的期待和依赖，乃至于无，是个体生命的某种境界的。

最近几年研读儒道释包括身心灵书籍及相关文字，并也将自性和觉知的观照保持在日常生活中（其实，年轻时遵先贤所说"一日三省"并内化成一种习性，个人以为亦然一种正念的观照），齿龄渐增，似乎也日益地疏减与人的交往和相处，因工作关系，独处主动被动地已然成为一种生活方式。尽管如此，还是常常在思量"要不要有期待"。倘若人不再对任何人事有任何期待，倒确乎是铁布衫加身，心坚志定，好像什么也不会入侵，什么都是如梦幻泡影，那真是阿弥陀佛啊。不过，好像菩提树下的证悟在人世间还并不真多见，就是天天冥想着，现世滔滔也难免侵入身心，只不过，当期待之心顿起时，使自己有这份观照吧。不必期待，自是减少了失望，也借此锤炼个体生命，减少了“待”。不过，肉身之人，于人世间毫无“期待”，连亲密关系亦然，总觉得不那么“人”了，互相安慰、关爱、温暖、求助实在是人性使然。心有期待地在苦海之世间活着，也是给自己添几分薪火吧。人毕竟还是要心怀一点期望，哪怕只是一点微弱的念想。芸芸世间，茫茫旷野，独孤固然若生命中飒飒的精粹，但是否少了些温暖和柔软，问题还在于真的是金刚不坏身吗？那又何必练个高难度动作或者去了某地都要刷朋友圈呢，还是期待被看到被欣赏的吧。只是，自己对这份期待之心有自知，也因此而不必过分期待，有期而不待，也就对人事的变化葆有安然和平静吧。都说不念过去不畏将来，安住于当下。对的，当下的此刻是生命的所有，只是，我觉得并不排斥期待下一刻。当然，下一刻又将成为此刻。此刻和此刻的连续，连续成时间的流动，或者说是我们以为的时间之流动。凡夫俗胎，即便理论上了然时间或许并不存在，现世中必然在流动的时间中念想和行动。

列子御风而行泠然善也，也终究是“待”风的。不过，愈加地不待，生命会愈加地“逍遥游”吧。这似乎也成为一种“期待”了。

2017 年 8 月 15 日

且为丝巾说几句

听说眼下丝巾的名声有点不好起来，起因是某些中年妇女（被以“大妈”称之）游玩拍照时喜欢齐齐取出所备丝巾，或双手高举，或裹于腰间，或绕于颈项，各种拗造型。中年妇女身材不那么登样或干脆走形亦是难免，且形体训练乏缺，造型往往拗得不咋地，兼之有些中年妇女成群结队于道路公园于林间花下，置公共空间规范而不顾，唯自身丝巾拍照尽兴，不少人皆呼“辣眼睛”，讽以视觉污染，于是棒子顺便也打在丝巾身上。于是，一边厢言之凿凿着“不戴丝巾的女人没有前途”，一边厢大妈的丝巾仿佛瞬间变身抹布。

作为一个同样热爱丝巾的中年妇女，想了很久，想想还是为丝巾以及大妈们写点什么，也不枉丝巾为装饰为保暖为工艺为审美为生产力而做出的贡献，尽管那些在美颜自拍照上还要头上加兔耳朵脸上加毛毛须的年轻姑娘们也是暗暗地喜欢丝巾的，哦，不，当然也许她们中的一部分是宁愿脖颈受了冷风而发起烧来，也要露出细致性感的锁骨的（假如锁骨有若飞鸟之形那是极好），不过青春文化下的舆情对“兔耳朵”们总是温柔以待的。

丝巾与人类身上的其他服饰一样，其实岂非一块丝绸或羊毛可以概括的，也是饱含悠久历史丰富文化的。早在公元前3000

年的埃及，女子身穿紧瘦的筒裙，上身或搭短小的披肩，在胸前系结。有时就用长长的披巾以复杂的方式装饰于身。又说波斯帝国时那种带穗的披肩也是如今披肩的前世（似乎以贵族所用为多），后来古希腊服饰中那种叫帕拉（Palla）的围毯亦是受此影响。帕拉一般披在古希腊男女皆穿的基同（Chiton）外面，话说基同无论爱奥尼亚式还是多利亚式，披来挂去看着蛮复杂蛮妖娆的，本质而言其实是一整块四方面料构成的，想如今有的装扮高手也是将一块大尺寸丝巾以某些手法做服饰之用，也是其来有自的。拿基同来说丝巾似乎有些小打岔，不过这些披巾的方式粗略说来也算是丝巾之悠悠远远的前尘往事了。16 世纪后，披肩的保暖功能渐为装饰取代，更多采用绢丝材质，三角领巾和饰巾多了起来。到了 17、18 世纪，权贵们常以丝巾做头巾用，并和各种帽子结合起来装饰，女性则多系于颈间，装饰和保暖兼备。18 世纪末，三角领巾渐变为长巾，为更多人使用了。到了 19 世纪，披肩更为女士们钟爱，宽大的披肩既使人风度优雅，又实用保暖。英国流行的披在长裙外的开司米披肩尺寸，长 5.5 米，宽 1.8 米，远远宽展于如今的通常披肩尺寸，夏冬两季，不同面料，各式具备。

这算是西方的丝巾前世，再看看咱华夏的丝巾丰饶。南北朝时《北齐校书图》中可见身着披纱的侍女，胸前系结的样子和如今女子丝巾系法也别无二致。隋唐时的披帛自然也是大家熟悉的，小袖上襦、半臂、长裙加披帛是唐朝女子（尤其贵妇们）的标配，《簪花仕女图》《捣练图》中即可见之。这里的披帛在其时是称作“帔帛”的，若丝巾披肩样搭在肩上，既有一定的保暖功能，但大抵更多还是装饰性的，有的披帛甚长，有云“坐时衣带萦纤草，行即裙裾扫落梅”。披帛添女性身形之态，其柔软质地其纹样色调正好也丰富了整体服饰的层次。宋代依然流行帔帛，从贵妇的“霞帔”到平民的“直披”，很是盛行。到元代时女子渐渐多以云肩装饰，明清时期，似乎也是云肩为饰比较普遍。不过，其实看起来，这云肩有点像去掉了前胸打结的披帛，但披帛显然比云肩要飘逸一些的。当然，之后的时期，丝巾就很普遍了，除了深秋冬季，春夏初秋，皆容丝巾发挥能量无限。

看起来丝巾不过服饰之一小部分，其使用从装饰到功能，从权贵到普通民众，较其他服饰的演变不那么复杂，历史有之，文化有之，但似乎也非承载沉重内涵，比如华夏之裳从上襦下裙到旗袍到中山装到西式服装，何止服饰之变，可谓民族文化时代之变，领子的高低、袖子的长短，腰身的松紧，款式造型的改变，皆与风俗文化社会变迁休戚相关。比如20世纪初长衫旗袍而为中山装西式衫，表象为服饰之选择，其背后恰乃政体制度之变，当然传统服饰终究会在当代涟漪阵阵，这既是时尚之风云变幻，也为文化之寻根之期许，已非大时代之变下的服饰隐喻，所谓留头还是留发的生死考量。不过，丝巾的飘飘逸逸，也是与养蚕业缫丝业丝织品生产的兴盛有关的，否则，没有这些农业（手）工业的渐渐发达，丝巾一说又从何说起呢。是故，丝巾的无论美化还是实用，端是赖于文明的发展的。

好了，说了这些闲话，其实真是闲话，丝巾绾颈项，何须思来处，就是一条丝巾罢了。

只是，何以中年妇女丝巾秀惹来非议呢，这多少年的丝巾披下来了，好比敦煌壁画上飞天的飘带，不也好似细条丝巾嘛，只见人说美，岂有作秀辣眼睛之非议。当然，历史的古老的已然有基本定论的事物一般是不会遭到议论的，此亦为人性，好比天然屏障，眼前的阿姨妈妈们出游玩乐辛自己的苦携多条丝巾，只为扮个靓，拗个型，除去一些不顾公共空间秩序的举止，就这么把自己的辛苦变成了公害？哪里出错了？

也许还是审美问题吧。

丝巾的花色，花纹，颜色，和衣服的配搭，这些决定了丝巾是画龙点睛了总体装扮风格，还是画蛇添足甚至添乱。比如，一身花衣了，再弄条花里胡哨的丝巾，整个儿花团锦簇的，即使有欣赏之心也失了焦点，再学飞天善舞，也不会养眼。比如，色调之间既不协调，也不合理撞色，乱七八糟地叠在身上，倘若个人气质又非清新清丽，又如何驾驭得住如此这般的叠床架屋？当然不会好看到哪里去啦。当然，大姐阿姨们也许会说，怎么了，我喜欢就好。好吧，喜欢就好。不过，可以表达得更好些，有何不好呢。本来嘛，装扮愉己悦人，两相宜岂非佳事。何况，审美力之高下终究还是有的。

也许也难怪某些大姐阿姨们。在她们最华年的时候，物质贫乏，生活拮据，社会封闭，养家糊口殊为不易，的确良花衬衫算是漂亮的了，织锦缎的棉袄罩衫是压箱底的嫁衣裳，自己织条毛线围巾，做件花布连衫裙，已经蛮让人雀跃了，丝巾倒也有一两条，乔其纱绣花的，小心翼翼藏在大橱抽屉里，难得戴几回，再仔细叠好放好，什么小方巾大方巾长巾披肩，何曾想中年以后倒是可以左披右绕随心拥有了，怎么不要好好现一现呢，使劲倒腾才对。再说昂贵的买不起，一般的多收几条还是没问题的，搭配不搭配的，还没来得及考虑到呢，先好看起来再说嘛。要一些大姐大妈们懂得颜色学，诸如协调色，对比色，互补色，色调的饱和度等等，实在是高标准严要求了，青春期正好处于男人女人一个样、大眼圆脸红脸颊的海岛女民兵宣传画时代，如今要补上全身不要超过三种颜色，饰品色调要配合衣服主体色系之类的常识也是不易，看着好看的花色还不赶紧上身，以前没穿过的，现在都要试试，再高配点莫兰迪色系、灰调、普鲁士蓝之类小众知识点，实在是无可奈何花落去了。虽然汉文化传统中有宋代之素简之美致，明式家具式的明净修丽，但花花绿绿尚繁崇复的乾隆式审美实在也是流传至深，再加上时代跌宕，审美教育乏缺，落实到日常生活，日用品设计、服饰花纹色调等等皆是不尽如人意，成长于此环境，当生活不再那么拮据，有一些余兴余资以度人生之余闲了，一条丝巾却让人不那么从容有致了。一款丝巾的诞生，何尝不是丝巾的色调纹样设计者，丝巾的染色制作工艺者，以及消费者共同的审美选择呢。当某种审美倾向形成共识，自然会慢慢淘汰一些粗陋的设计（产品），生产者和消费者彼此共生良好的审美互动。

当然，城乡差别，地域差别，审美也是有差别的。山峦遥遥，高原至阔，难见青绿，实在得穿点饱和度高的衣裳，才使人觉得能站得住山头。大城市人流熙攘，物品繁多，高楼鳞次栉比，行走期间，穿得素雅点自己也觉得适宜清新些。不过，纵如此，色彩与人体，也是互相衬托互相彰显彼此帮衬彼此成全才对头，兼之个人高矮腴瘦肤色气质差异，虽然有“没有不好的颜色，只有没有搭配好的色彩”一说，终究色彩与人也并非总能相亲相爱的。也因此，既然要秀，秀得好看点也是分内事，事先多做点功课，这点辛苦也是不能略过的，否则迢迢千里拖了七八条大小丝巾去名胜，换来换去，飘来荡去的，全是“尬秀”。当然，说来说去，大姐阿姨们秀得很开心，也是好的，身在庐山中管什么他人的目光，只是道路以目的，不免已然公共话题，难免审美评判。何况风景山水也非等闲，第三只眼还是有的。

观察下来，目下不少媒体都在推广生活美学，饮食起居各种，舶来的本土的，当然所谓理念，末了总归要落实到实物的广告。倘若物品确实好物，倒也是好的，就怕最后只剩下物，其余又都不见了，好比说来说去又是只有生活没有美学了，或者说美学不过是酒幌。说来，理念要潜入心化于行，也是漫漫长路，诸如大妈的丝巾之类也并非上几节课程买一堆物件就可以从辣眼睛变身养眼了的。当然，能随时提醒一下自己生活也要有个审美总归是好的，何况也非所有大姐阿姨们的丝巾如此招惹是非，当大妈们的丝巾在名胜非名胜如飞练如静叶，既不辜负丝巾本体，也载得动绾巾者一腔美意，并赋成一道全然真正的“风景线”(尽管这三个字仿佛已纳入俗气范畴，可是大俗大雅嘛，何况是真风景，就有真气象)。

戊戌初夏去苏州，走走平江路，丝绸店一间连一间，旗袍丝巾占主体，也有已成非物质文化遗产的苏州宋锦铺子，宋锦云锦蜀锦，中国三大名锦，华丽素淡皆相宜。铺子里的宋锦自是好看的，不买，看看纹样配色也是欢喜和学习。人来人往中看到几位中年妇女旗袍平底皮鞋走过，旗袍非那种三滚四镶的过分装饰款，蛮适街巷氛围。吃饭时看见一阿姨和女儿外孙女共餐，阿姨海蓝色底缠枝花纹的长袍，非修身的款式设计和年龄身形相宜，虽然阿姨没有配丝巾，想来配将起来也不会太违和。念及丝巾的被妖魔化，想想其实也许没有那么严重吧。

蔡元培先生在1917年提出“以美育代宗教”的理论主张，是否能代宗教且不论，美育之倡导至今还为人呼吁着，所以为丝巾写几句话，似乎也不算浪费笔墨。

2018年6月初

谁是那个收信人

编辑朋友开了个“见字如晤”栏目，刊登书信体文章。近日来约稿，作为一个喜欢读前贤书信手札往来、喜欢观《快雪时晴帖》《寒食帖》等古人墨迹的人，一个上世纪八九十年代热衷写信、至今还会手写便笺短简的人，我想了想还是婉谢了。不过，推辞之后似乎颇有些涟漪。自问，还想写信吗？或者倘若写，究竟想写给谁呢？

是，你可以说如今各种社交媒体这么发达，自然不会有“烽火连三月”中焦急盼望一字万金的家书抵达；你可以说路漫漫不再遥远，一日即可环球，无须牵肠挂肚期待尺素鸿雁，手机下单机票即可一解相思；自然，远方友人想说点什么，电话微信音频视频，劳心劳神展纸写字，还贴邮票，外出扔邮筒？如今街边的邮筒应该比消防龙头还要寂寞吧，当然在某些古镇旅游地，倒需要一个老式的邮筒作为年代背景。说来说去，在沟通、联络之书信的本来意义上，如今确实少有写信的必要了。虽然，有的媒体在做关于读信的电视节目，那些过去的书信让现在的人看到往事，看到历史，那些往事中的人心人情，也因了书信这种私密的形式，纸上的烟云何其真切，一切仿若昨日，似乎真的见字如晤了。但是，其实作为观众的我们也明白，也就是做做节目，当下感动一下，感动书信的魅力，真让人去写信，以书信体讲讲自己的近况，谈谈自己的情感，关心关心对方的状态，有，但稀少。交流媒介的变化影响人的交流方式，这是不能不接受的。

而且，没有经历过书信年代的人，对书信格式也是陌生的。记得 2000 年，那时尚无微信，联络还在电话和手机短信阶段，我和学生短信沟通，以我这种书信年代过来的人，短信也是一贯的书信体格式，必有抬头称呼结尾问候，刚上大一的中文系学生虽然礼貌，但说话直接，他说老师不必要有这些格式的啦，我只好自嘲老土。短信微信沟通，虽然片言只语，都是“信”，其实也还在书信体范畴，不过因为便捷，无需灯下一纸一笔，一行行慢慢写去，好像也失了那份郑重其事，这郑重其事中其实也已包含了接下来的投递、盼复、收到回信的欢喜，拆信封，展读，每个环节都略略的仪式感，不说是友人亲人恋人之间的，就是礼尚往来的信件，因了书写的礼仪，开头的你好，末尾的问安，也使短简染上脉脉的温情。当然，介绍信等公事公办的信件也是书信年代的特色。单位抬头的横条信纸，好比书写人的某种身份标识，拿来写私信也是常有，似乎因了单位名，也有了些公家人的底气，或者师出有名的认同，倘若再加上厚实的牛皮纸信封而非文具店里的那种规范格式的样子，寄出去也好似多了些体面。

曾经在师生进出频繁的光华楼一楼看过学生会办的一个书信展，匆匆观之者不少，停足细赏者略少，那些信来自全国各地，信纸多见红色单位抬头，工厂机关供销社各种，或蓝或黑墨水字迹，字体也颇有可观之处，薄仅一纸，厚则三四张，密密麻麻，如寸寸针脚，边看边想起自己曾经也写过好多如此密密的信，书写时甚至还会想象收信人的感觉表情。想起维米尔的画《读信女子》，几缕光线，读信的女人脖颈微垂，全然沉浸。身侧墙上的地图或许暗示了信件的来源，17 世纪的荷兰正是热衷远航的时代，也许写信者是名水手，正遥遥地念着家乡的女子，女子在牛奶面包的操持中，读信是思念的纾解，也是日常之外的想象。不过，若于今日，社交软件那么多，就是维米尔转世，也许也不会再画一幅《读信女子》，或许若曾遍传友圈的漫画：人人一个手机，貌似坐在一起，其实各分东西。漫画家索性去掉手机，人人变得呆若木鸡。

自然，此乃隐喻。到了这个时代，手机还是得用。不过确然，通讯的便捷，伴生书信的那些情绪情感甚或行为举止都变化了。孰好孰坏窃以为不必下结论，只是差异，因差异，人性的表达也会差异。从书信时代过来的我虽然还是比较喜欢书信的温润，书信的延迟性带来的期盼之美感，不过，其实我也明白，写信会审美化有些表达，也会想象化有些人事，见字如晤毕竟非面见，人和人之间的有些细节、有些情感表达还得面面相“读”，比如亲密关系，面见或许不如书信来得脉脉温情，但直面人性难以用文字遮蔽的一面，是必须的。

虽然微信友圈比书信时代的社交圈是更大了，但好像越发觉得是“社交圈”，很多话是不能说的，偶尔说几句其实是冒傻气吧。何况出门必然保温杯的我，越发觉得很多话说给自己听就好，或者干脆诉诸文字吧；甚或在说与不说之间，就选择沉默吧。写信？也得有一个懂你的收信人哪。不如安然与自己相处。

2017 年 12 月 19 日

行色

凉暮

钟声消逝在山的背后
高楼的山
薄暮浸湿了回音
远远近近
大山静卧
街市喧嚣
草色隐沉在远处
裹住一团又一团的灯影和
湿风
轻轻地呼吸
惊不动大山的呢喃
深处，杳杳钟声
眼前，初放华灯

写于 1988 年 8 月。修改于 2002 年

就要这条影子呀

从上海到苏州好比一抬脚的事，但说来其实也是多年不去苏州了，倒是拜新媒体之赐经常能看到苏州旅游信息，四季饮食，春秋花树，园林里巷，旧城新貌，等等，江南的水汽氤氲时不时来撩拨一番，简直让你不由牵挂，虽然似乎是一处熟地，却又熟得颇为陌生，但移步的积极性却还是需要某种能量冲击一下，好比是那种“苏州嘛，要特特地地去吗”的心思，有时间去未去之地不是更好吗。只是已然过了那种异地打卡的心境，倒是觉得其实去哪里的区别不会天壤，要的不过是份此刻或彼时的心境罢了。

在闹猛的边上

平江路的名声已然经年了，虽然是旅游开发的那种老街，基本商铺，以旗袍真丝文创点心餐饮等铺子为主，喝茶吃饭听评弹也是好几家铺子的招牌特色，也有些现做现卖的小食品摊档，间或也有一二处宽阔进深的宅院，透出些许相异于其他铺子的清冷状，是那种不会主动招揽生意，你进门也不会太热情的调子。不过路是四面通街的，又临着河，河对岸自然也是苏式老宅，间或也是有商铺饭店的，但原住民还日常起居着，所以一样是旅游式的老街，过度精心的操持是一定的，但也不至于过分的矫情，不那么像一个整日里繁弦笙歌的舞台，还是透出着一些漫漫日子的踏实。虽然大多数铺子的店员皆非苏州本地人，在桥头吆喝进店吃饭的大汉听口音像山东人，胭脂铺里的姑娘大概是安徽一带的，锦缎店内的女孩子也是外来打工的，酸奶档口的老者倒是本地人，说是来相帮子女的，一大早从西山坐公交车挑着两竹筐枇杷卖的老妪面皱若核桃却是一脸平静，25 元一斤的枇杷吃口清甜，确是好枇杷。她说在这里比西山卖得出价格。老妪花衬衫黑裤子白跑鞋，并非游客心目中期待的大襟衫蓝布作裙的传统装束，看着显老，其实六十多岁的样子，倒以为这才是西山果农的真实模样。这些和走来走去的游人，糅合成了旅游景点式的但还比较苏州的一条街。

当然还是更欢喜走走平江路的分叉小街，菉葭巷、大柳枝巷、大新桥巷、丁香巷、大儒巷……都是些很苏州的名字。沿着临河的大新桥巷往东走，虽说目标耦园，不过沿途之无心之遇才是闲走之要。看得出来老街道老房子都整治修缮过了的，外墙窗棂、各种电线、临河统一的晾衣竿，铺陈的石板条，连河边的绿植都种在规格一致的容器内，是一种认真努力的干净，也是一种规范管理着的干净。自开着的门扉张一张，液化气灶头、八仙桌也干干净净并存。屋和屋间的宅巷深弄颇昏暗，不知通向何处。河里有船，船上有专职工人打捞水中垃圾。河边水埠拾级而下，古稀的老太在洗拖把，问：阿姨这河水还可以用啊？吃是勿好吃的，汏汏拖把啥的粗东西还是可以的。老里老早么倒清爽咯，后来龌龊了，现在么又清爽点。屋里厢有自来水的。一口苏白的老太边说边捞起河水汏穿着拖鞋的脚。啊呀，阿姨，汏脚好像不太干净哦。么事体么事体，冲一冲。正说着，岸上水泥石台边端坐藤椅的老头开腔了，啥咯清爽勿清爽，住在这里么就是这个条件。黑色圆领衫，黑底白条纹睡裤，左眼有点小，估计有些疾患的，头颈里一条坠着圆柱形黄玉石的骨头长链子颇显眼，把着个大茶缸，有点见多识广的笃定。转头问：老先生这话怎讲啊？这里现在屋子虽然不大，煤气卫生都修缮过了吧，靠近市中心，出入还蛮方便的吧。哪能讲呢？有啥方便的，小汽车开进来也蛮麻烦的。年纪大了，不求啥，身体还可以，坐在河边看看野眼，老邻居聊聊天，蛮好蛮好。听讲我们是上海人，老爷叔似乎话头更多了，我本身也是上海人呀，儿子媳妇孙子都在上海，伊拉不欢喜来，格么我去喽，乘啥高铁？现在地铁方便来兮，先乘到昆山，昆山再到上海，高铁 39.5 元，地铁只要 12 块，听听苏州人讲白话，听听上海人讲闲话，一歇歇么就到了，也蛮开心，一天就过去啦。哎，侬讲是哦？人生不就是这样么？

听老爷叔讲话倒通脱得很。我打趣：老先生，侬这根链子不错啊，尤其是那块玉。老爷叔眼光似乎闪了闪，像是讲到他心头去了。老爷叔那只好眼睛流转起来，手摸摸链子，这个是虎骨呢。玉也是老货，你倒还懂点的么。连忙道：不懂的不懂的，瞎猜猜。老爷叔下巴略抬高，笑眯眯：这个不算啥，白相相咯，我好东西多来兮，呶，我屋子里都是呢。说着，站起身，原来河边那间屋子就是他家，开了门，招呼我们：进来看看进来看看，没有关系哒，又不是一定要做买卖喽。不看不知道，一看还是惊讶的，一间四五平方米的屋子，除了水斗灶头，通二楼的楼梯下方桌方凳，其他都被古玩旧物占领，灶头下的橱柜里是物，墙上自制的橱柜也摆满，屋顶和有空白处皆以图片明信片幻灯片贴满。原来老爷叔可是老江湖了，很早就从事古玩旧物生意了呢。问他为啥门口不挂个招牌呢。挂啥？现在都是熟人上门，走过路过有缘分的就谈谈，不买也没关系的。你看呶，我这里样样都有的，玉、瓷器、青铜器、杂件，还有这只壶呶，你看看是哪个年代的。看着像个虎子，不过我们连忙道：我们不懂的，听你讲。老爷叔滔滔不绝着，他们浙江的上海的博物馆的人也来我这里呢，哎，我这里有好东西的，他指指木楼梯，我楼上还有咪。嗯嗯。连忙称道。那老先生你第一桶金哪能掘到的呀？我卖明信片幻灯片啊。都是老照片哦。老早子收来的。林林总总，甚至还有陨石。陨石？这个不稀奇的，湖底里挖出来的。现在也挖得到呢。接过老爷叔手里一块灰褐的石头，掂了掂分量，不明就里。东西真假不去说，和老爷叔聊聊颇有意思。临走，他还送我们一套1996年出版的《姑苏旧影》明信片，其中一张1900年前后的“盘门三景”就是老爷叔的收藏呢。见我们推辞，老爷叔连声：不搭界不搭界，覅客气覅客气。他指着墙上恩格斯像下的一张苏州老照片，这张卖了一万元呢。现在这张是复制品。

在小小的斜顶屋子里听这些古旧事情，看一屋子的旧物事，不管真货赝品的，倒是有些收敛热汗之效，咫尺之遥的平江路的时尚闹猛也好比定了定神，再闹猛的东西还是要时间来淀一淀的。

偶得认真的心相

走着走着就到了大新桥巷子笃底的耦园了。耦园非闹猛的园子，大队人马的游客较少。耦，通“偶”，耦园住佳偶，既是当初购园人清人沈秉成携妻偕隐之意，也是分东西两园借走马楼连接的园林结构。来耦园不过是想避开闹猛之园闲走闲走，既是闲走，也就不分究竟，看个亭台飞檐草木花卉的，随便。就这么走到大厅，竟可以点单评弹。一人两人皆可。书单上大多传统曲目，就点了一曲《钗头凤》。略丰腴但仍然蛮清秀的中年女子遣了其他三两游客，排上窗门，回身抄起琵琶，哦，原来她是演员呢。边上刚才还跷着二郎腿埋头手机的中年发福男子，也已经秋香色长衫系上最后一个直角纽，顺手提起了三弦。熟悉的调子响起，中年男女焕然方才，三弦琵琶上手，红酥手，黄縢酒，满城春色宫墙柳，陆游的词用评弹特有的调子唱出来，好像于悲切之外多了几分跌宕和婉转。唱的人也是用了心思的，听得出来曲调里一唱三叹的意味。一曲听罢，只叹太短。闲聊下来，知中年男女原来是评弹学校时的师兄妹呢，以前是评弹团的，后来出来驻园唱戏。我说如今评弹应该重新有起色了，也有新编评弹戏演出呢。中年男子直言现在评弹没有好编剧，写出来的词唱不出来，他们不懂评弹咯。女子边上以苏白道：他唱得老好的，可以搭上海的秦建国飙戏呢。哦哦，正好我倒也听闻过沪上这位评弹演员的。那你现在这样在园子里唱戏不觉得大材小用吗？中年男却说，现在不像年轻时了，也不太想那些突破发展之类了，“在这里唱，看到听得认真的，我唱得也认真。有朋友，有戏唱唱，蛮好了。过好日子顶要紧了”。哦哦，理解理解。正说着，他们的外卖送来了。不好意思多打扰了。只要心里真正不会若《钗头凤》之词“莫莫莫”“错错错”，天天结伴园林，何愁不满园春色。

不成想在耦园包场评弹，还和评弹演员聊聊天，也算耦园偶得。

出了园，还是原路返，得去觅大新桥巷上的郭绍虞故居。说来也是偶得。身为复旦中文人，当然知道郭绍虞先生的，他1949年后任复旦大学中文系教授并兼系主任。虽然上世纪80年代初在复旦读书时并未有机缘见到，但晓得郭老还健在的，只是于我们那时的学生来说，郭老就像一个传说一般地存在的，面见似乎倒不真实了。此番来苏州闲走，查地图时竟知此处有郭老故居。去耦园前特意张望着一间间老屋，没发现。返程还特地问了一位街边的大姐，她似乎并不知晓郭绍虞，大太阳底下比画半天也未有个所以然。那就接着找。终于看到铭牌了。“大新桥巷12、13、20号”，不过老屋门上只显示20号，12、13号呢？这门牌有啥奥妙？正好又看到刚才那位古玩老爷叔，他在隔壁人家跟邻居老伯白话呢，经他指点，方知12、13号藏在边上一条细细夹弄内。夹弄暗乎乎的，小心走进，拐个弯，才见到13号，再走过去又拐个弯，看到12号，都已经装了防盗铁门。想来里面住户也是不少的，13号的门上标识13-1。说来这两扇门应该都是当年的后门或侧门。20号是原临河的大门。铭牌上说此宅原建于清朝，一路五进，依次门厅、轿花厅、方厅和大厅，当然现如今是无法再见此貌了。再查查郭老的资料，才知此处宅子是郭老1927年任教燕京大学后，生活稳定，略有积蓄，而在老家苏州购买的，以奉养父母晚年，其兄长一家一起居住，郭老则于假期来此探望。花厅曾是郭老书房。出来再看看临河的20号，其实也看不出什么究竟，也就是看一看吧。

虽然看不出究竟，看了一看，还是很高兴。刚才走出13号时看到边上有间屋子，外墙门脸装修过，还涂鸦着青蛙等卡通动物，大门紧闭，像是一间什么艺术工作室的意思。想一想在这样的夹弄里藏着这样的屋子，有意思得很。好比看老街的这些老屋子，小模小样不起眼，若非走进、攀谈，谁晓得各种乾坤呢。

走了一大圈，菉葭巷桥头的那张方桌竟还是热闹着，中年人，三男两女，家居衣衫，有位大叔干脆光着膀子，是老相邻的晚餐，盐水虾盐水毛豆四喜烤麸清蒸白水鱼排骨冬瓜汤，小老酒咪咪，嘎嘎山胡。走过去搭讪：平江路这边闹猛味，门面出租大概也是老价钿了。其中一位浓眉汉子答：要沿街的才租得出价，平江路随便哪家店面房，年租金总要七八十万，像我们这里，转个弯，过个桥，就不一样了，二三十万吧。我们住弄堂里厢，更租不出去的，过过平常日脚吧。附近有家书店，看着白天晚上的也没啥客人的，进去看看卖装帧考究的历史人文生活美学类书籍，店主坐在店堂深处的官帽椅上练毛笔字呢，也不怎么搭理来者。我说那这家书店不知怎么经营呢，二三十万租金也不便宜啊，看着没啥客人光顾呢。光膀子大叔见我疑惑，哎，他家还有楼上呢，也许还做点其他啥生意的。我们也不晓得咯。一桌家常晚饭谈谈讲讲，从傍晚吃到夜灯初上。玫红色连衫裙的中年女子一手小铅桶一手塑料大桶边跟他们招呼边走向桥堍头那口井，开井盖，井栏光润，定是常用的。小铅桶下井、提水，动作顺畅。中年女子说这井水还干净的，用它洗涮拖地浇浇院子蛮好的，不收水费的嘛。家里是有自来水的。江南女子都是蛮会做人家的。看她直身款连衫裙，珍珠项链珍珠手链装备齐整，只要换掉拖鞋，出客上台都没问题啊，其实不过出来吊桶水。

念及入住宾馆时前台递过来两瓶酒店自制的酸梅汤，明知羊毛出在羊身上，也不过一点随常饮品，不说不由渗出一份润泽，也不说宾至如归，至少心里是一安的。酸梅汤滋润过路客，装扮舒齐不苟随常日，细细碎碎，认真的心相。

就要这条影子呀

艺圃是到了苏州稍事休息就去了。略带点急迫的心情，似乎不太符合闲走的安排。是几年前听闻艺圃之名，在一干著名苏州园林中算是后起之秀，不过所谓后起云云大概只是于走马观花的游客而言，于苏州本地人，可能实在是心头之好，是故藏着掖着，可容私享久之。当然，好物总不免传扬，到苏州看苏博是打卡，去艺圃喝茶也略有此意了。自台湾某茶人书中知晓她曾在艺圃办乌龙茶会，临水一室喝茶，茶毕，走廊而行至又一小室吃小茶点，文字里这么一说，其实茶倒还其次了，实在想看看怎么个临水穿廊。网上搜索艺圃，评语一致的小巧玲珑幽雅清静，远胜于人头攒动之名园。

园子真正是藏在街巷里的。大马路下了车，走吴趋坊，两边皆小铺子，菜店饼铺日用品类，再左转弯见宝林寺前街的，走进去，老旧屋宅，旧藤椅旧矮凳就摆在粉刷过的白墙下，还未见艺圃，知道是差不多了吧，再右转弯，又是一条小巷子，应该就是官方地址所示的文衙弄了。窄窄的巷子里一个算比较大些的中式院门，隐而不显。

艺圃的历史网上资料是现成的，看了看，自明代学宪袁祖庚40岁弃官归园，经营田业，草创艺圃（当时是叫“醉颖堂”的），几经多人了，第二任园主还是文徵明的曾孙文震孟，改醉颖堂为药圃，清顺治年间又由明末大臣姜采购得，改名为敬亭山房，其后其子姜实节在父亲逝后改名艺圃，作为明亡之人，姜采父子以旸谷书堂、响月廊等暗合“明”的意蕴取名园中建筑景观，也因此此处成为清初时期的文人活动中心。清道光十九年艺圃由绸缎同业立为七襄公所。民国初，又出租为民宅，其间自然各种凌乱，直到上世纪70年代末由苏州园林部门列为规划修复项目，乃至渐渐依原样修复开园。当然，资料上的历史沿革不过艺圃的一个大概身世，曾经在艺圃内行走生活的身影究竟何如，都湮没于过往。但如何湮没都遮不住艺圃的朗然。进得园门，小小的一个小院子，短短一截石径，穿过一个月洞门，方见有湖展开，湖畔一半轩室推窗见水，另一半假山亭子理石层叠，其他自然走廊、厢庑穿插，紧凑却敞阔之感。临湖的屋子现为茶室，可惜去时已晚，正要收场。环视，隔一廊，有个小后院落，有屋一间，想来大概这里应该是台湾茶人开茶席置茶点之处吧，看湖，喝茶，起身，跨过门槛，走几步，在花窗木屋里吃一块小小的中式点心，粉墙上的藤蔓正是丰茂时。

此时春末初夏，湖池里锦鲤身姿灵活，湖畔回廊池石隔三岔五的年轻男女对景写生，沿湖绕一圈，男生女生随时遇见，写生簿，黑色水笔，有人画假山，有人描亭子，有人绘水池湖树。聊下来才知姑娘小伙们来自山东某美校的国画专业，大二，此番在老师带领下来苏州写生。笑问：济南的大明湖一样写生啊。姑娘抬头答：苏州园林才最有江南特色呀。

虽然未能在艺圃喝茶看水，推开花窗看湖看写生的人亦清灵。绕过假山，再出月洞门，藤蔓绿满门墙，夕阳的余晖还留了一抹在绿叶尖头，只是人的影子却不似进园时在石子路上拉得那么长了。还记得进园时特意人和人影一起拍照，一对出园的老夫妇经过，阿姨回头看看，说哪能有条影子咯。瘦高个的大叔看了一眼地上的人影，轻悠悠的苏白：就要这条影子呀。苏州话念“影”，重音在前，ing 声又拖出婉转，像艺圃不长的回廊转折，“子”音轻轻收住，若藤蔓在风中轻舞。重和轻，实和虚，尽于此刻。

两三天的工夫，能说出些什么呢？不过是些碎片的看到罢了。当然也去了苏博排队打卡，走廊的透光屋顶，外面的池水和山子式装饰，以及中庭的老藤，颇有圈点之处，不过倒也不惊艳，大概是影像时代已然太多图片经验了，现场反而就缺少初次审美的体味了，倒是偶遇的人、偶发的事给人直接的感受。

平江路晚上宋锦店的姑娘趴在桌上打盹，连我走进去都似乎没意识到，她说天气太热，一天下来实在疲乏了，其实也是知道有人进来的。那几点能下班呀？要到晚上九点呢。收入还可以吗？反正自己养活自己吧。三十不到的姑娘，秀气，也和气，非苏州本地人。谢馥春铺子的值守姑娘说也用着自家的产品，便宜又好用呀。也许不过销售策略，但看到鹅蛋脸的仕女图商标，还是愿意相信她。只是买一盒香粉其实也知道并不是为了用的，毕竟嵌螺钿的鸭蛋型漆盒好看是好看，里面粉绸包裹着的香粉也算不错，但粉芯和粉扑分开的方式实在不方便携带，粉量也不必这么多的。愿意信任传统之物并希望它们一直优质着，不过其设计包装也得符合现代人的生活方式，若是旧时女子难得出门，晨起理妆贴花黄，梳妆台上漆盒幽幽，也是映衬心情的。就好像老式的屋子也得水电煤卫地修缮以适现代人的生活。

路边桥堍有亭翼然，居民和游客三两休憩，一簇芭蕉长势极丰，叶子油润，引入镜头，取景芭蕉叶子和隔壁的老屋飞檐形成两条平行线，按下快门。飞檐和芭蕉相处无碍，两相宜。

亭子附近的石头铺子里走出怀孕的麻袍妈妈和儿子，后面跟出估计丈夫兼店主的麻衫男子，男子笑看着女人搀着儿子的手走进灯光游人中。

穿着黑色 T 恤的年轻男女坐在河边石凳上摆 POSE，摄影小分队打灯的托反光板的各司其职，摄影师弓腰撅臀地忙乎着。对岸旗袍馆的灯箱广告倒影河水里。

又想起闲走大新桥街时看到的一条小夹弄，深处黑黢黢的，弄首却金黄闪闪，那是被阳光照亮的一簇金银花，极其蓬勃地从低矮院墙上探出头。

2018 年 7 月下旬

住过淮海坊

初冬的时候，我路过淮海坊，发现上个世纪末小兴土木搞的淮海坊弄堂新门面又恢复了原样，仿佛要引人瞩目的金光闪闪的“淮海坊小区”五个大字消失了。好在青砖门额上的“淮海坊”三个旧字并没有铲除，弄堂的门面经过一番曲折还是依了老样。

我是去南昌路剪头发的。那间理发店的门面其实是小学的围墙，住在淮海坊的时候，常常在下午三四点钟的时候听小学生吹小号，是迟迟疑疑的不熟练的声音，这个时候是接近放学了。理发店扩大了，那个叫阿东的理发师说福建口音的普通话，我对他说我以前就住隔壁。几乎月余我总去理发店一次。离开淮海坊之后我换过几个理发店（有的叫作“造型屋”），但我总是不满意，理由其实并不充分。我知道我是习惯了南昌路。我为自己找一个经常来去的理由。

我们的屋子是淮海坊的最后一排，靠着南昌路。上世纪 90 年代初，从茂名南路到襄阳南路的这一段南昌路是露天菜场，凌晨 4 点，南昌路就开始喧闹了——国营肉摊头开始斩猪头，个体鸡摊上的鸡叫个不停，大概看到卖鸡的开始烧水磨刀，挑着担子的菜农进了城，抢好自己的地盘。刚开始的时候，我还不习惯，早上的脑子里总是嗡嗡嘈杂声，渐渐地就当它是闹钟，醒一醒，接着睡。我总要到9点钟再去菜场买菜，路过三楼亭子间的时候，跟阿娘打个招呼，阿娘早饭吃好收拾舒齐，头茶泡好，先请供着相片的老祖宗吃，然后自己再喝早茶。

我不需要天天上班，所以我就做“买汏烧”，阿娘吃现成。吃午饭的时候，就我们两个人，阿娘就说，老早这幢房子都是他们的，是用金条顶下来的，佣人要用三个，后来阿爷在交易所做的股票生意坏掉了，只好一间间放出去。交易所的生意顶顶做不得的，阿娘装假牙齿的嘴巴一瘪一瘪地说。阿娘不知道这个时候买股票认购证的人后来都成了“某百万”了。

站在晒台上，东面看得见花园饭店、老锦江和新锦江，望西是巴黎春天百货——曾经引领上海尖端时尚的商厦；转个身，越过红瓦屋顶，可见瑞金大厦的楼体，上个世纪90年代上海早期的商务楼之一；如果再向右转，南昌大楼ART DECO风格的立面风姿眼前；淮海坊屋顶上的小烟囱则如一只只鼻子，呼吸着淮海路的空气，当然屋子里的壁炉早已废弃。我喜欢在黄昏的时候到晒台上去活动活动腿脚，其实是为了看弄堂里的夕阳，这时的太阳就好像挂在烟囱上，如封膛的炉火将红砖墙的房子映得暖暖的。好几次，从喧嚣的马路走进弄堂，看到淮海坊的日落，一下子心里就涌出了安静的喜悦。

我对上海市民的认识和经验似乎是从淮海坊开始的。在这之前我住郊区城镇、高校宿舍，虽然也逛南京路、淮海路、徐家汇，但终究“隔”了一层。但隔的心理也有好处，住在淮海坊就好像是一种体验和观察融合的生活状态。

淮海坊处在茂名南路、南昌路、陕西南路和淮海中路这些上海滩颇有来历的马路包围中，它属于上海新式里弄建筑，比隔南昌路相望的陕南村低一档，比石库门又高一层。住在以前的“霞飞坊”当然算是“上只角”了。“老底子此地是法租界。”这是阿娘喜欢说的话，言谈间不要说市郊城镇，就是闸北杨浦南市也被她看成是乡下的。淮海坊一个门牌号一幢楼，为三层。以前，住户通常是整楼租住的，现在已非昔时，一幢房子一般得住三家，有的还更多些。我们这一幢算是住的人比较少的，底楼是间公用厨房，但二楼前房间的王阿婆和我们都自己装了煤气，不过王阿婆不愿意就此放弃厨房使用权，她在厨房里拥有的煤气灶仍在老位置上，过年过节的时候她会下楼用上一用，当然大多数日子厨房只有底楼的阮家和二楼亭子间的苏州好婆使用，所以我们这里灶披间的纠纷还算不多。二楼有间卫生间，原则上是公用的，但底楼和我们三楼在早年就接上了抽水马桶，无形中只有二楼和二楼亭子间用了，这样一来，即使有矛盾也就集中在她们之间。我们住三楼前房间和亭子间，一道小门在三楼楼梯口一拦，就与下面没什么关系了。一开始走楼梯我常常要踏空的，虽然有盏 8 支光的楼梯灯可以开，我不明白怎么不见书上画着新式里弄宽大的楼梯间，原来这是我们这幢楼的历史问题，底楼阮伯伯结婚的时候，父母高堂，一家人一间约 28 平方米的房间实在是不够的，于是，经过全楼住户的签字画押，底楼楼梯间就变成阮家外间了。于是，上楼梯时刚碰到扶手，马上就触到了板壁。不过，后来我练出了摸黑走楼梯的本事，身体对一点点光都非常敏感，我的身体和淮海坊握手言欢。

淮海坊的两个弄堂口各有一间公用电话间，面积大概 1 平方多点。靠南昌路的一间里最早是俩老太太守候，是收拾得干干净净的老太太，面色清爽，头发抿得整整齐齐，夏天穿真丝素淡小花的裙子，叫人电话时声音高低恰好，和红砖墙的风格感觉吻合。天天路过弄堂口都会跟她们点点头笑一笑。有一天，那个挺清秀的老太太中风了，多月以后见到她，拄了根拐杖，似乎老了些，但还是齐整清爽，即使冬天穿着臃肿的棉袄。在装电话要排队要出 1500 元初装费的时候，电话间是弄堂口最闹猛的地方，俩老太也前脚刚回来，后脚又去叫电话了，手里叠了好几张电话叫单，白色粗糙的纸油印的，一张单子，收 1 角钱。冬天天暗得快，暮色中电话间点起晕黄的灯，还未在茂名路转弯就能看到了。

这个时候，电话间旁边搭建出来的理发铺子是人气比较旺的时候。理发铺的老板是个年轻人，姓陈，是从扬州农村来到上海的，到淮海坊来开理发店的时候也不过二十五六岁的样子。一开始店堂也简单，三张椅子两个伙计就开了张，后来装修了，加了那种躺着的洗头软椅，镜子也漂亮许多。洗发小妹换了一茬又一茬，有一个女子虽说也帮客人洗头发，但显得与陈老板说话很随便，似乎还要数落他几下，我说“似乎”是因为他们说着速度很快的扬州家乡话，显然不希望我们听懂，但他们却是已经听得懂上海话的。凭语气瞎猜，我想他们已经是恋人了。果然，他们后来在莘庄买了房子，生了儿子。陈老板夫妻俩嘴巴挺热络的，淮海坊里的人当然比我认识的要多，好多淮海坊女人都来这里做头发。在理发店里还常能看见一个老男人，半秃，圆脸，眼神游移，冬天老穿一件磨皱了的黑皮夹克，一般下午出现，有时候他也帮着洗头，通常叼着香烟闲谈，仿佛落魄仿佛颇有来路的样子。看见他的次数多了，我才渐渐听出因头来，敢情这个老男人神神秘秘的，是个拉皮条的，怪不得白天一把把时间用不掉，磨在了弄堂口。

对着理发店，弄堂口还有一辆流动馄饨车。俩老太主政，她们就住在弄堂里。穿着白褂子，每天清早就出了摊。圆脸皮肤白净的老太负责包，尖下巴肤黑者年轻些，做搬运活，皮子馅不够了，一拐旁边的小弄堂往家拿。除了常年供应菜肉馄饨、小馄饨，秋添粽子，冬增豆浆，偶尔也摆着一把葱送你一根两根。冬天白皮肤老太戴一只绒线帽子，额头卷曲着白头发。俩老太就做半天，11 点收摊。买豆浆当趁早，10 点半过后去买大馄饨偶尔付之阙如。偷懒不想做饭的日子，就去馄饨车上买二两馄饨，运气好打上一杯豆浆，吃得热乎乎。

天色暗下来，从傍晚到深夜，弄堂口的四季都有一个老阿姨坐着，守着一只反扣的竹筐，竹筐上翻开一木盒香烟。冬天裹着大棉袄，夏天带一茶缸绿豆汤。白天也时常在弄堂口看见她，吃着饭与邻居闲话，声音很响亮。那个竹筐子不起眼地就抛在墙脚跟。弄堂进来第三家，底楼的门常半掩着，那个六十几岁的男人，总会在上午九十点钟光景在门口摆张小桌子剥豆拣菜，而下午四五点钟的时候就搬张竹躺椅出来看晚报。夏日的晌午见他歪在躺椅上打盹，嘴角丝连着口水。男人的腿似乎不太好使，行动迟缓，夏天露出斑驳红肿的小腿。有时男人在外面打盹，屋里会传出钢琴声，我悄悄透过半掩的门，见仅中间露出空地的小屋一张钢琴依东墙而立，男人的老婆琢琢磨磨地在练琴。

淮海坊是那种弄堂套着弄堂的，沿大弄堂，常年摆着些半成品的家具，是简单的柜子橱子之类，木匠就住旁边，像杆子一样的细个，眼睛在小小的脸上显得格外大，夏天刨木板的时候肩胛骨如小山峰似的耸动，每次看到这么瘦的人做粗重的木工活，不由地担心一次。不过，看起来一切都还不错，从上个世纪90年代初到本世纪，木匠的家什还按部就班地放在弄堂里。木匠家天井里的枇杷树还是每年五月挂满金果。

等我下楼取邮件的时候，一般总是烧中饭辰光，底楼阮家的麦阿姨在厨房里忙活。我喜欢下楼看到麦阿姨。刚认识时，她大概50多岁，才退休，原先在厂里做会计。她有着这个年龄少见的白净的皮肤，样子有些富态，说话轻且慢，伴着微笑。她用广东话称呼阮伯伯，我听了十年还是没听懂，好像很南方日常的“阿某阿某”的叫法。阮伯伯个子不高，却精干，体态年轻，绝无啤酒肚，常见他穿着花呢西装，夹着皮包，有板有眼地走出家门。阮伯伯早年毕业于圣约翰大学，念法律。教过书，后来就做了律师，且领导着一个律师事务所，办案子还常常去外地出差，哪里像60多岁的老人。麦阿姨和阮伯伯有个女儿，中专毕业进工厂后不久就随夫去了美国。阮家海外有不少亲戚，“文革”时阮伯伯还为此吃了不少苦头。有一年，老夫妇俩从美国探亲回来，给我们看他女儿女婿的独立小楼照片，说他们还去了小Town玩。我去收水电费的时候会进他们房间坐坐，他们的房间也是一半卧室一半吃饭会客，西墙摆着阮伯伯的写字桌，墙壁上钉着搁板放书，东墙也有书橱，法律书武侠书，也有几本古典名著。床头柜上还摊着一本《圣经》，麦阿姨说是她看的。原来，她每周日出去是去做礼拜的。看到我们去，他们总归要像待小孩子那样给我吃巧克力，问问“阿娘好吗”之类。

广东人讲究吃，阮伯伯家也一样。每天麦阿姨都要弄出几样精致小菜，周末做春卷蟹肉馄饨，秋天他们是一定要请来亲朋吃大闸蟹的。若是女儿女婿回来，必定要去不远的美心酒家吃正宗广式早茶的。

在阮伯伯搬出淮海坊以前，他仿佛是我们这一楼的“老娘舅”，碰到信箱坏了，总归他先出来修。若外面化粪池溢了，分摊疏通费，他和我们一起出大头。二楼王阿姨和苏州好婆之间有啥纷争，也总请阮伯伯说说理。阮伯伯在苏州好婆口中是阮律师，麦阿姨则还是“新嫂嫂”，仿佛还是刚刚嫁过来的新嫁娘。

苏州好婆姓陆，她的名字我是从伊的煤气单子上看来的，单子上的煤气用量总是很少，苏州好婆非常做人家的。前几年老房子共用一只大电表，我们家负责收付，先生算账时总少收她公用电费的部分，说：“苏州好婆巴巴结结，蛮作孽（沪语：可怜）的。”苏州好婆姑娘时从苏州乡下到上海来帮佣，帮到头发白，一生未婚。她的东家后来就剩了老姐妹俩，“文革”中因为有海外关系，被抄了家，苏州好婆作为破“四旧”对象也被迫离开东家。她的东家就住在淮海坊前弄堂的汾晋坊里，我看她住在淮海坊也时不时往汾晋坊跑的。和苏州好婆一起住在亭子间里的还有一个苏州阿婆，叫大妹。大妹也是帮佣的，东家和苏州好婆是同一家。区别在于苏州好婆类似管家，大妹做做粗生活。大妹比苏州好婆年龄小些，我几乎看不到她，清早我还在被窝里，大妹就出去了，深更半夜才回来。我也几乎未听到过她讲话，夏天她们回来得早，黑着灯白话，从楼下隐约传来的也总是苏州好婆音色干乎乎中气倒蛮足的苏白。大妹简直像个隐形人，隐形在苏州好婆身后，隐形在淮海坊里。我只记得见过她两次，一次仿佛是四分之三正面，一次确乎就是背影了，褐灰色的老式对襟布衫，老实土气的齐耳短发，右边别着个黑发卡，下巴比较尖，她走路很快，低垂着眼，不大看人似的，我看到她的这两次犹如磁带快进，她的面影根本无法看清，一闪，大妹就从弄堂里消失了。

亭子间面积也就七八个平方，面对面放两张双层铁床，下铺睡觉，上铺置物。她们在家的时候，亭子间门一般也不开的，顶多留条缝。我好奇，下楼时总情不自禁往里张望，似乎两个老太对床坐着有一搭没一搭地白话，大妹好像手里还在做点针线活的样子。有时候苏州好婆在床上梳辫子。苏州好婆头发是白了，辫子还留着，只是很稀疏了，她总是梳匀，在脑后盘个髻，露出半寸扎辫子的红线绳。暑热，亭子间里实在坐不住，苏州好婆就敞了门，坐在楼梯拐角，摇蒲扇，叹息过去以为积了四五千块铜钿好养老了，想不到钞票介不经用，到老了还要出去做生活。我是听阮伯伯和王阿婆讲过苏州好婆把积蓄藏在苏州乡下某个山洞里的，王阿婆还神秘兮兮地凑过来说你晓得老太过段辰光回苏州作啥，是去看看伊的钞票！山洞？真有其事？想想似乎不可能，但传得厉害，使我觉得苏州好婆是个神龙见首不见尾的人物。

在苏州好婆叹息钞票不值钱的时候，大约淮海路正好半封闭，在造地铁一号线。上海开出了一些精品店，许多东西价钿虚火旺得不行，也难怪在上海待了几乎一辈子的苏州好婆看不懂了。

二楼大房间里的王阿婆似乎顶顶听不得苏州好婆的闲话的，她总是撇撇嘴："老太哭穷，啥人叫伊要帮乡下侄子呀。"说来也是苏州好婆想不穿，从姑娘到老太，独身一人，辛辛苦苦做得来的铜钿要寄给在乡下的兄弟，供侄子读书造房娶媳妇，只听得苏州好婆念叨乡下的兄弟侄子，说老了做不动了要到乡下去，与侄子一起过的。王阿婆倒是蛮想得穿的，她大概比苏州好婆小七八岁。王阿婆看不得苏州好婆是有历史原因的，本来这间亭子间是她家的，在一个不许空余房间出租的年代，王阿婆自说自话借给朋友养病。世上可没有不透风的墙，房管所知道了，反而将房子收了回去，租给了苏州好婆和大妹。有这样的过节在，王阿婆看到苏州好婆总归不入眼，冲伊几句话是常有的事。

王阿婆瓜子脸，六十多岁了两条眉毛修得弯而细，眉梢微微地上挑，像老上海月份牌美女的那种，描得黑黑的，头发过段日子总要到陈老板的理发店烫一烫染一染的，出门还要涂一点口红，使薄薄的嘴唇更显得薄了，年轻时应该颇有一点容貌，这一点王阿婆似乎自己也心知肚明的，出门走路总仿佛还要扭扭腰身的样子，可终究年岁不饶人，身材是苗条，背却驼起来，皱纹挡不住，肌肉绷不紧，总是老人的样子了。王阿婆白天在家，前几年还要服侍瘫在床上 80 多岁的老头子。她和老先生是再婚的，老头有儿女在香港，所以"文革"时也吃到苦头，罚他在弄堂里扫地。我住进淮海坊，老头就从没起过床。收水电费我们也就在门口解决，就依稀看见过房间中央一张床，床上被子鼓鼓的。老头的香港儿女还算不错，隔三岔五地寄些钱来，有时来封信和拜年卡，王阿婆总要找我们帮她念一念。这笔月规钱王阿婆是蛮看重的，如果我听得她在房门口那个单眼煤气灶上一边烧东西一边嘀嘀咕咕，就知道香港的钱有些日子不来了，王阿婆不开心了，是会骂床上的老头的。王阿婆自己也有两个女儿，大女儿高瘦，过两个礼拜来看看，小女儿是不大来的，来了似乎母女俩总归要吵一吵。说来说去是为了房子，小女儿想将户口迁进来，曾经在崇明插队的小女儿老早就回了城，所以户口一直吊在农村，想老娘这里老头一脚去，不是可以塌点便宜了吗？淮海坊地段好，房子也不错。小女儿如意算盘精。但王阿婆也是一个角色，小女儿对她不好，她就是铁了心不松口。这样的争吵在老头“走”了之后，经常从楼下传上来，让我常有机会走到楼梯口，隔着门听听里弄人家的“家事经”。倒是大女儿，不明讲要房子，时不时来看看老娘，在王阿婆弥留之际，成功将户口迁入，成了房子主人。

阮伯伯对王阿婆似乎是有点看法的。老头死后，王阿婆请我们帮她写信，哭诉自己生活无着，香港的钱于是还是时不时寄点过来的，王阿婆无事一身轻，白天在家里烧烧吃吃，晚上打扮舒齐下了楼，总归要到深更半夜才回来，她也不在总门上挂上纸牌。我们这里有个规矩，谁家晚归，留张牌子，总门就不销上。她不留，阮伯伯于是就将插销拉上了，到了深夜，就听得王阿婆砰砰敲门，嘴巴里还要骂骂咧咧，有时阮伯伯爬起来替她开门，有时我们听不过，穿衣下楼让伊进来。王阿婆似乎也满不在乎，到下次又来了，不知道她是老了记性不好，还是明知故犯。我们说这个王阿婆“克腊”倒蛮“克腊”的，但是不是那种有身价的上海滩“老克腊”。有一次，我很偶尔地进了她的房间，那天我是穿了一套新衣服的，惹得王阿婆一口一个称赞，倒弄得我不好意思。“你们年轻，穿啥都好看。我现在老了，随便拖拖算了，老底子阿拉都穿旗袍咯，西装是披在外头的。”那天王阿婆好像要找个人倾诉似的，说她到公园里去，有老男人追求她。“他们说我看上去老年轻的，顶多五十几岁了，身材保持得介好，我才不睬他们呢。”王阿婆嘴巴一撇，很是不屑的样子，说着走到大衣橱的镜子前捋捋头发，拉一拉身上羊毛开衫的门襟，转过身，眼神还留了一波在镜子里。

王阿婆跟不上时髦也是没奈何，她不知道是她的孙辈分的我要想赶也赶不上呢。淮海坊外面变化起来也呈加速度之势。

临淮海路的弄堂口，原先的两三排房子90年代中期拆掉了，先是造了一间变电站，后来就围了起来，说是还要造大楼。自然，弄堂口左面的玉华工艺品商店要搬家了。搬家的那几天，“玉华”是真正的大削价。我淘到一只日本进口的彩色玻璃工艺盘，老绿紫红的叶子攀满了盘子，光线在玻璃上游移时，叶子仿佛滴翠似的。“玉华”卖工艺品，景泰蓝、双面绣、红木帆船之类，还有手绣的真丝服装和饰品，平时进去的人并不很多，进去一般也是兜兜看看，领领世面，“玉华”里面的东西总是有点档次的。在“巴黎春天百货”和对过“百盛购物中心”的大楼矗起来后，“玉华”就慢慢显出老态来了，年轻人对双面绣之类是不大感兴趣的，手绣真丝又不好服侍，进去的人似乎更少些。大概那几天是“玉华”最热闹的光景，其实里面有不少好东西，平时大家觉得贵，又不实用，也就按耐了蠢蠢的心，现在看到 3 折 5 折，买上一点，是一种小小的满足的意思，仿佛带着一点点日常里的奢华。2001 年某个冬日，阴雨，在瑞金路上偶然看到一家卖玻璃器皿的店，觉得有点眼熟，里面两位女营业员在吃盒饭，横向的狭长的店堂里弥漫着肉香，似乎像那种个体经营的店，可是她们不来招呼你，自己吃饭闲谈，我退出店，再往后退，仰头，仿佛看到“玉华”两个字。冬雨绵绵里，城市的天空如阴翳，或许是我看走了眼。在“玉华”买的玻璃盘子，就在新居里用着。

与“玉华”隔着弄堂口的就是哈尔滨食品厂，前店后工场式的老字号。在静安面包房的法式面包、马可孛罗面包等还没有出现在上海滩的辰光，哈尔滨的奶油泡芙等西点是很有名的，门口有时还要排排队的。大姑妈最迷信“哈尔滨”，手里称了一斤点心来淮海坊看阿娘，总不忘加一句“哈尔滨的”。可是，我看着“哈尔滨”门口一点点冷清下来。可以选择的东西太多了。与“玉华”一起，哈尔滨食品厂的奶油香从淮海坊弄堂口消失了。“哈尔滨”隔壁是“红星皮鞋店”，再隔壁是第二百货商店，再走过去便是“老大昌”，也是老字号了，吃奶油蛋糕、冰激凌的著名场所。我第一次进老大昌还在读大学，和一个女友逛淮海路，穷学生那天也开洋荤，一人点了一客掼奶油，就站在店堂里吃。是第一次吃掼奶油，入嘴即化的奶油舍不得一下送进胃里，好在奶香回味馥郁，但吃到最后，吃不消了，泡饭的肠胃哪能一下子饕餮这么多奶油呢，实在是吃不进又舍不得扔，左右为难。“老大昌”还是搬在淮海路上的，不过在电视里做浪漫广告的“哈根达斯”占去了一半店堂。

邻“哈尔滨”的“红星皮鞋店”搬了，邻“玉华”的“六一儿童用品商店”搬了，挨着的“公泰食品商店”自然也走了。往年秋风吹落叶，我喜欢下午4点钟的样子去“公泰”称一斤糖炒栗子，拎着温热的糯香在“玉华”兜一圈，再漫漫地走进弄堂。弄堂里，有人家的粪池溢了，矮个的老头拿着长长的竹子在掏。那个九十多岁的老妪又坐在门口望野眼了，上午保姆搀着她在弄堂里走走，我有一次跟她搭话，她还对我说“Thank you”。这种漫漫闲逛的对象过了几年就变成了“巴黎春天”，冬暖夏凉，时尚风情，最适合都市傍晚的无心闲逛了。

每个月必要的油盐酱醋是不必到淮海路去的，淮海坊一出弄堂右拐，在茂名南路南昌路口有一家油酱店，里面两女一男三个店员，男的负责拷油，女的一个还要兼管账，有一个女店员右脸上有块“胎记”，红红的，挤得她右眼略略相异于左眼。我常在她手里买东西，逢到取盐，是不需劳她驾的，我自己从旁边大缸里拎两袋请她过目一下就行。油酱店门口靠右的人行道上，有个修车摊，穿着油渍渍的灰卡其中山装的摊主姓杨，还有两个外地口音的小伙子，自行车摩托车，打气拆装修理，生意没有落寞过。头几年我去打气用的是气筒，后来杨师傅装了马达气泵，方便许多。打完气，就往一个去盖油漆桶里扔两毛钱，忙乎着的杨师傅是不看打气钱的。当邻近淮海坊的茂名南路上原先的小门面布店、理发店、杂货店一家家渐渐被酒吧、时尚服装店、皮鞋店代替时，油酱店和修车摊似乎就是我曾经一段生活残存的见证了。不过，油酱店的女店员好像慢慢不再说笑，冬天顾客少，捂着“永”字牌热水袋在后门口和淮海坊卖香烟的老阿姨闲聊。新旧世纪交换的时候，一家洗衣连锁店和一间装潢材料铺共同换了油酱店的门庭。人行道宽了许多，杨师傅的修车摊不见了。南昌路晚上停满了轿车，马路总恨不得再多条车道。

有一天，我去逛淮海路，在瑞金路上看见一个女人，烫过的头发在脑后随意一扎，戴副老式的白边眼镜，她在我眼前一晃就过去了，我肯定我一定在哪里见过她，而且经常见。我回头看看女人的背影，往前走，继续搜索，我相信我对面影的记忆。走到南昌路过马路时，我突然就想起来了，那个女人就是淮海坊弄堂口油酱店的女营业员，负责记账的那个。她去哪里？去超市上班？

弄堂口现在干干净净。政府部门在弄堂里巴金、许广平、竺可桢等名人住过的房子门牌旁铭上了金底黑字的牌子。又砌了几个小花坛，添了健身器材。电话间和陈老板的理发店都拆掉了。叫电话的老太上午在淮海坊大弄堂里散步。陈老板的理发店围绕着淮海坊搬了两次，终于找不到了。算起来，他的儿子该四五岁了。

王阿婆生前最后一次做头发还是在陈老板那里。我看见她剪短了头发，烫过，染过，穿了件灰褐色毛葛罩衫，眉毛是淡的，嘴唇是暗的，脸色黄黄的，跟她打招呼，好像勉强地微笑了一下，真正是个老太婆的样子。此后，就见她一直躺在老头躺过的那张大床上，每天吃力地披着棉袄在门口弄点吃的，脸蜡黄枯瘦，说话有气无力，两条弯而挑的眉毛附在突出的眉骨上，像游丝。一天早上，我突然听到楼下传来很响的声音，像重物被摔倒在地，我叫上先生，去二楼推开门一看，王阿婆竟然从床上滚落在地，柴似的手臂撑着地板爬不起来，我们使劲将她扶上床，她的朝苏州好婆翻白眼的眼睛此时空洞无光。后来，大女儿接了我们的电话来了，送她到医院，是肺气肿。过几天见着她大女儿回来，就戴上了黑纱，来整理二楼房间了。

亭子间苏州好婆没有看见王阿婆的老境，她和大妹的亭子间在1997年夏天突然就锁了门，两个苏州老太消失得无影无踪，楼下阮伯伯新嫂嫂，楼上的我们，没一个人知道。过了一个月，来了一个男人，是前面汾晋坊里的，说是苏州好婆回乡下，跟侄子一起过，不来上海了，房子给他们家住了。“苏州好婆真有法道。”阮伯伯到底是律师，他这么说了一句。那间亭子间也就开始了不断改换门庭的命运，那个男人和他的女人不来住了，租给卖皮鞋的做仓库，再后来，一堆堆皮鞋不见了，铺上了被褥，散乱着毛毯，像是做小工的休息的地方。原来是买了阮伯伯房子的房主给手下伙计睡觉的。阮伯伯在苏州好婆走后不久，也搬离了淮海坊，去了飞机场附近的公寓。厨房里没有了麦阿姨的身影，空气也冷了下来。底楼的房间很快就乒乒乓乓挖地三尺大兴土木，从日本打工回来的平头男人，开了一家茶坊，里面半圈弧形楼梯将房间分成两层，有两个小卫生间。原先阮伯伯家的小天井里还蹲着一条雕塑斑点狗，冷不丁吓人一大跳。之前，平头老板是来请我们和隔壁人家签字的，要我们同意，说是就喝喝茶，不做饭店，没有油烟污染的，他说他在周家渡做饭店亏本老早做怕了。底楼的厨房事实上成了茶坊的后院，圆脸和长面的男伙计将厨房弄得脏兮兮，干脆我也不进去了。

阮伯伯搬走，苏州好婆和大妹“蒸发”，王阿婆的嘀咕也永久隐遁了，我感觉住在三楼突然有些孤单，其实原本也不是非常热络的邻居，只是在日子里一点一点看熟了他们，但睽隔突然成了瞬间的事情。楼下的茶坊我从未进去过，它已经不是底楼的房间了。我干脆拆掉了门上的破信箱，反正我们也要离开了。门后背的纸牌先是被雨濡湿，后来就废了，不需要有人留门了。阮伯伯离开淮海坊送我的龟背倒是发了两次新芽，被我搬到了新居。

淮海坊淮海路弄堂口的工地露出真容，我拍了一张照片：一幢 ART DECO 风格影子的大楼巍峨于“玉华”“红星”和“哈尔滨”的地方，楼下是音乐餐厅、咖啡厅、服装专卖店，楼上有上海菜餐厅，精致的内敛的上海繁华梦的意思。穿过大堂式的走廊，就是淮海坊，市井生活，我们的繁华梦的里子。

南昌路弄堂口的那家小布店在茂名路一爿爿时尚服装店中显得不大谐调，如美女如云里的村姑，灯芯绒花纱卡其格子布定型棉把个小店排满，那个五十多岁的女人原本是在小店的阁楼上做账的，现在坐在挤满花布的柜台后，眼睛小小的那个男人现在已经四十多岁了，对着电话筒大声说话。我说这个布店倒没关门，旁边的都改了。“侬不要看阿拉这里乱糟糟，名气不要太响。”男人放下了电话，“住在虹桥的外国人也到阿拉店里买布头，又便宜又好看。”说的是一点不差，这些布巧手一布局，和那些大百货店里卖的床上软装饰媲美绝对没问题。搬了新居的朋友想买细灯芯绒窗帘，我说去我们老房子那里，就是淮海坊弄堂口的那家布店。“晓得格晓得格。”原来小布店真是名声在外呢。女人说：“卖布跟卖服装不冲突格。”男人忽然看着我说：“侬格只面孔蛮熟的嘛，隔壁弄堂里的？”我不由欣喜：你们的脸我也很熟悉的。女人将我买的灯芯绒装进马甲袋。再会。再会。

2001 年

行色

一

十点钟，伊势丹刚刚开门，门前广场人不多，稀稀落落的。对过那架钟慢悠悠转，钟占了满满一幢楼的外墙，有点张狂的，好像90年代中期的气氛，有点着急起来什么都要赶的意思，地铁在淮海路地底下开挖了，延安路高架也开建了，喊着一年一个样，三年大变样的口号，从90年代初开始人心社情早已撩动起来，下海下海，大家都要下海，老底子的想法不合时宜了，脑筋活络的已经腰包涨起来，动作慢的心里也多多少少活泛起来，淮海路上开起了香港来的品牌专卖店，那个“E”还是“三”的LOGO标识都可以让人猜测一番，伊势丹巴黎春天当仁不让地代替起了什么一百二百在人心中的位置，一楼香水化妆品，二楼女式品牌服装，三楼男装，再朝上运动用品，到了后来开的百货店，楼层更高，那么自动扶梯再朝上，就是卖进口日用品盆盆罐罐价格不菲。钟墙立面的也是家商场，名字起了“时代”，装了架钟来撑场子，倒蛮合乎时代的意思，“时间就是金钱”这句话甚至红笔写到了工地的围栏外面。

梅泰恒还是21世纪的事情，从1993年进驻上海的伊势丹颇为老大，上海滩的时髦人都会来这里逛逛看看，买不动也领领世面，摄影师说到这里来做街头采访，可以看到上海滩的时髦女子。淮海路洋派是上海人长久以来的观念，本埠人要买啥上点档次的物事第一想到的是淮海路而不是南京路。城市副中心的概念还在慢慢发酵中，一个个购物大楼立在上海各处此时也不知道还在何处，只有蓦然回首，才知道物是人非，或者物非人也非。谁会晓得呢？

此刻哪里会想到这些呢，眼睛看着何时走过来一个时髦女子，然后拿采访机探到她面前。

这个SANYO采访机现在灰扑扑隐在书架角落，一样灰扑扑的磁带放进去，出来吱吱呀呀的声音，本来以为那些从90年代录过音的磁带留下来也许是个念想，其实当时就该知是枉然，科技产品本身是有寿命，又不是可以放进博物馆的瓷器，倒是百年千年的一直在那里。采访机还是90年代初在淮海路靠近襄阳南路的一家商场买的，新产品，进口货，500多元，那个时候工资大多一二百。还好，每次采访都充分利用，听完录音，写了一篇又一篇文章。后来录音笔了，手机录音了，等等，也不做采访了，SANYO还是留着，偶尔整理书橱时瞥到，拿出来揩揩灰，装两节5号电池，让磁头空白里转一转，声音拖发拖发，像穿了不跟脚的木拖板。

淮海路上的人陆续多起来。高个，黑靴，黑紧身裤，黑披肩，头发脑后绾起，施施然走过，赶紧赶紧，这位小姐你好，你很漂亮，穿着有品位，你一般在哪里买衣服的，有些什么穿衣心得？哦，高个美女头侧过15度，脚步稍微停了一停，我嘛，一般性都在国外买衣服的呀，牌子当然要讲究的喽，别的没啥说的，说着高跟靴子橐橐橐迈起步，只剩下一个背影留给我们，矮个子的摄影师早就训练有素抢占了有利角度，EOS1，装了马达的，刷刷刷连拍好几张。

“海龟（归）”还没有变成“海带（待）”的年头，出境游是颇为难得的事，时髦的也就是新马泰港澳，从欧洲美国带几件衣裳回来是可以显摆显摆的，谁曾想很多年后还会有海淘这一说呢。高个美女说起闲话来底气足得不是一眼眼。仿佛还闻到了香奈儿 NO.5。伊势丹里 50 毫升的卖 500 多块，100 毫升的再翻个跟斗，装只喷雾头，同样 50 毫升，好卖到 700 多块呢。时装杂志上的广告断断少不了讲讲 5 号的故事，讲到极致就是香水是女人的衣裳，拎出性感明星梦露来做噱头，说梦露讲过的她睡觉是一定要喷 5 号香水的，香水是她的睡衣。90 年代进口香水是颇为拿得出手的礼物。送的人收的人都感觉体面。有人若去香港出差，关系一般点的熟人见面商议事情，也会送瓶 5 号，不过不是正装大瓶，而是 5 毫升的小包装，机场免税店里一盒 5 瓶装各款名牌香水，分头送送一般熟人，倒也称手，毕竟说起来也是 5 号哈。当然，十年以后机场免税店进进出出的多了，是不能这样送礼了。人心里大多是贪个稀奇的，何况国人被一把圆明园的火一烧烧掉了自信心，对西洋人的东西总会高看几眼，新马泰去的人多了，人就要稀奇欧洲十国游了，欧洲十国赶鸭子似的跑，再炫就没意思了，自然就要炫深度游了。市井市井，就是这样的。

现在想起来问了些什么问题呢，不外乎平时喜欢穿什么款式的衣服，有什么具体的牌子吗？对流行的东西有啥看法？到哪里买衣裳？了解了解时尚、流行概念兴起不久的都市人的想法。其实，选这个地点来街访，摆明了只能与一部分时髦女子沟通，而且这个沟通也就是短短几句话而已，没啥好深入的地方。当然，掠过也是掠了一过，留下一点点痕迹也是可能的。好比那时不少摄影师都喜欢提着相机到街头去拍走过路过的人，所谓时尚在街头的意思，还好那时的人还挺淳朴，拍了也就拍了，很少事后来算账的，用到媒体上也不必费心思地打上马赛克，去翻翻 90 年代中后期的报纸，一个个穿着或精心或别致或别出心裁的女子在报纸上走过，背景不外乎街头商厦，好像一个风头渐起的时代，人的心思也开始向外，衣服不过是最容易标明的符号罢了，牌子牌子，女人讲起来都口口声声着，男人的西装商标翻在袖口上，舍不得剪掉，一只只皮尔·卡丹的 logo 赖在袖口上不肯下来。后来大家知道其实不是什么好牌子，但是卡丹早进来，大家也就先皮起来吧。

也有走过来中年女子的，打扮得清爽里带出点妩媚，短发是卷的，短大衣，黑紧身裤，黑皮靴子，边上挽着女儿，女儿清汤挂面长头发，也是高筒靴子，细长腿亭亭，妈妈说出来领领世面呀，有啥好的样子自己回去买了料子叫裁缝做也蛮好的，女儿讲还是店里的衣裳好，有些细节裁缝做不好的。母女俩慢慢走进伊势丹，看起来倒像姐妹淘，这种风景最是怡人。不过，那时来不及细细体会，只想着如何写文章啊，如何发现有意思的角度啊，要到十多年以后，才会在心头煨上回忆中的一格格场景，品出岁月里绵长的安好。

有一次是在普希金铜像附近，铜像下的台阶上一个老头在那里晒上午的太阳。有个金发女子正好过来，黑色棉线衫，大花棉裤子，浅口黑皮鞋，随性休闲的打扮，而我穿着黑真丝绢纺长裤，灰色毛开衫，翻出棕红的真丝衬衫领子，跟金发女子稍稍侧着30度角的样子聊了聊穿衣打扮的闲话，金发女子很配合，一开始听到我招呼她，似乎有一点点困惑，等到英语说明意图，她微笑着豁然，其实这样的沟通也是无法深入的，只能说说“经典款式”或者“休闲装”之类。女子是跟丈夫来上海的全职太太，上海生活方便，人又比家乡的多，热闹啊，给老外足够（在我们看来甚至是太多的）尊重，女子觉得在上海生活很愉快。

又走过来一位棕红真丝后开叉长裙的女子，配搭着黑色开衫和黑皮鞋，淡淡的妆容，长发简单马尾，单肩黑色皮包，右手持着背带，左手搭着右手，缓缓走着。三十不到的上海女子，163左右的身材，圆脸，说话时细细地微笑着，颔首，眼睛望着你，矜持而礼貌，说着穿衣，说着喜欢的颜色，透出对日子的信心和还满意的神态。她说在东湖路那里的一家公司工作。是90年代中期风光正起的“白领”。

二

那时的空气里，欲望的舞蹈刚刚跳起不久，还在热身，手脚尚需要配合，难免有时动作难看，有时动作失调，虽然也有暴发户在精品小店里一掷千金买所谓名牌然后抛在地上做拖把的斗富猛料，到底各种虚荣和欲念还都躲躲闪闪着，到底大家还是知道一点规矩的，只是，舞台灯光越来越闪烁，好比是要索性不夜城了，一个个赚到第一桶金的人开始出来说财富神话，为已经点着的火续上燃料。还是围墙的墙很快就一块块敲掉，或者开成店铺，或者拆成废墟，废墟上自是要起一幢新楼。空气里尘满面，烘烘然。法国梧桐要迁走，幸好后来又回来了。去去来来的，其实已经有什么东西碎了，但似乎人们还未听见，或者说即便听见也只是犹豫了一下，让伊去。一个个人，一个个城，都在火热烘烘起来，那些声音的碎片有多少人会去倾听？就是那些曾经很在意倾听的人，不也是被吸引着跟着过去了？

服装不过是一种容易领风气之先的物事。人也是最容易从衣衫着手来改变的。蓝海洋时代里还有花色领子翻出来的一点点小心翼翼的俏丽，列宁装的腰身收一收掐出一把藏着掖着的妩媚，布票供应的时期里过年也是要有一件琵琶纽的花布衫。如此讲时尚了，讲品牌了，讲摩登了，自然领和袖们都走在前头了。

和领和袖们休戚相关的，自然又旗袍啊，月份牌啊，三十年代啊，上海滩曾经的繁华也在这时兴起第一波所谓的怀旧热。金枝玉叶啊，繁华惊梦啊，老克腊啊，老建筑，某某百货公司的前世今生啊，过去隐身的年华好像一下子都华年起来，其实那还是浮在上面的那层油吧，当然要是没有这层油，上海还真不是上海了，油和水还很不常规地时而融合，时而很常规地分离，终究是有些特别的。马路边的米店拆下门板，拆下了量米卖米的机器，变身酒吧咖啡，过去的年月做店名，逝去的时光是卖点，月份牌老打印机老底子的双妹雪花膏瓶都是极好的氛围装饰，剃着男孩头的女孩，长发的女孩，在柜台后打理着，摄影师约了去采访，男孩头女孩说我认得的一个阿婆呶，真叫时髦来，每个月都要拿出贴已叫孙女去香港买衣服呢，听起来总归是哪个大户人家的后人兮兮。偶尔黄昏买菜归来路过，男孩头和长发相挽而行，黑色衣服色调看起来很搭，可是又分明腻出一些其他什么来。不知道，不细想，只是存着片刻影像。

90年代城市又闹猛起来，各式人物来登场，各种活动搞起来，各路人马来跑这个大码头，好戏有点啥说头的都可以来说一说，反正好戏才开场不久，大家都来热身、活动、拉场子，其实，十年以后也还是这样，只是更加热切更加闹猛更加标题好看做得富丽更堂皇，好比现在的布料，总要掺和点其他啥的，还要冠以为高科技纤维等等，90年代的面料倒还实诚，羊毛是羊毛，羊绒是羊绒，棉是棉，虽然确实有时不如多纤维的富有功能性，终究还是看得见摸得着，好比小馄饨的汤料确实是骨头熬的，而不是多年以后什么的骨头膏，简直“神奇”得面子夹里底裤都不要了，不管，银子啊银子，银子是一切，好比污染的河流旁那些好像看起来很体面的厂房高速广告牌等等。

有一次去复兴西路的一幢老房子，和一位编辑一起去采访台湾来的形象设计师。形象还设计师？这个名词现在当然毫不陌生，新兴的时髦行业之一，其时是时鲜，距离某位在脸上画很戏剧化妆容的女形象设计还提早了几年，话说这位擅长戏剧装的设计师后来在汾阳路上的小白楼一侧玻璃平房里见到过，尖瘦的脸，瘦的手和脚，长发，骨感得很，飘逸的服装，如今已去世的有位女作家那时节在电视台做节目，妆就是她画的，女作家被画得特别细腻、立体，低首的姿态很女人，当然女设计师也着实火了一把，也是领风气之先的人物。那么，这位台湾来的女子有什么道道？熟女的姿态，眼睛很大，盘发，刘海翻飞，但不似坊间的那种中年女子的盘头翻翘那么夸张——夸张到一个人可以仿佛只见到翻翘刘海，她慢慢说话，对投资上海很有信心的样子，门面已看好，装修开始了，现在的人需要整体设计，穿衣打扮气质，她用不锈钢调羹绕着英式红茶包的棉绳，整个茶包被调羹包裹，茶汁几滴坠入骨瓷杯，几乎不起波澜。若非茶包，大概伊还可以再充分地演绎一番红茶饮法？英式下午茶，这个概念在90年代刚刚兴起——不，当然，其实，在上海的很多很多年前，很多有余资有余闲有余情的人也是喜欢就着泡芙三明治核桃挞吃一杯这样的红茶。当然，喝茶从来就是咱自家的历史悠久，不过老伦敦的客厅文化，尤其投合向来对西方引颈瞭望的华夏子孙。

扯远了。话说台湾女子的形象设计店还真的开张了。不过没有去“形象”过。似乎没多年就关张了。春江的水还未暖和，试水的鸭子大概只好关张拎包返程了。多年后网媒发达，时尚更发达，各式秀场牛毛，所谓设计师一词早已泛滥，从台湾来坊间扑腾的除了造型师们（台湾来的化妆师貌似年轻男子最多，说话软软的水水的，含着齿音），则是另外一波号称心理咨询师（或者心理导师）名头的男女，来一点佛道，来一点西方完形或家排，再来一点瑜伽静心，发现内在，完成自我，和宇宙接通，中文真是魅惑力的语言，也是需要，物质大多不太缺了，可是还是觉得缺，为什么呢？去心灵工作坊吧。课程课程，课程之后还是课程，如何解决问题？如果没有真正的内在的觉知，如何能情绪管理发现自我，甚或放下自我？这样的修行其实最是来不得短平快，而是日常每一天，粥饭汤水间。不过，上课还是不断盛行着，说来其实也是一种寻找归属的心理吧。

话说，那次采访台湾来的设计师，没顾着好好看看那幢老楼，红砖墙，立面宽大，内里房间轩敞，地板踩上去弹性，女设计师很会挑地方，现在推算起来，大概后来在上海滩以改建老建筑暴得大名的登琨艳应该也已经潜水上海了？那幢红砖墙的老楼现在应该还在吧，拆拆拆，复兴中路或许还是能挨得过，否则这城市真是何来一点点安居的静气。

三

十几年前了，1999 年 12 月 31 日，接受了约稿，去华亭路看看聊聊，写一写 20 世纪华亭路的最后一天。之所以接受，还是因为和华亭路有点缘分。1986 年的春天里，第一次去华亭路，用得来的奖学金买了灰色夹克衫和咸菜绿的小腿裤。大四的女生，慢慢地大家开始打扮，短裙子，棒针衫，真丝衬衫，碎花长裙，修身牛仔裤，有的女生开了双眼皮，悄悄买来国产口红点一点绛唇。大四时，宿舍里庆祝室友入党聚餐，各自都还化了点淡妆，没有迪奥，没有香奈儿，不过一块普通的粉饼，一支眉笔一截口红罢了，我还给室友上了妆，那天从来素颜从来不口红的她闭上眼睛安静地让我在她脸上扑粉抹唇膏。1984 年开张的华亭路市场虽然在五角场的我们看起来过于遥远，到底还是知道了。

第二次去华亭路也在这一年，春去夏至，却已然是要教起书来了。去单位报到后，与同去的女伴去了华亭路，大概是买了点简单的夏装，也大概是看到五颜六色终究还是有了些憧憬，物质生活在华亭路上显示出它的魅惑，80 年代刚走出大学校园的我们似乎还能以这个俗气那个花哨来平复内心其实渴望的涟漪，只是，这样的觉知其实并不在彼刻发生，物质生活的强大气压到了 90 年代初就渐渐显示威力了，80 年代人的热情终至是惘然了起来，内在的平衡当然到底破碎了，起初还是想要修补修补，可是，欲望的舞蹈跳起来就停不下来了，布景场景舞台灯光变幻陆离，跳到世纪末，进了 21 世纪，竟然是连补的愿望也气息孱弱，肢体的动作倒是越发狂乱虚饰。当然，华亭路是无辜的，不过一条路罢了，个体户，商品满目，给人们多的选择，倒是市场经济的。当然，卖仿冒品假名牌，也是难免的，虚荣和某种身份的焦虑，仿制品总是给人性的弱点挠痒。不过，出口转内销，外贸产品，新颖的服装款式，也是去华亭路的理由，价惠质优，品牌产品的尾单，让人收获小欢喜。其实，为什么外销就能做得价惠质优，内销产品就不能亦然呢？好像干部工人农民，一级二级三级工资等等，生活中的琐碎都是充满了等级和分别。

其时，款式落伍一成不变的国营百货商店看到华亭路心里是免不了要格楞格楞的，喇叭裤、高子衫、文化衫、工装裤等等时髦就是从华亭路蔓延开来。本埠外来的，旅游商务的，华亭路是在上海逗留者的必去之处，好比现在的新天地田子坊和外滩某某号。732 米长的华亭路，硬是长成一条意味丰厚的路。两边的宅子，不少是老洋房或新式里弄格局，说来算是沪上的好居所了，也放下身段，一层底楼的，借租给商户的并不少见。

说远了。所以就去了所谓世纪末最后一天的华亭路。照旧是闹和挤的，不过盛况已经不复从前了。华亭路之外可以消费的时尚商场已经很多了。从上午9点到下午1点，在这条不长的路上来回，和摊主闲聊，有人看到摄影师的镜头，伸手挡住，不要拍不要拍，要拍要到管理处登记，人们的肖像权意识大大提高。不少摊主其实是租赁户，挖到第一桶金的摊主已然靠租金优哉游哉了，袜子、帽子、包包、衣服，现在的摊主们必须比其他人款式新或者货色全或者价格合适，才能胜出。生意难做格。

2009年4月的一天午后，偶然路过华亭路，却已经是一条闹市里安静的马路了。2000年8月的某一天，华亭路的时髦和喧嚣散去，重新在襄阳路汇聚，而到了2006年上半年，这股子四季不歇的热气腾腾还是止了。售假的名声已然摆上了国家间的谈判桌，眼开眼闭是做不到了，罚点小钱也不彻底，虽然明星富人也喜欢来买买仿制品，人的弱点全球一致，不分彼此的，那么就关了吧。不过，七浦路，城隍庙，牵丝攀藤的，有产有销，有供有需，这样的市场总归在某处。襄阳路附近的陕西路上，几张仿制品图片，一个斜背包，神秘兮兮的样子，非本埠口音，30多岁的男女们，走过路过，来一句“××的包包要哦？××的表要吧”，国际著名的歌星也从某条弄堂里的某个阁楼上满载而归，喜滋滋logo包包一个又一个。哈。

更喜欢安静的华亭路。曾经人气旺盛的小商品街回复了它本来的气息，老房子的院子里槐树樟树苍苍郁郁的，枝叶都茂盛出了围墙，偶尔有一两家小时装铺子，无论卖休闲风格的，还是比较正装调子的，皆无闹市街区的火气，仿佛坐等新老顾客回头一顾的矜持。有改建成公司的老住宅，当然更加矜持地以一落围墙挡住外来的视线。轻启的黑色铸铁大门里走出一对老夫妇，干净沉静，相携而走。

只是，喧嚣却是日日而甚的，这样的安静已是偶得。这个城市，有几条这样的马路呢？剩下多少是多少了。安静的马路少了，走在路上的人，早也不那么安静了，躁动、仓皇、淡漠、茫然，广告越来越多，商品越来越多，人也渐渐地把自己当做广告和商品。

流行的物事一波又一波地开始，涌动，过去，好像不能停止，资本如何能停止呢，人也觉得不进则退，可是，进什么，退的又是什么？何以不进就退了呢？一股脑儿地都赶着潮去了。

行色不止。

其实只在这一刻的色形中。

2012 年 12 月

咖喱角

出了东方商厦内的餐厅，下楼到路口，眼前灯光璀璨，车流人往，恍惚间分不清究竟身在哪条路上，邯郸路四平路？还是四平路黄兴路？踌躇着走哪边叫车更合适，问同行的安忆老师：王老师，你看朝哪边走好？安忆老师道：我总归跟侬走。心里一笑，说起来，好像确实我应该熟悉五角场一些的，上世纪80年代初就在这里上大学了嘛。但是，但是，看着眼门前儿那个著名的蛋型下沉式广场，自嘲自己其实也是个“外省人”。

我们商量了下，还是决定从何处来回何处去，走到对面的邯郸路。于是，进“蛋”。四五个出口，上行马路，下道地铁，平行商铺，看着四通八达，究竟何处？问两三个聚在一起的年轻保安，保安带口音的普通话，手朝左边一指，喏，那个楼梯，上走。哦哦哦，谢谢你。和安忆老师出了“蛋”口。是邯郸路。隔着车道、人行道，商厦大楼间，那些老式居民住宅楼还在，不过刷了墙，装了斜坡屋顶，DNA终究还是原先的。我认得出。心里默默一定，陌生中看到熟悉，可是这熟悉自然已非那时的熟悉。当然，那时的熟悉终究是有多少熟悉的？

夜·散步

学校在邯郸路，周边不是工厂研究所就是农田，偶尔有些新村，每当9路报站“上农新村”时站得腰酸背痛的身体会轻松起来，学校快到了；接着听到“材料研究所”，舒畅起来，马上到站了。9路是从虹口公园那里过来，五角场那里则有55路通向南京路，初来乍到的，这些信息还是摸清了，其实信息量也就这些，就知道不远处有个叫五角场的是方圆里的热闹处，是街市的意思。何以五角场，在十八岁的年轻人听来，这名字蛮乡野气息的，打谷场、屠宰场、饲养场，生产大队的什么什么空地才叫场嘛；也比较兵气的，打靶场、发射场、战场，听听就是剑拔弩张。这个场到底是哪个场？原来，因为五条路由此放射汇集，才“场”了起来。邯郸路、四平路、翔殷路、淞沪路、黄兴路由此出发，到此交集。听起来，五条路在一起，也是蛮气派的，至少过起马路来也是要东张西望才行，毕竟五条路呢。可是，五角场有些什么呢，还是学生的年轻人那时还不太关心街景，食堂教室图书馆小卖部书亭大致能满足日常所需，看书听讲座的胃口倒是不小，相辉堂也有电影放的，偶尔还有新光电影院的欧美电影开眼界，或者长江剧场的话剧燃烧激情，若要领领世面，当然去市中心啦，南京东路的新华书店，第一百货，淮海路的各式铺子，那才是上海吧。五角场那简陋的放映站，简陋的饮食店，朴素的百货商店，实在偶尔一去的。就算去乘55路，五角场通往市中心的长龙公交车，大抵只是为了55路的。

只是，五角场也不会让你忽略它的存在，就算不过是一个背景，背景里模模糊糊的身影也是绰绰约约的，像一个渐走渐远，又渐行渐近的影子，在往后的日子里，好像能抓住，又似乎已然松手而去。

周末不去夜自修，去五角场散步，是与自己最喜欢的相处。那时的五角场，夜晚是安静的，路边没有那么多商铺，即便有，粮油店米店是早就排上门板的（和西大街仿佛的铺子，朱红色的木门油漆掉得七零八落的），从邯郸路国定路沿着人行道走，大多是黑黢黢的，路边的轻工业技术学校洒出来一些光线，前面的居民区门口一盏不那么亮堂的路灯，若是靠右走，一长段的水泥围墙，直到前面9路终点站，才有些小铺子和光亮，人似乎也都从七角八落里忽然聚在了一起，走来走去地搅动了刚才还是冷冷的空气，最亮的一处当然是食品店了，邯郸路往四平路拐弯必要经过太平洋食品店。食品店左右两个柜台，中间一条小走道；大的那里呢，卖各种杂货，南北杂货一些小食，就是那时食品店通常的样子。小的呢，就有些特色了，专卖中西式点心。品种不算太多，但放在柜子的不锈钢盘子里精致得很，在五角场就是一次视觉和味蕾的惊艳。桃酥、拿破仑、核桃塔、椰子塔、咖喱角，看看点心的汉字命名，就能引发想象，桃酥不必说，还能猜得到味道。拿破仑，什么点心叫一个法国人的名字？核桃塔椰子塔，顾名思义当然是含有核桃和椰子的，小圆底座上一些金黄咖啡斑驳的细细碎碎，应该就是融合了核桃和椰子的饼馅吧，小小的一个叫成塔，倒颇有古风的，七重塔玲珑塔，其实后来知道大概塔应该写成“挞”，才是妥当的。三角形的咖喱角类似外婆做的三角豆腐干嵌肉末，酥皮包裹着咖喱馅，在晕晕的灯光里，慵慵懒懒的，却似乎又很诱惑，怎么着就想吃一个试试，到底啥味道呢。下决心省出银子来尝一口，咖喱角一只，核桃塔椰子塔各一，再加几块桃酥。一大纸包，简直奢侈啊。哪里忍得住走回宿舍再吃啊，直接边走边窸窸窣窣地咀嚼起来，虽然有段路是没有路灯的，但借着一点点不远处的余光暗暗地吃起咖喱角来，味蕾的释放却是更加闪烁的。酥皮和咖喱和牛肉末的配合，咸鲜和咖喱的融合，好比酥皮的层次，脆、细碎，层层叠叠，却是没有汉赋的叠床架屋，刚刚好的层次和滋味交融，在大多甜味取胜的西点中，咖喱角的口味是独树一帜的。桃酥也不错，不似少时常见的那种大圆形，一个个小小的圆，香甜酥脆，停不下来的感觉，倘若不是胃提抗议，大概桃酥也很容易在路上化为无形了。当然，当然，难得的美味，要慢慢地吃。核桃塔和椰子塔实实在在的食材，核桃碎粒已然是脆的，椰蓉则细碎而香，搭配软硬妥帖的饼皮，颇有回味。对拿破仑倒感受一般，虽然一层酥皮一层奶油的做法蛮考究的，不过时间略一久，就容易软趴趴，继而生出腻感，也就罢了。

其实也是一月不过买一次吧，否则餐费书费都要被咖喱角蚕食了。克制中感受美味，美味的放大效应一直延续到很多年以后，等到可以随意吃咖喱角椰子塔时，这些东西也就变得平常了。暗夜里独自的品尝，有回忆的加持，滋味在想象中无限绵延。

去五角场散步，其实不是为了咖喱角，虽然咖喱角在橱柜的灯光里耐心等待着，有时候咖喱角已经卖完，是为了什么呢，只是散步吧，在周末的静夜里，在少有行人的人行道上，只是慢慢地走一走，暂时离开教室和图书馆和宿舍，离开书，离开那些让人激荡的句子，让人瘩寐思服的情节和人物，只是走着，和自己相处，可是脑子却总无法停止思考，很多很多年以后，却是要学习“停止思考”的正念冥想，不知是千载其实不需思接，心游也不必万仞，恰恰相反，需要经常的清零清空，只是当下一刻的生命和自己，但是，在五角场散步的夜晚，那些年轻的夜晚，十八岁到二十岁的夜晚，“用黑色的眼睛寻找光明”，想象着“海星星”在夜空中闪烁，慢慢的行走中蕴藏着如泣如诉的旋律。路边的居民楼安静地亮着灯，那些柴米油盐似乎尚未迫在眉睫，也就不那么去关注围墙内是些什么呢，仿佛也不太关注，只是身体的行走和书中乾坤的激荡，甚或有些淡淡的愁，也就是这个年纪的愁吧，真正的愁并未咂摸到呢，只是谁说此时此刻的愁不是愁呢，生命在每个阶段总是这样那样的表达着，中年以后想起那些夜晚，轻轻一笑，倘若没有那样的静夜思，以后的释然也许也并不如期而至的。

暗夜中，五角场是一个大的存在，尽管这个存在也不甚了了，简朴的朝阳百货商店早就打烊了，大众饮食店，春光理发店，还有照相铺子，自然也都关门了，有些名头的淞沪饭店呢，也许还亮着几盏灯，但对于一个学生来说，饭店是一个难得进入的空间吧，还有什么呢，略略知道些的，有个电影放映站，简陋的棚子，待等到 1983 年翔鹰电影院建起，也是在五角场看了电影的，不过好像有相辉堂也基本能满足了。黄兴路上的建筑看着高大些，空军政治学院里面或许灯火通明，可是外面人只看见大门和大门内的路，那么，四平路上偌大的公交汽车场呢，想象夜色里公交车身反射出金属的光泽，挤满了上车人和等车人的喧腾的车厢此时是清静了的，吃着咖喱角回校的路上，偶尔想起公交车场，身体记忆起的总是从邯郸路一路挤车回家时的狼狈，简直是和平年代里的冲锋陷阵，常常只能安分守己地望着公交车一辆辆地腾起尘土渐渐远去，再期待下一辆能够挤上去。

然而，这个存在还是足够让人心安，好像有了学校，有了五角场，再远些，可以去南京路淮海路，那么青春的日子也是有了安顿和交代的，况且，其实真正的安顿并不在这样的存在中的，也许更在书本中，在连续不断的思索中，在人的生命的变化中。萨特说了，人的存在总是在变化中的，在时间的流逝中实现着他的变化。好吧，散步的人读着萨特《存在与虚无》，似懂非懂，不过不要紧，心里满满的充实是要紧的，人到底是不是一个“自为的存在”呢，这样的问题一本书怎么能解决呢？还是要历练在生活中的。可是，此时此刻的散步人和五角场，就是“自为”吧。

路和路的事情

五角场附近的路名起得有秩有序的，除了邯郸路四平路黄兴路淞沪路翔殷路这五条觉得颇可理解的，三条以地名命名，一条以人名名之，而翔殷路呢，略费周折，也是后来查了资料才了解的，此路筑于 1922 年，因从当时的引翔区通向殷行区的虬江码头，故名翔殷路。再接着看看资料，这引翔区是什么地方呢？引翔区即引翔港，又称引翔镇，在民国时期当为上海东北角的一个市镇，如今属于杨浦区南部的长阳路双阳路一带。继续梳理，这引翔镇还是明万历年间由村落而发展成的。殷行自然也是一个市镇的。一条路名，也是城市沿革变迁的小小拼图。当然，其实那时在五角场散步的年轻人不太知晓的，似乎也并没太大的兴趣去看看路名背后被遮蔽的事物，那是被南京路淮海路外滩等这些标志性道路所吸引的日子，至多再加上诸如静安寺虹口公园人民广场等声名赫赫者，或者说也不过就是名字的吸引罢了，它意味着精彩的外部世界，是渴望飞翔的年轻的心的天空，天空自然是阔大的，云在走，风在走，就算雨雪，也是飘舞翻飞的，天空里的细细碎碎好像蚯蚓在泥地里蜿蜒，似乎是拎不上台面的，尽管其实就是现实的日子。所以，在五角场散步的女生，其实看不到太多的五角场的，就好像校园附近的路都是“政”和“国”开头的，什么国定路、国权路、国顺路、政肃路、政通路，等等，只是略略地纳闷，稍稍地自问为什么呢，竟不会去探个详情。大概太多的小说和理论需要阅读，尽管历史书也在书包案头，可是那是古代的西方的过往的历史，身边的现实中饱含的历史实在尚无心思照顾到的。就算知道这些路名拜 1929 年 7 月国民政府开启的“大上海计划”所赐，也不过是纸面功夫。当然，其实，身边走过路过的那些路，才是链接过去和现在的时空隧道。

邯郸路对面的国顺路国权路国年路政肃路一带有不少复旦教工宿舍，那种红砖墙的二层楼联排房子是旧有的，是当年日军侵占上海时所建，为其时华中铁道株式会社的日本职工住宅。六层楼的新公房则是上世纪 80 年代以来陆续建造的。大概在 1985 年下半年的样子，经常去国年路的，一侧是新落成的文科图书馆，图书馆对面还是些平房，中间有间点心铺子，就是七八十年代简陋的铺子，斑驳木色的方桌方凳，卖些馄饨面条之类，从图书馆埋头了一上午出来，就到铺子里吃碗咸菜肉丝面，也很满足，好像阅读的丰厚感提鲜了面条，热乎乎吃下去，到底有几根肉丝呢，也不会去计较，再去阅览室，身心都是满满的。傍晚时分，走出图书馆大门，走一段短短的国权路，右拐弯即是邯郸路，再过马路，学校的围墙里探出一些树叶，慢慢地走回宿舍，书包里的笔记本上又积累了不少，碳素墨水英雄钢笔一个字一个字地抄录着，好像酝酿中的论文也一个字一个字地渐渐从模糊的水影中慢慢浮现。左转弯，进校门，看到五号宿舍楼，先不着急去宿舍，而直接去中央食堂晚饭，青菜肉圆白米饭，米饭有些硬，可是年轻人的牙口是不怕的，肉圆倒是绵软的，也许淀粉多而肉少，也没有关系啊，搪瓷碗是用了三年多了的，剥落纹路一样不缺，能用就好，生活的必需品有就很好了。有图书馆，有阅览室，咸菜肉丝面和肉圆青菜已然美味佳肴。

二十多年以后，国年路还是国年路，一侧的文科图书馆还是文科图书馆，道路另一边的饮食店自然早已消失了，文科大楼、第五第六教学楼等依次排列。当年的年轻女生自然是中年人了，走进大楼，走进教室，伊始是有些恍惚的，依稀以前来过，分明却是陌生，虽然教室的模样不会太过意外，恍惚也不过瞬间，惘然倒是没有的，只是年轻女生的身影在瞬间的恍惚间擦肩而过，像是一个影子，却实实在在是现在的肉身的过往，但是终究抓不住。讲完女性文学作品选之一课，走进沙发净水空调齐全的教师休息室，饮食店粗陋的桌椅又是一个恍惚而过。时间在所有的一切物象非物象中流过，肉身重返旧地，其实真正明白，一切重新开始。过去只是存在在“过去”这个词语中。相较讨论文学作品的丰富性和可能性，其实真正希望的倒是现实生命可能性的实现和丰满。

却很少再去五角场散步了。在重新返回后的十八年里，几乎没有主动去过一次五角场，哪怕只是看一眼新的光鲜的五角场。

中环高架通到五角场了。五角场环岛造了一个大型蛋结构下沉式广场，下面四通八达啊。五角场通地铁了。现在去五角场什么都有啊，根本不必专程去淮海路南京路啦。东方商厦去过哦。万达广场逛过哦。合生汇前的机器人看过哦。你还要到南京东路去配眼镜，我就不去总店，五角场有分店呀，一站路就到了，走走也好呀，好比散散步，媒体的同事的信息，随时传达着一个咫尺之外的五角场，一个城市副中心的五角场。可是，五角场对于我来说，好像在现实之外总是多了一层非现实的晕光，在晕光里，总有那些夜色里老旧模糊的房子，夜色里散步的身影，有时是独自，有时和同学，有时看到熟悉的同学也在那些夜色里。

念起黄兴路来。一般散步也就走到卖咖喱角的食品店，不过在临近毕业的那一阵，常常和老魏走着走着就走到了黄兴路，黄兴路那里有些什么建筑呢，夜色里一切都是漫漶的，只记得路是安静的，我们是躁动的，选择什么样的工作呢？虽然没有太多选择，还是有选择的。媒体，出版，高校，总有一个理由无法深深说服自己，总有一些遗憾在前路等待。是一个选择了似乎难以再重新选择的年代，是一个没有太多选择的时代，不知道稚嫩的肩膀能否承担非此即彼的结果，于是，就这么漫漫走着，倘若就这么走下去也是好的吧。当然，还得返回，返回可能和不可能。当然，必然选择了，选择了其实自己并不能全然释怀的选择。

后来的后来去黄兴路上一个较大型花园小区，走着走着，原来以为不再思量的，可是那些夜色的走来走去还是叠影在楼宇间，好像是要让人回答那些选择的后来是否如草木葱茏。赶紧加快脚步，走到要找的楼层，其实心中明白也许是想回避如此地直面。堪可安慰的是，选择之后的时光里，生命的学习和生长终究和时光共存。

寄声浮云往不还

四平路那头的55路时不时总要去乘一乘的，向西向西，长长的四平路，空军政治学院，汽车一场，同济大学，民居工厂里弄商店，溧阳路提篮桥，看见海鸥饭店了，外白渡桥清晰如前，海关大楼的钟声整点会响起来，如是，好比看到真正的上海似的，外滩，南京东路，于是，商厦林立，于是，人头攒动，于是，一间间店看过去。这些看真是看，上海人叫“领世面”，一个大学生能领什么世面呢，不过是从五角场出来感受感受上海滩的闹猛罢了。真正让人心神荡漾的世面主要在南京东路书店里，二楼专辟“学术书柜”，另有文学图书角，像百货商店一样热闹，但只是热，不闹的，书架前的人神色安静，间或蹙着眉，庄重思考的表情。那些书们也是安静的，书影颜色淡淡的，字体清清净净的，封面有插图，也是很兰花地幽幽开着。书是一定要买几本的，哪怕伙食费紧一紧。55 路上依旧前胸贴后背，可是满载而归的心情拥挤在身，返程的时间好像缩短了，当然咖喱角暂时不能买了。

有一年的国庆节，沪上各高校组织参加在人民广场的庆祝活动，55 路终点站下来已夜深，结伴的同学们说不乘 9 路了，这点路就走回学校吧。闪着晶晶亮的眼神，夜深算什么呢，这点路更加不算什么呀。走。走着走着，开心地跳起了华尔兹。疯啊。活力四射的疯。只是当时轻悠而过，毫不挂心。三十多年过去了，见到那年一起走回宿舍的同学，几次张口想问曾记否邯郸路上的华尔兹，可是，往事铭心在你，并不意味着他人同样刻骨，不过是一次深夜回校的插曲罢了，人是往前走的，那么还是不必提的好，即便见证者如邯郸路，不过一条相同的路名罢了，路的前世又如何相较今生。

就是那一天，研究生毕业答辩结束后，要去五角场聚餐，和宏图兄安忆老师一起在东校门口等，下班时分车流挤挤挨挨的，公交不便，出租亦不便，那就走走吧，我们都说好。我跟安忆老师说：那年，大概是 1986 年上半年吧，陈思和老师的“新时期文学”课请你来和我们一起讨论的。哦，是的是的。那次陈老师请我在五角场吃了饭的。王老师还记得哪家饭店吗？倒不记得了。我说五角场那时也没什么好饭店呢，淞沪饭店算最好啦。也许就是那家饭店吧。闲聊着，从国定路左拐到了邯郸路了。也是重新回到五角场十七年来第一次重走这段曾经非常熟悉的路。在行人间小心地走，除了路边那几幢老公房（当然粉刷过了的），其他都是陌生的，大楼商铺，连路也陌生了，人行道、车行道、高架出口、公交停泊点，脚步还算稳当，其实明白走得跌跌撞撞的，想看到熟悉的，分明总是陌生，最后干脆放弃一丝丝渴望熟稔之念，就当做一次城市微旅吧。

去年冬日傍晚，从国定路坐车去十号线地铁站，其实很近，从政通路过去拐个弯就到了淞沪路，是怎样的淞沪路呢，宽广，热闹，高楼，出租车玻璃窗里映出一双刘姥姥式的眼睛。送人至地铁站，司机见前面堵车，从小路穿至邯郸路，小路在万达广场后面，两侧一色的小铺子，饮食服饰类，年轻人摩肩接踵，烘染了岁末的热气腾腾。定定神，觉得此处大致方位应该是原来朝阳百货商店附近的。笑一笑沉睡的记忆，车子已拐向邯郸路了。穿过那个“蛋”，一直往前。

1982 年初秋吧，穿了新买的米色衬衫和条纹毛线马甲，在五角场群艺照相馆拍了张照片，不那么证件照，但也是规规矩矩的表情，嘴角的弧度实在太小了，眼神似乎还很沉思的样子。是进复旦后不久拍的吧，似乎还长着青春的毛毛刺。群艺照相馆就在邯郸路北侧，轻工业学校走过去一点。一直记得那张一身藏青色的运动服，手持网球拍的照片是在五角场拍的，但翻出老照片，上面却印着“新艺照相”，也许是在“群艺”拍了，后来在“新艺”加印的？考证不出来了。除非有那天的日记。照片摄于 1983 年秋天吧，那时正迷恋网球，下午课后总要对着墙打上半个多小时，其实动作什么的肯定不标准的，可是就是喜欢挥拍接球出汗的感觉。偶尔，趁周日人少，在四号楼通向干训楼的路上与文文对打，两人嘻嘻哈哈一阵，周末变得悦动起来。

可是，当年的网球爱好者现在成了资深宅女。

照相馆在很多年以后的数码时代是渐渐式微了的，不过听历史系毕业的校友读史老张说在政肃路上有家小小门脸的私营照相馆，傍的还是群艺的招牌。

1986 年初夏时分，毕业季。心心念念要买一件纪念品送好同学，在朝阳百货里看了又看，那款灰色底子上装饰了红黑两色色块的人造革小挎包入了眼。毕业后的第二年暑假去北京，看到友人还背着。

前几年，有友人赠一款绿纸圆盒的下关沱茶。啊呀呀，太熟悉的包装了，就是这样的包装，这样的克重，在买咖喱角的太平洋食品店里多次买过的，那些年茶基本就喝沱茶，年轻不免鲁莽，哪管肠胃是否喜纳，喜欢泡俨俨的茶，略苦略涩似乎才是恰当。那时的下关沱茶大概不过三四元，耐泡，经喝，沱茶一壶，熬夜读书亦是常有。近年见懂茶的老同学写她的喝茶经，说到这种朴素绿纸包装的下关沱茶亦称“销法沱”的现在倒是难觅了，竟是身价不菲呢。中年之人了，也算略懂些茶性，那就再放些日子吧，日子会熟化茶性。只是，日子流逝着，晚上是不能喝茶的了，再好看的书，也不会漏夜持续，留着明天吧。

真是要向五角场说声抱歉的，因为说起五角场，其实好像事实上不是在说五角场，而在说那些在五角场的日子罢了，即便那些日子，也似乎都是零零星星的了。旧日的五角场和今日的五角场，重重叠叠之间，其实哪一个都是似真似幻，且熟且陌的。

毕业三十多年后在微群里问老同学们对五角场都还有哪些记忆呢，大家似乎皆有些漫漶了，回复并不踊跃。毕竟这么多年过去了。有位男同学说记得9路五角场终点站那里有家饮食店，每次走过店铺前面的人行道都是油腻腻的，店铺里飘出葱花的香味道，而他只能咽咽口水，走过去。葱花的香味在吃过那么多美食佳肴之后还记得。好比不管尝过多少美味点心，总会想起五角场的咖喱角。

翻开当年的日记本，那些文字若时空隧道，只是那头和这头的人看似一个，其实已然两样。读到1986年4月21日写的好几段，所述毕业论文初稿完成后的心境以及那些日子之所思所感。四年大学生活临近结束，自然诸种思绪慨然。看到当年的自己记了几句诗，“别日何易会日难，山川悠远路漫漫。郁陶思君未敢言，寄声浮云往不还”，想起来是曹丕《燕歌行》前面几句。现在的人看到这些，真正是“寄声浮云往不还”了。

2018年6月

针灸室

一

针灸室在三楼，门对门两间屋子都是，走廊里坐了不少人，男人女人抬头看看新来的人，你是初诊吧，今朝人多，不晓得轮得到哦。快点去问问医生。在医院，沉没于城市的人们会自发有种亲切感，像是一条船上的难友，陌生却自来熟，彼此还有些协同与共的味道，本来是个人隐私的疾病，此时恰是共同的分享，而分享让被疾病折磨纠缠的身心暂时获得一点点安慰，仿佛是还好还好还有不少人和我一样苦恼苦痛着的那么一点小安慰。医生不在，在对面屋子里针灸呢。一个20岁左右的白毛衣女孩，在替人拔针。护士？不像，没穿护士服。可手势娴熟走进走出毫无病人常有的谨慎，一副自家场所的笃定貌，又显得像工作人员。

坐在门边的椅子等。面前躺着的阿姨搭话了，你看啥病啊？今天人特别多，一个病人要留针40分钟呢。就算今天能针灸，你还没针吧。针？不是医院里有嘛。哦，我们这里老病人都是自己带针的，出门右拐笃底那间小房子里有卖的。哦。阿姨头上手上腿上都扎满了针，默念着尚且熟悉的穴位，好像太阳穴、翳风、风池、百会、足三里、内关、合谷、阴郄……白毛衣来给阿姨拔针了，慢慢扶起身，背部也一堆针呢，沿着膀胱经排列，心俞、肺俞啥的，书房里一直挂着针灸图，这会儿正好拿来验证，可惜到底记不全。

阿姨针了几次啦，效果好吗？

哦，针了有两三个月了呢，好交关了。

啥毛病啊，医院里去查过哦。

查，里里外外都查了，CT 也做过了，做不出啥呀，但就是头痛头晕，讲我是脑晕，西医没啥办法，就来这里针灸了，迭搭（沪方言：这里）医生蛮好格，伊祖传的，伊爸爸就在岳阳医院做针灸格，那里人比迭搭还要多呢。

阿姨已经下床整理好毛衣了，看上去气色蛮好，红羊毛衫黑裤子蛮精神的，像是早上傍晚在公园跳舞的退休阿姨，时髦懂经喜欢讲闲话，在家一把手。

侬啥不适意？阿姨关心起我。

头胀，失眠，交关辰光了。颈椎也不好。一直拖着，看也看不好，想要么针灸针针看。

阿姨突然向着门口笑起来，我侧头，一个高个子的白大褂进来了。

比板刷头多几寸的头发，方圆脸，眼大鼻挺，走路轻带一波风，够得上帅气。年龄应该不到四十，正是好年华的医生。就叫他帅医生吧。

到医院，跟医生的良好沟通是必须的，适度地称赞医生，有条理地叙述病情，微微感性地表达病痛，和医生的交流也是和人的交流，医生的专业冷静，或也会柔化，生发起他脱下白大褂时的人情世故。

帅医生听了病情，检查我的头、脖子，开出了诊疗单。十次一个疗程。每周至少来两次。“阿拉一周来三次呢，针灸么，就要坚持的。”刚才那位阿姨还没走呢。

白毛衣女孩在两间屋子间穿梭，一屋四人，一个医生要打针拔针确实有些忙不过来，她的脸上闪着茸茸的汗毛，专注的神情里仿佛有些不希望缠绕的心事，但似乎也并不重重的，她的穿梭倒是让人觉出她身体和表情的快乐，藏青色镶细白边的棉质运动裤有些磨起了毛，淡了色，随着她纤瘦的身子走来走去的，舒适而欢快。

走廊里坐着的大多是老病人。一对中年夫妇陪儿子来，丈夫高大，妻子利落，儿子也高，20 岁左右的样子，张嘴笑着，像个孩子，说他傻乎乎吧又不像，却又不似通常的同龄人表情。一位六十多岁的阿姨领了个小男孩从电梯出来，阿姨探探房门，知道还轮不到，拉过男孩，坐下来。男孩开始还挺安静，没几分钟就闹腾了，头脚并用，以撞墙为乐，一边撞一边呵呵呵呵地笑，鼻和嘴左右扯开，知道是个有病的孩子，阿姨当是见怪不怪的，只扯扯男孩衣角，好好交好好交，勿要撞啦，边上有几个老病人露出会意的笑，大家也不多言语。不一样的病，一样把希望寄托给针灸。

有个窄腿裤皮夹克的男生 3 点半后赶着进来了，来了就轮上了，原来之前那位白白胖胖喜欢问长问短的大妈是他妈妈，早就帮他排着号的。生龙活虎的男生，什么病？白头发。看看那摩丝抹过的头发是夹杂些白发，也并不白雪皑皑的。另外有位矮个子男子也是针白头发，他也不占床位，就坐在加座上留针，头、面、手、腿，背，皆留着针。矮个子背着黑色的电脑包，深色衣裳，说带口音的普通话，像是整天在外面跑的人，头发确实夹花，且略稀疏，与其三十左右的年龄不太匹配。

好了，高个子儿子终于轮到了。靠门边床上的老太终于可以下来了。

老太是无法自己下床的，边上的保姆先将她抱上床边的轮椅——难怪一定要躺外面这张床，这张床边的空当最多，然后托稳了老太，系好衣服门襟，手脚摆好，轮椅推手上晃着几个塑料袋，阿姨剥了只香蕉给老太，脸缩成一只小核桃的老太咿呀着不知咕哝点啥，香蕉吃得倒还利索。再会再会哦，阿姨不是本地人口音，与医生与病友点着头，推着轮椅出去了。

这边高个儿子已经头上面部都针妥了，正点着手臂上的针。

见儿子妥帖了，中年夫妇退到走廊。帅医生在两间屋子间穿来穿去，白大褂飘起风。这层楼其实有好多屋子，但都关着，偶尔隔壁走出个女白大褂，下楼，不见了。仿佛是到了私人诊所，因为都是来来去去的熟悉面孔，竟是弥散着家常气息的。中年女人见医生忙，也帮着拔针，望着她：你也会拔针啊。哎呀，这个很简单的，大家帮帮忙。侬是不晓得，我老早头胀头痛，一只头要头巾全部包起来才好过一点，侬这点点问题针针就好啦。

没问她为什么头痛到如此地步。和儿子有关吗？

边上三十多岁的短发女也接茬：是呀是呀，我以前也这样呢，都坚持了两个月了。她伸出手，合谷内关还淤着青。

要紧哦，哪能要出血的。

没关系的，正常的。伊拉讲出点血好呢。

帅医生借了我一盒针，一种一次性的银针，真空包装。以前去针灸，都是医院提供消毒好的金针的，原来现在都是病人自带了。这样倒也省去了消毒之类的工作，也避免了潜在的传染隐患。

躺在窄窄的诊疗床上，背上两排针似有似无，总要小心着无法动弹，头上风府的针却是痛着，熬了十分钟，听见白毛衣进来的声音，赶忙叫了，叫帅医生来拔掉。“人家怎么不痛呢，你可能太敏感了。”听见白毛衣也躺床上了。我们是下午最后一批了。一批八人，留针40分钟，上午，下午，中午除去医生吃饭，基本连轴转。

这个针灸所在一条弄堂里，两边挨着新建的小区，附属某三甲医院的，可以医保，三层小楼，环境紧凑，没有医院常有的紧张拥挤，但是有的医生除去老病人也已经不接待初诊了，一溜病人在走廊等，若是初次咨询，感觉像闯入某个会所，而非诊所。医生的特长和当值日贴在门厅墙上，一三五二四六，日子得算清楚。

弄堂底是有间小屋，售卖金针铜人火罐等，只是今天已经关门了。

二

弄堂外自然就是车子人流商店了。在今天的城市少有例外。

人行道上的地砖有的翘起来，有的空在那里，那种暗的紫红和怯怯的绿，天天被无数双脚踩过，被路边的包子店烧烤铺的油烟熏着，被尾气、灰尘、唾液、痰各种东西缭绕着，哪里还有瓷砖应有的质感和光泽，这种色彩更衬托了路的腌臜，也不知道是谁做的决定，十多年来，一部分人行道变成了紫红和绿的瓷砖，一部分是灰色和杏红色，好像要把一个城全部化好妆——也不知道要去干什么，自己对着镜子忸怩着，很快簇簇新新的瓷砖就现了真相，不是破相，就是漏风，雨天里更是一包水陷阱，当然，大概也鼓起了 GDP 以及某些个人的腰包吧。那些似乎单调的灰旧的水泥人行道现在反而让人想念了，把路的颜色低调到最低调，行走其间倒是最安全的，还嫌这个城市的颜色不多不杂吗，至少踩在脚下的还是让人安心吧。好了，现在走在马路上既要吸着尾气，熏着烟气，闻着臊气，躲着宠物狗的粪便，还得防着一块地砖突然一不高兴崴了你的脚。

如果不是去针灸，很少走宛平南路的，上海皮鞋厂的牌子倒还在，但基本上皮鞋都外包到江浙一带生产了的。很多很多年前，这条路很安静，左右工厂，老式公房，医院。当然，现在的马路已经不是可以随意闲逛的路了，店都紧凑着，人都熙攘着，今天修路了，明天装修着，路似乎从来就不能头面清爽，除非清晨 5 点钟，这一条路大概才像一条路。城市里大多数的路都是这样的，很多路是没办法决定自己的相貌命运，如果一条路能表达出一条路的气质，这条路就是名路了。可惜，名路总是不够多，多的就是这种天天的蓬头垢面。

对面走过来一个女人，瘦高个，长头发，毛衣，深蓝色半裙，黑色系带高帮鞋，微微垂着背，贴着路根走，好像走一步要顿一顿的步姿，大概是那双鞋的跟太高。看清楚了，其实是个男人，长发是假的，胸是假的，黑色的及膝长袜掩不住腿毛，他的脸严肃里有种紧张，但是，其实没几个会看他，管你是男是女，管你男装女扮，公交车来了，绿豆饼马上出炉了，这家店的牛仔裤只要50元一条，随便穿穿也不错啊，汇金港汇里的衣服实在太贵了，专家门诊今天挂得到吗，算算费用，好像中药又涨了，裙子男人弓着背走过去了，面无表情，他的渴望都写在了他的半裙高跟鞋上。只有遛狗的大叔看了看他，大叔60多岁的样子，一脸壮实的肉，披了件摇粒绒衫，走路侉兮兮的。狗是小小的泰迪，走在大叔身边像一只靴子，大叔看了看易装男，脸上的肉好像晃了晃，接着就扯他的狗绳，侉兮兮地走过去了。

走来走去的人，其实都没啥表情，如果说有也是有的，是那种浮在表面的一种灰灰的气，不清晰，不稳定，既不是迷离，也非茫然，但又似乎与之关联，词汇无法固定这些表情，大概我自己的脸上也是这样无法言说的表情或者无表情，心里面也是一堆的金针，和脚下的那些颜色已然可疑浑浊的地砖那样吧。

突然想起刚才那位耷拉着头口角涎水不断的老太，这时应该坐上公交了，应该是出租的，推着轮椅呢。60多岁的保姆显然是长期照顾她的，老太任她擦涎水摆弄身子，嘴巴里呜里呜噜的，保姆好像也明白似的。衰老的生命，系于一把细亮的针，不是渴望重生，而是期待缓慢地衰老，那极力回避极度恐惧的终点。可是，不是老太的我们，不要说能安全无虞地活成老太，忧虑疾患治疗疾患的某个冥然的时刻，何尝不是在恐惧，恐惧着那个无法回避的点。

三

针灸室是安静又热闹的。

人来人往的，期待病情好转的心其实很热；可是又必须安静，躺在针堆里，一颗闹腾的心不想安静，至少也在形式上沉了下来。

针白头发的帅哥还是每次由他妈来替他打前站，3 点半左右裹着风进来，摩丝翘起一撮前额头发，黑宽边眼镜，都是当下的时髦。其实白发相间，也不错啊，还有人装酷专门挑染白发呢。他在证券公司上班呀，所以等差不多股市要歇市了，他才能请假出来的。白胖大妈和脑晕阿姨说。哦。操盘手？股市啥辰光会涨起来啊。现在股市勿好呀，收入少交关呢。呵呵，格么好的时候拿得多的呢。白胖大妈张了张口，想了想，轻笑一声，不声响了。

白毛衣今天也来的。还是那件翻领棒针毛衣，藏青运动裤，运动鞋。见她忙来忙去的，脑晕阿姨说话了，伊真的老好的，小姑娘也作孽呢，大专毕业了，失眠头痛，看来看去看不好，也不好去上班了，其实呢，后来是有点抑郁症的。说这话，脑晕阿姨是压低了声音的，现在针灸好像好点了，人也开朗交关。

原来这样。为什么呢？怎么会失眠头痛的？

那阿拉也不晓得了，想想总归有原因格喽。

白毛衣是否是因为感情问题？只能猜测。见她动作熟练地给病人拔针，大步走来走去的姿势，是利索的姑娘。是工作不满意，压力大，还是情感挫折？她的衣食住行药的费用还是家里负担着？

躺在诊疗床上，听见白毛衣问帅医生珍珠粉好吃哦，都说对睡眠好。可以吃一点的，帅医生漫应道。

一次候诊时问白毛衣：你针了长远了吧？嗯，蛮长辰光了。一周来三次。算算总归有一年多了。好了吗？好是好多了，还是再针针吧。

她的脸表情不是很丰富，面色不红润，倒很像小麦色，时尚的肤色，只是仔细看有些疲惫，不似这个年龄段那种青春的时尚活泼阳光雨露。一周三次来针灸室，顺手帮帮帅医生，或许也是这里的人气可以阳光到她？说来都是些陌生人，来来去去终究也算熟面孔，心理上是有些安慰的。

那位中年女人这次带了毛线活来。高大儿子看着撞墙男孩憨厚地咧嘴。中年女人打毛衣，安静。50多岁的上海女人，清爽适意，可是她说过头痛到要包裹起来。因为儿子的车祸吧。她说的，儿子车祸后，保住了命，医院回家，只能躺床上，要坐轮椅，一年多针灸下来你看好了不是一点点啊，现在来是巩固巩固。当然，儿子自如行走了，妈妈的头痛自然也就好了。接下去儿子还要去上学工作？现在只要儿子生活自理就很开心了。

撞墙的男孩一边笑一边哈喇水流下来，边上的奶奶擦都来不及，奶奶擦的动作很快速，使着劲，完了，无奈地对走廊里的人笑笑，哪里是尽头呢，不管它，一周三次来这里，也好比是希望。人问奶奶，他父母呢，怎么不照看他？忙着呢。奶奶显然不想多说什么。问的人也默了。

轮椅老太照例从来不拉下的，照例歪着头流着口涎，轮椅扶手一个塑料袋装食品，一个装衣物，保姆阿姨忙不停的。脑梗呀，她家里子女都要上班，有的还在国外，钱有的，老太喜欢来针灸，在家也闷呀，针针么好像好点，反正就弄她来吧。保姆还是蛮负责的，老太其实听得懂的，只是说不出，咿呀咿呀嘟哝，浑浊的眼睛望望大家。

自带一次性垫布的女子跟邻床的隔着布帘子轻声聊天：到医院里看看，真是就想通了许多啊。“格么是的呀，想不通还能哪能呢”，邻床的声音很坚脆的。邻床的女子是开照相器材店的，上衣品牌户外服，休闲裤子，习惯双手抱在胸前，身材纤瘦，乍觉尖锐，交谈下来其实还温和。“照相机现在生意差许多了，手机好拍照了呀。阿拉现在主要做器材配件啥，马马虎虎过过吧。”内情是无法知道的，显然她和老公一起经营的铺子应该还不错吧。

城市里的人每张脸清晰而模糊，背后各有各的心事故事，这些故事和故事或许隔膜或许联系，或许因缘巧合，你探得一点表皮，其实互相之间都是碎片，好比苏式月饼的外皮，一口咬下去扑簌簌碎屑，可是味道还真就在碎屑里，咀嚼到一点是一点。在针灸室，看来看去看熟的脸，病情使人在此刻消弭各自的缝隙，在银针慢捻的当儿，形成了一种朦胧的默契，可以谈一点病情，可以谈一点家事，更可以聊世情，甚至因疾患而生的人生感悟。

大家当然都要讨帅医生的好。帅医生看着随和，对谁都和言轻语的，当然对无比配合无比崇拜他的病人自然笑容更灿烂些的。那次拿着在针灸时默记下来的穴位，给帅医生看，他瞄了一眼：

你要记这个干什么？

学习呀，看病也是学习的过程嘛。

像你这样知道越多，病越不容易好。

这个没道理啊，病人当然要了解诊疗过程啦。

哎呀，跟你没得说，你这样的病人依从性差哩。

哈哈，这个是帅医生的看家活哦，当然不能“剧透”，理解理解。各自立场不同嘛。其实若能换位思考，也能理解了，病人也希望针个明白嘛。

帅医生是东北读完大学过来的，应该是70后的年龄，针灸家传，父亲在上海一家三甲医院做专家门诊，所以说起话来志得意满。那你为什么不到三甲医院呢？哎呀，现在要升职称要求复杂啊，针灸本来就不太受重视嘛。我说这几年情况应该有变化了，大家又特别重视传统自然疗法了，针灸虽然传统，但后劲十足呢。帅医生似是叹了口气，难的。所以就在这里了。医院门厅有介绍的，帅医生是副研究员，副高级职称的。虽说和副主任医师、教授这些职称评聘系统确实有些不一样，但副高级是一样的。

手艺在身到哪都不怕啊。

呵呵，再要上去也蛮难的。他笑起来，一点点得意，一点点怅然。

病人口碑好最重要啊。

嗯，这个说得是。

帅医生看起来挺年轻的呢。

也要四十了。

哦，看不出来啊。到底搞中医针灸的，男人也要会保养啊。

我们自己有病都自己扎针呢。帅医生又笑了，眉毛扬了一扬，眼神却还是专注在手里的银针。

那天，买到了针，还钱给帅医生（先前借的那一盒）。收钱，找钱。我躺上去，等待扎针。却见他也不洗手，拿了酒精棉球就过来扎针了。心里一惊，这个很不合规矩哪，哪有拿过钱后不洗手的，况且还是医生呢，跟他指出，“这个没关系的，我手碰到的是棉球的这一面”，“这个也不对啊，纸币上面有多少细菌啊，洗手是规范啊”。帅医生有点不高兴的样子了，但他也没再言语，好像是后来去洗了洗手。

这样的手势让人有些遗憾，或许一时半会确实不会出啥问题，可这样的习惯仿佛像是乡间郎中式的了。针灸也是会出血的，细菌又不长眼睛的。大概针灸室病人太多，忙出忙进的，顾不了那么多了，疏忽也就难免了。

决定这个疗程结束不再继续了。

何况头痛失眠也非一时半会就能好的。

出门时，微雨。咦，轮椅老太还没走，保姆正给她穿一次性雨披，老太的手臂不灵活，保姆费劲将老太手臂往雨披里伸。

阿姨，你照顾老太太几年啦。蛮辛苦的哦。

五六年了吧。还好还好，习惯了，她还挺听我话的。

人活到老，子女都忙碌着，也顾不上，遇到认真仔细的保姆阿姨，那种依赖大概也只有我们自己老了才深味。当然，也还要请得起。

阿姨，再见，你们当心点哦。

呵呵，谢谢侬。

雨披已经穿好了。轮椅慢慢启动。保姆阿姨回了句本地话，虽然语调还有点硬。

2012年8月

徐家汇的周末

一

还只有二十几岁的时候，大学毕业后的女生来到徐家汇的一间大学成了女教师。大概对于徐家汇只有一个印象，那里有条路叫肇嘉浜路，说是当时上海算得上宽阔的马路，肇嘉浜路老早只是小河浜呢。既然叫做“汇”，好像是有点四通八达的意思，其实是老早子肇嘉浜和法华泾两水汇合。为什么叫“徐家”呢，跟徐光启有关呢，哦，明代的徐光启呢，他曾在此建农庄别业，并著书立说，去世后也安葬在此地，其后裔繁衍生息于此。这么一说，徐家汇真是沪上历史悠久之处。当女教师在上世纪 80 年代中后期的某一个夏日站在肇嘉浜路东安路口，看着中间绿化带两边双车道的两侧不少工厂民居的模样，难免遥遥地想一想很久很久以前这里曾经的河流、曾经摇橹而过的情景，不过也实在难以想象了。

就好比现在是 2018 年，中年以后的女教师来到徐家汇中心区域，天钥桥路、肇嘉浜路、漕溪北路、华山路、虹桥路、天平路，几路汇集之处，东方商厦、港汇、太平洋百货、第六百货、汇金、汇联、美罗城、徐家汇绿地，空中有天桥，地下有地铁通道，报道的规划中，徐家汇商圈以后是可以不必出店彼此通衢的。倘若周末休闲的话，美罗城楼上有影院剧场，楼下商铺餐饮各种；当然也可以去港汇看电影吃饭购物，或者六百汇金走走，徐家汇绿地看春花秋叶，在曾经的大中华橡胶厂的烟囱周围树木水塘环绕，水中的黑天鹅优游，斜对过衡山雅集创意园区也是可以走走看看的，银杏树边有家书店也不妨进去买书展卷。至于，天钥桥路上的一些小吃也总是围着不少人的。再过去点，有这几年新开拓的辛耕路，也是餐饮服饰文创等各式铺子一个挨着一个的。想一想在徐家汇逛逛走走看看，是不会寂寞的。

不过，如此热闹的徐家汇好像一帧正片，在中年女教师的眼前总会浮现另一张图片，另一张徐家汇的负片，好比水波里的光影，看时分明，再看竟有些恍惚了，那是上世纪 80 年代中后期，女教师不由定定神，和一群年龄相仿的女教师住在集体宿舍，那时的周末是怎样过的呢？徐家汇咫尺之遥，当然是要去徐家汇闲逛逛的。

好吧，暂时穿越一下，且返那时光。

二

周末的校园，好比一根绷紧的橡皮筋松了下来，教室里的灯照样开着，灯下的人却少了，午后月季花坛边坐着的男女学子不是在念书，而是密密细语地享受着青春和阳光。食堂里卖饭的窗口总也少开了几个，饭菜温温的，像是早早做好了，只等着人来买，赶快收场了事的意思。紫藤懒懒地爬在红砖墙的办公楼上，将一个个窗户都镶上了绿框。最喧闹的篮球场，这个时候只有三三两两穿捷径的人走过，偌大的水泥地每天吸收了太多生命力盎然的汗水，需要晒晒太阳，缓口气了。

集体宿舍不像往常早早水房里就一片哗啦啦，大家匆匆忙忙赶着去办公室实验室，周末是要睡会懒觉的，不睡懒觉的也有得忙，如一整日去办公室用功的，指望托福托到美利坚去呢，松弛不得；外出约会的十点多钟也得收拾好走了；在宿舍的呢，洗洗衣服看看书，一会就得去食堂吃饭了，不过也有的忙活着早上从菜场买来的蔬菜鱼肉，煤油炉或电炉，一个炒锅，甚或一个小锅子，有荤有素的香喷喷。刚结婚的鸳鸯，已有孩子的夫妇们，在集体宿舍里过渡等分房，过渡的日子也得是日子，礼拜天热汤热水的自己烧点吃吃。

倘若周末出太阳，住朝北房间的人，爱干净的女老师得起早忙乎晒被子。抱被下楼，将被子搭在教学楼前的花坛栏杆上，深吸口气，吸进一口阳光的空气，照到太阳的塔松绿得深深浅浅，粉红月季一朵又一朵开不败，四五条被子晾在栏杆上，倒像是哪户人家的小花园，校园就透出了家常日子的味道。

梅芳的屋子朝南，太阳温暖着屋子中间的木桌子，旧木斑驳得像南瓜的颜色。室友知道今天她男朋友来，早早就去了实验室，梅芳也早早去了菜场。男朋友来了，两人在水房里洗一只鸭壳子，梅芳说鸭壳子烧汤，再放点蔬菜，味道老好的。当然，鸭壳子比鸭子要便宜很多。梅芳的家其实在市区的，家里小，离学校也远，梅芳就常住在宿舍了。她的男朋友也就几乎每个周末都来的，一来，就帮梅芳干活，话不多，老实的样子。他俩的脸都是小小的，薄薄的，焦点虚了看，倒有些像，只是梅芳的皮肤比男朋友黑，说话的声音也响，让人感觉梅芳是强出她男朋友一头的。门虚掩着，电炉炖上了鸭壳子，香气钻出来，染香了一条走廊。电炉其实明着是不能用的，有几次，大概五楼四楼的都有人在用，全楼就突地一下全瞎了。可是，一会儿就又亮了。楼梯旁的电路箱子，是开着的，好像随时都可以修理的样子。侦察下来，说四楼几间男同胞宿舍里都备着保险丝呢，女教师们大可放心。梅芳在电炉上煮鸭壳子，东头的那家夫妇在煤油炉上炒菜。灰绿颜色的煤油炉，摆在门外一张方凳上，边上一张窄条书桌，油盐酱醋齐全，煤油炉的火可以调节的，开到大火档，一把青菜下到热菜油里，滋滋爆香。煤油是凭煤球卡才可以买的，没通上煤气的家庭一般都有张煤球卡的，离开学校不远的天钥桥路，有条弄堂，弄堂里几幢老公房，边上几间小铺面，其中一家就是卖煤油的国营商店。煤油炉子火旺起来味道还是蛮重的，不过，排骨萝卜汤，炒青菜，到底热气腾腾地煮出来好吃，饭就从食堂打了，辰光凑巧周末食堂会有酱鸭爆鱼卖，这么一来过日脚还是蛮有味道了，煤油的味道少许闻一闻也就没什么了。

太阳香，心里厢就有点活络。年轻的女教师约了同伴逛街去。先在宿舍里拾掇，对着上铺的小圆镜子，抹国产口红，稍稍地画眼线，放下上午卷着的发卷，用“旋风”牌吹风机吹了吹，然后晃几下“霞飞”摩丝罐，手上滋地鼓起一圈白沫，抹在头发上，尤其刘海，要有点翻翘。摩丝的质地不够柔滑，硬硬的，头发看上去有些夸张，是一望便知地用心装扮的味道。不过，怎么打扮还是那种老实质朴的手法，不过有年轻打着底子，总归透着清新。好像花苞刚刚知道自己要开放似的。

三

出了校门，走一段东安路，左拐弯就到了肇嘉浜路，来回四车道，中间绿化带，水杉塔松冬青香樟和美人蕉，绿化带中修着蜿蜒的人行小道，偶尔有条石凳，初春的时候一蓬蓬迎春花开在路边，一冬干硬的马路好像慢慢变软，夏天走在香樟树下，旁边热气蒸腾的马路就有了点隔世的味道。绿化带上的行人并不多，一般都是晒太阳的老头老太边走边甩手，他们都是住在附近的居民，还有走乏了的路人坐在石凳上休憩，在汽车自行车的流水中它就像一座安静的小岛。不过安静总是相对的，绿化带说起来其实是莫测的地方。有一次，女教师去华山路，走在绿化带的小道上，突然就看见一个男子猥猥琐琐地从对面挨着走过来，她本能避让，差点碰到了旁边的铁栏杆，那男子迅速地拉开裤子拉链，迅速地鼓捣着，然后又迅速地与她擦身而过，整个过程简直不过几秒钟，她的呼吸突然就屏住了，急速地往前走，不敢回头看那个男的。回去告诉室友，她哈哈大笑，一个露阴癖，怕什么，他不敢怎么样的。

肇嘉浜路两边比较多的是工厂，左面马路有绣品厂，无线电厂和挂着航运煤炭字样的研究所。绣品厂是进去过的，学院工会搞活动，说是到绣品厂参观，了解改革开放初期的成果。绣品厂那时还忙碌着，工人们抬头看一眼来人，就低了头在机器边忙活。有的机器里出来绣花窗帘，长长地连着一匹一匹地叠在地上。有女工在踩电动缝纫机，对机器绣花的半成品进行加工，做成台布、枕套。绣品厂里没有看见人工绣花的车间。出来的时候经过一间卖品部，白麻布的绣花台布有镂空的花，粉红天蓝的，很漂亮，让女教师遐想，如果有自己的家，桌子上就应该铺一块这样的台布。这还不算，室友却微微抬了头说，我看过我妈妈从深圳带回来的外国杂志，人家西方人桌子上要铺双层台布，下面深颜色，上面浅色调。嗯，调和色和对比色用着都好看。

逛街经过绣品厂时，她们就喜欢看看那间卖品部的橱窗里有什么新品种。绣品厂到1990年代中期时已经差不多关门了，这是后话。在绣品厂的原址上造起一幢专门给老干部活动的宾馆，棕红色的弧形立面，老骥伏枥志在千里的恢宏模样。不过，这个时候，这些普通家庭难得用的绣品台布还是给人想象的。浆洗过的、棉麻质地的、镂空绣花的白色或米色的台布，比那种线钩台布精致气派多了。线钩的台布其实还是稍稍考究点的人家用的，一般人家家里床头柜上铺块自己钩的台布，用白团线，钩了一朵朵花，边缘一圈穗子，衬在深棕色的柜子上，似乎有点典雅了。那个时候有些人家桌子下面也就铺张白纸，上面压些家里人的照片，加上一张月历，也算一种装饰。

走过绣品厂用不了几秒钟，可是那些东西还是映在了年轻女教师眼里。

四

接着就闹猛起来。徐家汇是城市西南角中心，第六百货在这时算是大商店了，大多数店铺集中在华山路，店铺也都不怎么大，最大三开间，一般也就是一二开间的铺子，杂货、衣服、车行、食品，女教师和室友在华山路都买过一件本白色羊毛衫，U领，领口一圈镂空，20元不到吧（不过工资也就百来元），穿了很久，腋下的毛线已磨薄稀疏，终于依依不舍地处理了。现在还能记得白毛衫的样子，但是穿衣人的模样却真的依稀了，大概就是用自己工作所得自己买衣裳的快乐，但快乐和时间总是一起消失的。好了，还是说马路上的闹猛吧。26路、50路、43路、42路……穿来梭去的，肇嘉浜路在“六百”门口割据分裂成一个个公交站点，碰到26路电车的辫子脱钩，就乱了套。一般先是女售票员下车去牵辫子，运道好，辫子和电线乖乖复位，手气差，弄来弄去辫子就是搭不牢，男司机下来相帮。辫子和架空电线扭扭捏捏闹别扭，公交车当然泊在路中，其他车子也要排队，自行车活络，纷纷抢道，七扭八拐地穿出去，行人就干脆在汽车和自行车间扭秧歌。从被自行车抢了路的人行道上勉强挤出来，闪进六百，已微微出汗了。

汗衫手绢，皮鞋手袋，蝶霜香脂，店堂深处卖点心糖果，百货都一柜一柜地混杂在一起，营业员三三两两说笑着。

“你看有新上市的‘霞飞’洗面奶呢。”

“买一瓶试试？”

是国产化妆品风靡的时候，进口的大概就数“力士”香皂让人印象深刻，包装上娜塔莎·金斯基的眼睛望着你，美丽而忧伤，像她扮演的妩媚天真的《苔丝》。电视里金斯基优雅地对你说我用力士。“力士”还是贵了些，不过没关系我们有“白丽”，“今年二十，明年十八”的广告语是俗气了点，但白色粉色的皂体看上去比硫磺香皂好看多了，也显得有点进口货的意思。盥洗室里蜂花檀香皂的身影渐渐稀少（当然不会想到二十多年后檀香皂重新成为宝贝，终于还是有不少人意识到老牌子国货的好，不过不用几年进口哪里来如此体会呢，人心思向外的时候自家的物事是越看越不顺眼的)。“白丽”的，“力士”的，还有从香港深圳带过来的“棕榄”香皂。粗糙水泥的公共水房里总也有些香气撩人。还有“霞飞”洗面奶呢，不少女教师都有，粉红塑料瓶子，放在水池口沿，虽然脏污的沙色水泥池子，水泥地，锈迹斑斑的水龙头，几乎天天的湿嗒嗒，乳液状的洗面奶照旧是迷人的。

“霞飞”商标设计成蝴蝶模样。说是洗后面孔特别滑腻的，不像用香皂，皮肤容易干。年轻的时候似乎很少去关心这些滑腻之物来自何处，也很少关心这些化学物对人体的伤害，大概真是少知少畏，不过社会整体的信任感也是原因之一吧，当然，新事物总以魅惑的样子出现的，封闭的时代一旦慢慢慢慢地开一点缝再开一扇窗，最先跃跃欲试的其实就是日用品，物的率先而入最是撩拨人心，肉身常常是最直感的感应器。

在大报依旧很巍然的样子在讨论姓“资”还是姓“社”的时候，类似《健与美》杂志则在美化生活的名义下告诉你怎样保养皮肤，怎样健美。洗面奶香皂面霜等天天所需之物其实早就在人心肉身润滑诱引。

柜台里蝙蝠袖的羊毛衫让人亮眼，还有帆布镶皮的小包设计得不错，仿佛是弥补求学时代的清心，工作不久的女教师是有了些稍稍丰润打扮的心思的，似乎是一朵花明白自己开了。

六百对面，是家影院。里面一排排木制长凳子，凳子靠背红漆写着座位号。坐在里面看电影，人和人之间无奈得挨近，要随时收缩着身子的。很多年以后这里矗立起体量庞大的美罗城，吃喝玩乐一应俱全，楼上还有个高科技的影院，沙发椅环绕声 3D 等等，来的人在爱疯爱派的时代接受影像的，大多是不会坐过那种长条凳子的。长条凳子时能看的电影不多，不过似乎印象倒反而深了，演员们虽然没有锥子脸，却平实朴素，是走进电影里的故事的，然后又走出来，走进看的人的心里。这些长凳子的木头都很结实，不知后来派什么用场了。

六百附近藏着蜘蛛似的小路，路两边密密挨着矮房子，时不时鼓出来一间灶披间，像是路上增生的瘤子。这些路上，却又开着烟纸店、三黄鸡店、杂货铺子。店铺门楣上常常耷拉下楼上人家晾晒的衣服，滴滴答答的水痕摊在马路上。

逛了街，女教师也到这里来吃三黄鸡，是存心要把周末过得彻底的味道，心里略略地盘算一下口袋“存货”。一斤鸡，两碗鸡汤面，味道不错。三黄鸡鲜嫩，鸡肉与骨头连着血丝。其实吃三黄鸡是吃佐料，佐料鲜，鸡的嫩才能够表达得淋漓尽致。

小店的桌子油腻腻的，窗子外飘着对街人家晾的衣服，骑 28 吋自行车的人嘀铃铃而过。从校园出来的女孩子忽然发现世俗生活就在身边，或者说她们已经在里面了。

对了，赶快回去，晒的被子等着收呢。

五

后来，女教师们结婚的结婚，出国的出国。

宿舍楼的立面涂脂抹粉了一番，楼里的住户换了一拨又一拨。煤油炉是不用了，也不必买鸭壳子那么节俭了，食堂外卖餐饮，选择已经很多。梅芳和男朋友早就出国去了，异国他乡的中国胃还是要吃中国菜的吧，那里有卖鸭壳子吗。

再后来的后来，塔松挖走了，广玉兰挖走了，一棵二棵三棵四棵，泥坑说不上像陨石坑，也是至少三十年朝上树龄才有的规模，何况塔松的树根盘根错节的。树移走后，五层楼的宿舍楼显得毫无依傍，尽管多年前涂脂抹粉了一番，本就不是美人，现在自然连迟暮都谈不上。且也不说美人迟暮之类的了，宿舍楼很快就推倒了，教学楼食堂等等旧建筑都推倒了，一片全新的建筑将要耸立起来。

砖红的楼群已经矗立，楼下食堂，楼上宿舍，电梯上下，清洁舒适，楼群前草坪绿得宽阔，只是冬天的风夏天的热气不免也宽阔地穿过。幸好还有那几幢旧红砖楼，也算是在新的时空里嗅到一些依稀的熟悉。

中年以后的女教师也不在这些楼群里工作了，班车路过校区，不免放慢脚步，一张张满满胶原蛋白的脸看过来，恍惚间看到当年一群年轻女教师同样还是年轻的脚步，看到了煤油炉，湿濡濡的衣服，读外语啃专业，水房里的歌声，蚊帐里的愁容，以及多年以后教授的教授、白领的白领、病逝的病逝……生活有时按理出牌，有时却中途翻转，年轻时谁能知道呢。

女教师抬头看看高大的宿舍楼，不知道新一代的年轻人如何晒被子，年轻人不在意晒被子？有一天女教师无意间走到新宿舍楼后面，迎面一排整齐的不锈钢结构晾衣竿若后现代雕塑队列着，被子衣服安详温柔于间。以粗陋的栅栏晒被子的年代过去了。

曾经的工厂现在的徐家汇绿地，原来的烟囱保留得很现代。

2004 年初稿，2014 年第一次修改，2018 年再修改

104 弄

西大街临练祁河边的大多江南老式木结构宅子，平房居多，也有二层结构的，临河处伸出几级石头水埠，水埠一般洗洗涮涮，当然不会像老底子那样泊舟航运了。大片民居都在街对面，砖木结构的老房子，弄堂深深引入，但也已经有了一些新公房，沿街或者弄堂深处，楼层大多三层，不高，与老房子倒还和谐。

104 弄在西大街的中段，弄口比一般弄堂要宽，上面就是三层楼的公房，这排公房沿街而造，但底楼依旧是原先的老式门面，五金店、百货商店，每天早上开门，木制的排门板一扇扇打开，排在铺子外。街和铺子隔了两级台阶，铺子外还间隔种了几株悬铃木，楼上晾衣架下被单衣裤，楼下顾客出出进进，夏天的时候有时会有刺毛虫从树上掉下来，收衣服时得仔细抖一抖，逛街的人缩着脖子紧着步子跨到台阶上，生怕刺毛虫掉进衣领里。刺毛虫被踩在地上留下一斑斑黄绿色的点，幸好布鞋贴了橡胶底，否则黏糊糊一摊。

穿过弄口，弄堂修身为仅容两人侧身而行的宽度，两旁也是老房子，一侧是家院落，一侧则是细夹弄里房子套房子的宅子，过了这段，又宽了，一边还是老屋，一门进去三家人家，还有就是小平房，并排两家，王家搭了个小灶披间，灶披间外有点泥地，插几根细竹，竟是种了丝瓜，一家就是豆腐大妈朱家。另一边是前后两幢三层楼的公房，静岚家在前面的4号，夏天4号外墙的电线上爬着王家的丝瓜藤，晚上墨绿色搪瓷罩子的路灯一开，时常会看到壁虎从砖缝里爬出爬进，有时会爬进二楼阿芳姆妈的窗缝里。阿芳姆妈家在二楼西头，204，静岚家则二楼东头，201，一东一西都是三居室的结构，大家都在走廊外又装扇门，装了木头窗子，水泥抹了墙，砌了灶头，过道兼了厨房。中间202、203并排两套，有点像现在的三室一厅，进门即厅，厅即厨房，两间屋子皆朝南，一间连带小阳台。202主人换了两拨，203也是两换户主。三层楼楼上楼下的格局当然是一样的。一般都住着一家四五口，烧煤饼煤球，没有抽水马桶，所以每层楼梯口的那个水龙头处有个倒粪口，直入楼前的粪池，定点日子环卫所会来抽取，倒粪口是有盖子的，大家每天刷马桶时都会用水冲洗，不过总归还是会有气味出来，静岚知道城中路张马弄有叫六一新村的，那里是用抽水马桶的，大人们讲那是县大门里的人住的呀，西大街的人内心深处都盼着住烧煤气有抽水马桶的房子的，不过一时半会住不上，每天倒马桶还是很认真仔细的。初中时的静岚中午放学回家，饭罢，略略休息，一般会帮外婆一起倒马桶，阿芳姆妈家的小峰姐姐也总在此时拎着马桶过来，静岚比小峰姐姐小两岁的样子，两个小姑娘在湿濡濡的水龙头前躬身用劲刷洗马桶，好像有点比赛谁刷得干净的意思了，竹制的马桶刷，一会单手握，一会双手把住，发出唰唰的声音，有时得了类似蛤蜊壳的小贝壳相助，刷洗时就多了哗啦啦的隆重的清脆感，淘洗一遍又一遍，然后晒在走廊里。倒好马桶，冬天时身上倒热乎乎的，夏天朝阳格子的方领衫背后洇出汗渍，里面白棉布自家缝制的小背心黏在背上不那么清爽，一圈印子时隐时现，静岚看到小峰姐姐的汗渍，眼睛赶快躲开来，后来懂了，那是女孩子对身体的敏感和觉醒的萌芽。还是看到小峰姐姐穿上了小背心，母亲买了零头布让外婆也给静岚做两件，两个人好像还笑眯眯地对视了下，嘟囔着小姑娘要长大了，像有什么事要发生的样子。什么事情也确实在发生着，静岚敏感到身体慢慢有些变化，所以要穿小背心了。

常常倒马桶，腰会酸痛，可是大人们却笑言小孩子哪里有腰啦，那个时候大人们对自家孩子外表上似乎看不出有多少爱的，好像孩子是个讨债鬼，要吃要穿要上学读书，样样都要操心都要钱，每到开学交学费，母亲不由自主会对阿芳姆妈说：哎呀，家里有两只书包啊，啥辰光好出道啊。阿芳姆妈接口：哎，大有大的烦恼啊。大儿子二女儿已经进厂工作，就剩三女儿上学着，老公 Y 伯伯在医院上班，做个部门小头头，阿芳姆妈家里手头相对比较宽舒点，有时会微微嘚瑟，不过不是很明显，烦恼等着呢。

阿芳姆妈面孔圆笃笃白嘟嘟，眼睛像杏仁，齐耳短发，有时箍个头箍，头发刷刷往后，露出宽窄正好的额头，那时五十不到的，不过大家都是灰色翻领两用衫藏青卡其裤子，最多领头里翻出一角花衬衫领，中年人显得很是中年人，为过日子操劳奔波的样子。阿芳姆妈在南门的纺织厂上班，所以讲话嗓门大，车间里机器声音大，人要说话哪能不直着喉咙呢，所以讲阿芳姆妈人还在底楼楼梯口，寒暄声就已经传上来了，她每天从西门走到南门，再从南门走到西门，进了屋，通煤饼炉做晚饭，虽然见她上楼梯时要扶着扶手腰也直不起来的样子，可是一旦忙活起来还是整个人轰隆隆的。每周有一两天，阿芳姆妈上楼时除了讲话声，还伴随着肉馒头的香味道，厂里食堂做的，捂在布袋袋里，肉香和面香禁不住散出来。几次静岚开家门正好逢着楼梯口的阿芳姆妈，她笑眯眯拿出一只肉馒头，静岚晓得一只肉馒头也是稀罕物，不好意思，推托，阿芳姆妈还是塞进她手里。静岚红着脸揣回家，跟外婆和弟弟一起分来吃，肉馒头的馅倒不是最好吃的，最好吃的是肉馅和馒头贴肤的那一层，肉香和面香最是体贴入微的缠绵。过几天，外婆包了馄饨，就会叫静岚递一碗给阿芳姆妈尝尝。外婆讲相邻么就是要有来有去咯。

阿芳姆妈的弟弟也在县医院工作，骨科大夫，方圆的脸，走起路来稳笃笃，头微微抬着，眼睛不太朝陌生人看的，楼梯口上来碰到邻居，实在躲不过，就稍许点点头。阿芳姆妈为丈夫和弟弟的职业骄傲的，厂里小姐妹有这样的不多的，就是在城里，家人在医院里工作也是特别体面的。阿芳姆妈自然而然流露出她的开心，她欢喜问问你家吃点什么，当然她更欢喜你问她今朝烧点啥好吃的，腌笃鲜、马兰头豆腐干，时鲜货啊，呵呵呵呵，阿芳姆妈听了邻居的羡慕很响亮地笑了；买了新衣料，她欢喜展开来给邻居看看；那一年二楼四家人家，是阿芳姆妈家买回了第一台 9 吋黑白电视机，来看来看啊，大家勿要客气，她挥着手邀请邻居们去看，不过次数多了，脸上也不大热心了，毕竟夜里电视节目，家里多出一两个小孩子，想躺下又不好，又不好叫小孩子早点走。所以讲一桩事体要长远，总归难的，一时兴起时无法料到的枝枝丫丫都会冒出来。静岚是去看过一两次的，电视是好看的，不过身体上总归哪里不太适意，满怀着无以名状的抱歉。过年的时候，阿芳姆妈的年货总归稍稍比邻居多些，要凭票供应的荤菜人家买不到，阿芳姆妈家里总还有些办法弄来一些的；除夕前，她就很欢喜地在公用水龙头前洗啊洗的，木脚盆里伏着一只待拔毛的鸡和化了冰的鸭，还有冰冻的大黄鱼，阿芳姆妈一边拔鸡毛一边笑声朗朗地与邻居说话。

203 最早住的一家人在静岚小学时就搬走了，女主人高挑方脸短发，行事利落，护士，跟阿芳姆妈丈夫是医院同事，男主人则温雅内敛，做着城里一家银行的负责人，一女二儿也长得长身帅气，阿芳姆妈在他们面前好像说话比较谨慎，不那么高声朗朗。在城中路造了有抽水马桶的公房楼后，他们就搬走了，房子就在 80 年代时髦开张的嘉露西餐社楼上。续搬进 203 的男主人大家都叫他郭医生，方脸宽额，看起来严肃，笑起来倒是眼睛也在笑的。郭医生坐镇眼科，妻子也是纺织厂的，不过阿芳姆妈的那家在南门，这个阿姨的在西门最西头。阿姨比郭医生小十几岁，皮肤雪白，身材苗条，邻居们暗自稀奇。静岚很长时间内不知道阿姨姓名，就叫她玫姆妈，玫是郭医生大女儿，已故前妻所生，阿姨后来育有两子，姐弟仨年龄相差颇大，相处融融。玫姐姐懂事善家务，阿姨逢邻居总说她生孩子时玫如何帮做家务洗尿布，尿布都是旧被单剪下做的，西北风里冷水洗尿布定规手上要生冻疮的。在 203，是没有辛德瑞拉的故事的，玫姐姐和玫姆妈倒是亦姐妹亦母女的。静岚有时暑假里去 203 和两个小男孩闲聊，郭医生一般笑一笑，在大房间里戴着一副锈琅架眼镜看书，他自己也兼修中医。玫姐姐好像很忙的样子，高中后有阵待业，烧饭做家务，待在小房间里自学英语，方脸盘尖下巴细长眼睛，讲起话来刮拉松脆，当仁不让，玫姐姐透着硬气利索，有股子要掌握自己命运的心劲。

阿芳姆妈家的萍姐姐和玫姐姐年龄相当，萍姐姐圆脸大眼皮肤白，笑起来脸部皮肤舒展，待人和气。静岚喜欢和萍姐姐说话，看她和外婆在家里的八仙桌上摊开新买的的确良料子，拿着木尺和划粉比画来比画去，她请外婆帮她一起裁件小圆领短袖衫。正好外婆也给静岚新做了奶黄色的确良短袖衫，就请萍姐姐在左右门襟上用白丝线绣了两长条小花。穿上这件绣花的确良衬衫，搭配浅灰色的板丝呢裤子，考上重点高中的静岚觉得夏天很值得盼望。看到绣花，静岚倒是一直不忘记初中时有一两个暑假，跟着萍姐姐小峰姐姐还有底楼的周家姐姐一起在楼梯口学绣花，绣缝纫机套，绣枕头套，尤其枕头套的锁边是极其考验耐心和手艺的，顺便还钩了几只棉线包。

中午吃完饭后，几个女孩子都不睡午觉，楼道里安安静静的，这时正好拿着小矮凳出来绣花，提个小竹篮，篮子里绣花线绣花针和绷好了布的绷架，还有蒲扇一把，垫膝盖上隔热，不会忘棉手绢一块擦汗。绷架是母亲们做姑娘时的，从箱底里翻出来，再在里层的竹圈上绾了新布条，螺丝里滴一滴机油，紧紧绷架，布头和丝线是从柴米油盐里抠出来的，小姑娘学绣花大人都蛮支持的，反正缝纫机正好少个套子，枕头套绣了放着送人也不错（70 年代枕头套还是可以送人结婚志喜的）。缝纫机套是深绿色的布，就配白色绣花线。枕头套普遍粉红玫红的布，白色绣花线是常用的配搭，讲究点选择米色。

静岚坐楼梯末阶，小峰姐姐的板凳靠底楼走廊，孙妹妹和周老师呈直角坐在自家门口，若是萍姐姐来呢，就靠着底楼的洗水池坐。大家坐成一个小小的 C，对着楼外的水杉，夏风晃晃悠悠地吹着水杉。

绣的花是用复写纸衬着花样描好的，月季花、叶子、花篮和蔓枝，诸如此类的花卉。通常布中央一个大花样，对角两小花，看起来均衡舒服。姑娘们都是初学者，当然不会绣苏绣湘绣蜀绣的针法，比较常用的“平针”“戗针”和“辫子股”，长长短短的绣线饱满了花蕊，舒展了叶子，将花篮拉出格子状，好像竹藤串编的条子；姑娘们还学着“离线绣花”，用针打出个小结，然后重新“在线”，绣出一个个点子，作为花蕊的伞序；大花样总要绣几天的，虽然起跑线一致，但不久还是分出了高低，可心里谁也不甘心居后的，就暗暗使着心劲努力绣，要好要齐要密，更重要还要快。自然，也没那么紧张，也是会说说闲话的。周老师还常引我们说笑，还要谈谈学习成绩，午饭吃点啥。她其实不绣花，她织毛线，把冬天家人要穿的尽可能赶在暑假里完成。静岚也会织毛线，是跟母亲学的，母亲在夏天到楼下乘风凉时，都会拿着毛线活，拿把蒲扇垫好，纳凉编织两不误。母亲较多织的是装肩膀的那种式样，周老师会织“水牛肩”，所以绣花的时候就溜眼她的针法。绣了差不多半个小时的样子，一般周老师的二女儿会出来洗把冷水脸，脸上午睡的席痕还留着，静岚和小峰姐姐不约而同抬起酸酸的脖子，看看她的席子印，笑一笑。

绣花是蛮让姑娘们有成就感的，很多年后静岚发现自己常常书看着看着就很专注地抿起嘴来，好像凝着心劲的样子，遥遥地想起那些在西大街楼梯口绣花的日子，好像看到一个抿着嘴的少女，手里的绣花线无声地穿过来穿过去，时而情不自禁摸一摸绣好的花，嘴唇轻微地翘一翘，时而抬起来舒口气，或回身跑几级楼梯到家喝口决明子凉茶。为了锁缝纫机套的荷叶边，细细的沿口另贴入了一根鞋底线，以增加立体感，然后沿着这根线慢慢“攀缘”，没有耐心肯定会成为“犬牙口”。高温不是问题，汗水不是问题，少女在夏日的绣花中自然而然地体会到了大人们常说的“心静自然凉”。

绣完了花，又钩包，钩台布。静岚钩了几只或棉线或尼龙线的网兜，有的被母亲作为礼物送给同事，这使小学生静岚内心生风，虽然表面上总还要谦虚谦虚，像从小受的教育那样。那个白棉线大网兜最后是跟着静岚到大学校园的，开学报到，网兜装着脸盆杂物，包容力极强。

玫姐姐不跟邻里姐妹们一起绣花。她好像很大姐的样子，也不怎么跟邻居小妹们说笑。她不开心的时候脸上看不出来，但说话语气能感到，嘴角牵一牵，脸已经别过去了。萍姐姐呢，就是那种心思不是特别重的女子，她会和静岚她们一起绣花，会一起去买的确良，会带静岚去机械厂玩玩，看看她做生活的车间。车间大啊，一台台车床威武地两排列阵，中间空道工人们走来走去，抬头顶上还有行车来去。看了车间，萍姐姐带静岚去厂里浴室汏浴。汏浴在那时是件需要兴师动众的事，筹划好一个日子，香皂、海鸥汏头膏、毛巾换洗衣裳，整理停当放包里，还要夹一个塑料面盆，方便在浴室里蓄水，浴室门口礼拜天和节假日前总归排长队的，盆浴等得慢，淋浴快点，不过龙头少人多，有只面盆盛水就灵活些。走过西大街，走过人民街，走到藏在公房楼里的城中浴室，门口已经是一队人了。

幸好后来几年西大街唐家弄里厢也开了一间浴室，西大街的人不必兴师动众跑到城中去了。静岚对唐家弄晓得是晓得的，煤球店就对着弄堂口，每个月都要和母亲挑着箩筐去买煤球粉，拿回家来做煤饼的。也晓得唐家弄弄堂口有间屋子是同学家，小学初中的男同学，高个子，不怎么说话的样子，静岚也没和他说过很多话，封闭的环境中，少男少女说话是一件大事。唐家弄为什么叫唐家弄呢？静岚不晓得。晓得的时候得等到多年以后。原来弄堂口有个门洞进去另有乾坤，小小的门进去，却是飞檐门楼的大宅子，说是清末显贵唐绍澜的故居，据传曾任八省巡抚，这个官做得蛮大，不过当静岚走进去看看时，里面已经七十二家房客了，门楼倒也气派，不过边上就晾着花花绿绿的棉被；二楼回廊的栏杆也还雕刻精细着，只是栏杆上不是搭着拖把就是挂着抹布；房间还在的，不过大房间隔成小屋子，为了给更多人家住。去浴室汏浴时很少注意到这间宅子，进门那么小，实在不为人注意的，只有进到里面才别有洞天。静岚不晓得男同学知道他家对面的大宅子故事吗。

汏浴去就是汏浴去，天天西大街走来走去的，这些老宅子就好像看熟了，就有点无睹了，不晓得窄窄的弄堂里气象万千呢。

萍姐姐进厂上班前，也和静岚和母亲约了一道汏浴去的。厂里多少好，食堂浴室样样全的，静岚顶着一头湿濡濡的长头发跟着萍姐姐穿过厂区回家，看着萍姐姐汏浴后红扑扑的圆脸，觉得有个姐姐多好，可以不需要啥事体都要谦让弟弟，苹果要小点，糖果要少几粒，家务活是要多做点的，细碎的想法和头发上滴下来的水滴一样滴滴答答，静岚当然不会跟萍姐姐说的，静岚隐隐地晓得父亲帮了忙，所以萍姐姐能顺利进了工厂，萍姐姐带静岚到厂里白相，也是表达谢意，虽然萍姐姐没有明说什么。工作稳当了，萍姐姐开始有了别的心事，她自然不会跟初中生的静岚说，她白里透红的脸汏浴后饱满粉嫩，人家给她介绍了一个男朋友。

男朋友是来过 104 弄的，不晓得那天算不算正式上门，仿佛是先带来给父母看一看的意思，方脸眼镜斯文相，和萍姐姐隔着八仙桌而坐，阿芳姆妈在边上忙出忙进，两个人也不怎么说话，静岚隔着走廊看过去，虽然还不太懂得谈朋友这种事情的具体细节，不过晓得这个样子蛮尴尬的，众目睽睽之下啊，哪能眉来眼去呢。阿芳姆妈看似蛮满意，人老老实实的，蛮好蛮好。萍姐姐大概也是满意的吧，后来就与这个男朋友结婚了。

玫姐姐比较神秘，口风紧，到静岚考上大学的那一年，正好搬离 104 弄，还是没看到过她的男朋友。

玫姐姐和萍姐姐的关系说好呢也好，她们会聚在 203 厨房里一起编黄草。静岚看到父亲有一阵隔三岔五地带一捆捆黄草回家，是找认识的人领来的黄草编织活给她们挣点零花钱。娄塘的黄草编织是有名的，草包草帽草拖鞋草盒子草杯垫子都是出口产品。黄草已经是染好色了的，但还需清洗一遍，晒干，一般有本色、红绿黄蓝色，按照木制模子和图样来做。玫姐姐萍姐姐也是手巧，草包草盒子什么的很快就得心应手了，只是手指被黄草勒伤划伤是常有的，细细的黄草掠过，手上其实是很吃劲的。那时她们大概在待业吧，所以空闲辰光多，又是有心劲的人，不想空掷。黄草时光是颇为闺蜜了的，不过后来彼此各自进厂，各自忙乎，似乎也不那么闺蜜了。玫姐姐自学英语读自学考，离开工厂跳槽去旅游公司了；萍姐姐呢，结婚生孩子，多年后厂子倒闭，买断工龄，自谋出路。一起待业做黄草的闺蜜，从104弄出来，依然嘉定，各自东西。

两个女儿阿芳姆妈是不用操心的，最让她操心的是大儿子。大儿子长得高大帅气，也比较受阿芳姆妈宠的，儿子呀。中学毕业，儿子就待在家里，去镇附近的乡下算是务了几天农，农活到底重，吃力，不想做，回来了。阿芳姆妈托人想了办法把儿子安置到钢铁厂做工人。工矿啊，是大家眼热的地方。阿芳姆妈觉得蛮好，可以喘喘气了。可是，儿子嫌炼钢工人的生活太苦，红彤彤的炉水在电影里放放蛮壮观，天天站在面前做生活滋味实在不好受，哪一天不是一身又一身的汗。虽然劳保福利还可以，纱手套拿回来萍姐姐还拆了织线衫，天热盐汽水随便吃，生活到底是吃力的。儿子开始泡病假，要阿芳姆妈托人开后门，换只工种做。吵呵吵，这种事情一下子是办不好的，劳动局人事局劳资科，头头脑脑的，计划经济年代，进单位，调单位，大事体，工种调调也非小事。儿子天天和阿芳姆妈吵，Y伯伯内向人，心里气，闷在一旁。邻居们听到了，来劝，劝勿听，没办法，阿芳姆妈哭呵，拍手拍脚地哭，骂儿子，短寿命，气死老娘啊，我死给侬看啊，儿子把门一甩出去了，阿芳姆妈红着眼睛收拾残局。一段日子里，争吵随时要发生的样子，家里的空气也是颤抖的。

有一次吵得凶，阿芳姆妈突然跨上了窗台，任凭丈夫和玫姆妈怎么拉劝，要从二楼窗子跳下去，嘶哑着：勿要活了，死了不看见清爽。拉的人用力，跳的人也似乎很用力，阿芳姆妈的头发凌乱地左右晃动，一只脚已经踏在窗台上，嘴里还在嘶喊。阿芳姆妈勿要这样，总归是自家儿子，吵过么算数了，你跳下去要是半身不遂还要麻烦呀，玫姆妈声音不大，听来入心。阿芳，做啥做啥，跳下去有啥用，还要好好交活呢，事体慢慢来，总归会解决咯，不要一时气伤心。静岚也在边上，看母亲一边拉住阿芳姆妈的脚，一边说。不要劝我不要劝我，活着难过煞了。阿芳姆妈头往上，脖子梗着，不时随着抽泣而动，身子倒是稳住了。当然，结果当然没跳下去，阿芳姆妈其实不会真跳的，还有一大家子人呢。萍姐姐小峰姐姐立在窗台一侧的方桌边不响，怕邻居看到眼泪水，头又别过去拿出手绢。邻居们都晓得实在是气得，气得急火攻心，这股气不晓得拿它怎么办，没办法，只好跳一跳，否则场面难以拾掇。

儿子作来作去的那阵子，阿芳姆妈自己身体也不太好，更年期毛病，木脚盆里每个月总会倒出几次红乎乎的水，阿芳姆妈的面色不如以前红润了。静岚听母亲说小孩子不懂，勿要瞎问。模模糊糊的，那个木脚盆使静岚觉得女孩子长大了大概会很受苦。阿芳姆妈倒水时不避人的，对玫姆妈说“老居三”总归不清爽，看来要去看一看了。玫姆妈说，侬自己要当心，这个年龄了，蛮麻烦的。后来慢慢地，医药之后，倒也好起来了。

路子终于走通了，儿子有了比较满意的着落，阿芳姆妈又开始张罗儿子婚事了。介绍来介绍去，结果还是和202攀上了亲。

202最早住的人家静岚真的没什么印象了，母亲说这家男人还是镇上一个什么局的官，个子不高，人倒蛮和气。静岚对202印象深的邻居还是周师傅一家。

周师傅刚从工厂退休不久，一头黑白相间的头发梳得溜光，讲起闲话来糯嗒嗒，笑起来嘴角有俩米粒酒窝，皮肤白白的，很少斑斑点点，不像其他老年人那样干涩苍黄（其实现在想来那时周师傅也不过五十多岁，哪里算老年人），身材虽然发福，还是挺得直，深色衣裳的得体穿着，邻居们都说周师傅像个上海人呢。这种“上海人”的说法意味着洋气、时髦、不土气。刚开始，彼此间还有些陌生，点头寒暄比较生分。周师傅家厨房的窗朝向静岚家的走廊兼厨房，所以周师傅烧啥菜吃点啥闻一闻就晓得了，外婆和周师傅很快就熟络起来了。其实，周师傅不像看上去的那样清冷。她说她和老头子是随工厂迁到郊区才来的嘉定，常师傅（就是周师傅嘴里的老头子）尚未退休，还在厂里上班，个头矮矮的，花白平顶头，胡子也是白的，每天出出进进，对人笑眯眯，笑起来露出嘴里镶的银牙齿。周师傅和常师傅没有城里几家市属科研单位的人那样的“市区气”，觉得住到郊区来吃了大亏似的，来往的人也要和本地人撇清，周师傅与土生土长的嘉定人一样，买菜烧饭倒马桶，工人阶级的平常日子。

周师傅会做衣裳，先裁好纸样子，再在面料上动刀子，和擅女红的外婆两个人正好可以切磋切磋。外婆做中式衣裳在行，周师傅呢，做出来的样子比较时髦。尖角领带点点圆角，胸口打块克夫，克夫上折几厘米小褶子，普通的格子线呢两用衫好像就多了几分味道。周师傅给静岚做过这样一件枣红黑格子的两用衫，还有藏青色中长纤维裤子，搭配起来看上去蛮适宜的。她小女儿身上的碎花的确良短袖衫，米色线呢尖角领翻领衫，尺寸妥帖，都是周师傅的手艺。小女儿 20 多岁了，脚有点跛，小儿麻痹症的后遗症，苗条姑娘，小长方脸，眼睛大嘴唇厚，文弱的外表下呈现一股子梗劲，跟周师傅常师傅都不太像。她说话短促，音节之间常有停顿，但还不到口吃的程度，这使她说起话来不太温柔，不太嗲，直愣愣的，不会讨巧的样子。姆妈，我回来了。姆妈，我走了。与周师傅闲谈也是一短句一短句，没有周师傅说话的悠闲劲，倒好像是开会发言，发完言也就结束了。周师傅爽快人，讲跟常师傅是半路夫妻，小囡是周师傅带来的，大囡随老伴来家的，大囡小囡都是他们领养的女孩。女孩已长成大姑娘了，不过只看到顶替周师傅工作的小囡，不见大囡。说是大囡还在云南插队。周师傅说起大囡小囡，有一肚皮话：哎，小姑娘大了，难弄啊。我算得一碗水端平了，伊拉两个人还是不满意。大囡到那种地方去插队，又不是我的责任，大家响应号召要到农村里去，我也不舍得让她去的，晓得云南苦的，有啥办法呢。她好像觉得小囡是我带来的，偏心。小囡也不懂事，顶替进厂了，做做么蛮好呀，还是不称心，嫌做生活苦。

周师傅有个妹妹住在市区，来过 104 弄，五十多岁吧，小小巧巧的，盘着髻，像那种黑白照片里的闺秀似的，见人点头微笑，不多言语，有点矜持。上海妹妹走了，周师傅跟邻居们会感叹几句，叹一叹自己的命运。叹一叹也就算了，日子总归一天天过下去。

一天，一个高个年轻女人带着同样高个的男人来了。女人方圆脸，短发，杏仁眼，讲话声音很响。那个男人坐了一会儿却离开了。是大囡从云南回来了。大囡草草地与邻居们打了个招呼，就钻进房间难得出来了。争吵声还是压不住地从厨房窗户里窜出来，好像大囡想回城，可是办不成。她和那个男人已经结了婚，这次回来才告诉父母，老夫妻俩不免有些气恼。大囡住了没几天，就走了。让伊去，这个大囡就是这样自说自话的。周师傅不说，邻居们也不好多问。大囡是住到男方家里去了。

领来的到底不亲。私下里，周师傅满怀的遗憾。

常师傅脾气好，平时也是都听周师傅的，大囡回来作了一阵，让周师傅不开心。大囡一走，周师傅数落老头子，常师傅不响，听任她唠叨。“这个老头子，真拿他没有办法。算了算了。”周师傅不好意思地笑了，镶过的牙齿闪过一波银光。

阿芳姆妈跟周师傅越走越近了，一歇送馄饨一歇送水果的，进了 202，两人就到里屋嘀咕。原来周师傅为在市区的外甥女和阿芳姆妈操碎心的儿子牵了红线。静岚看到过周师傅的外甥女，倒没有和她小巧的妈妈一起来，是自己到嘉定来的。按照彼时好看的标准，大眼睛，高挑，皮肤好，穿阴士蓝布的中式罩衫，深色西裤，黑皮鞋，戴根白的自家织的羊毛围巾，桂花针，那时好多姑娘都织这款围巾的，朴素里掩不住清秀，阿芳姆妈满意的，脸上藏不住地笑嘻嘻。儿子也似乎懂事不少，不怎么作了，上班，谈恋爱，准备结婚，是一个良家青年的模样。本身阿芳姆妈的大儿子卖相不错的，实在封闭时代里缝隙太少，正是皮肤弹性好身体机能旺盛的一代年轻人没有地方可以挥洒精力，插队、回城、工矿、街道工厂，看个电影也要兴奋一阵，卖相好也就是谈恋爱有点优势吧，哪里会想到几十年以后卖相这么吃香，本身就是生产力啊。

话说周师傅跟阿芳姆妈热乎得不得了那阵，跟其他邻居就淡了，隔着厨房间窗户跟外婆招呼的辰光是少多了，静岚看到周师傅还是礼貌地招呼她，她稍微笑一笑，就是应付一下小孩子的意思。

阿芳姆妈儿子结婚这一天，二楼四家人家都出动了。周师傅和阿芳姆妈当然最最激动。玫姆妈专门腾出家里一间房间来做点心，静岚家的方凳子圆台面自然都借给阿芳姆妈家用。那天做的点心是宁波汤团，芝麻炒好碾细拌好白糖，糯米粉老早备好，板油一大碗，不是先搓小圆子里放芝麻馅的做法，是将芝麻搓成小团子，裹一片板油，再在糯米粉里滚一滚，玫姆妈讲这个是正宗宁波汤圆的做法，静岚也帮着一起做，从小就跟外婆学会做汤团馄饨的，搓搓小圆子不在话下的。静岚手巧哦，大拇指往外翘呢，将来做起生活肯定来事哦，阿芳姆妈今天自然特别高兴，随口猛夸，到底初中生，经不起夸，心里甜蜜蜜，静岚只有手更加巧更加快地做宁波汤团。外婆在外屋帮阿芳姆妈煮水潽蛋，招待市区来的送亲团，嘉定本地规矩，送亲或接亲，水潽蛋是肯定要给陪客们吃的，有的人家还会添鱼圆，两只鱼圆两只水潽蛋，是喜宴的前戏。

这一天闹猛后四家人家彼此间好像再也没有这么闹猛过了。

2016年春夏

为什么不写写你们呢？

为什么不写写你们呢？是啊，这几天天天在想，赴远山看山野，去近郊走林园，邂逅你们的亲戚近族，倒是心心念念的。其实，看得最多的是你们的四季之颜，偏是从未好好写写，枉为写作者，也辜负你们的声色。

说的是树，天天一起过日子的树。一棵，一棵，还有一棵，再有一棵，别数了，数不清楚的。东窗有，南窗有，北窗有，出门东西南北都有。近看有，远观也有，哪里数得过来，眼耳鼻舌身意，春夏秋冬，观树。

先说香樟吧。香樟最是多，十八年前来，就是被这一条条香樟树道吸引，主干道的香樟颇枝头茂盛，次干道的还不过如一根根木柱杵在路边，广玉兰女贞树当是小小班状态，现在早已博士后出站了。九十年代末的上海，如此规模的香樟道颇不多见，于是就定了，接下来就住下了。房旧了，路破了，人换了一拨拨，行道宽敞无车到停车矛盾，树不管这些，从木柱长成枝干丰富叶冠蓊郁的大树，窗前的那株香樟本来纤细瘦小不过在底楼的窗前照个面，现在攀上五楼了，映在窗前春风里摇来摇去。就是住户自己插扦的一棵小香樟，小苗苗一般的幼年，现在也飘然有姿，高过二楼。

从东阳台斜视健身小园，那棵香樟树冠已然若一把大绿伞覆了大半个园子，园子里的器材虽锈迹斑斑，园中回廊也已然成了来本埠帮儿女带孩子的老人们的半露天棋牌室，破旧小方桌固定放在回廊，小板凳随身，常常同时开两桌，麻将说笑自成天地，可是园里的草木多好啊，冬青围墙，紫藤虬枝攀援，凌霄茂盛，白兰花飘香。有时忍不住下楼走进园子，在那棵香樟下站一站，仰头呼吸、呼吸，打牌的老太奇怪地望望我。不知她们是否觉得在这么苍郁飘逸的香樟边上打牌几多福气呢。

主干道上的香樟自是不必说，左右攀枝，搭成树棚，路边的别墅人家光线难免被遮，辣手割枝的也并不稀少，不过香樟不怕，照样伸展，空中的声色越来越壮观。

香樟的春景犹如秋色，嫩叶抽芽时的颜色是红色的，那种秋枫一般的红，飘落下的旧叶有红绿黄褐的斑驳，树上大多的叶子犹如绢豆腐般的嫩，带一点点芥末色的绿，实在清莹。仲春的时候就这么在风里招摇，窗前的樟树是几株并肩的，密密的叶子已如波浪，一层层滚来滚去的，看一次痴一次。四月底的时候若芝麻般细密的香樟花开起来了，风里就染上了香，不是香樟木的那种香，樟木的香还是厚了，香樟花的香则比较薄，可是薄里又馥郁，比茉莉花浓一点，比白兰花又清淡些。有一年“五一”在汪庄散步，那里的香樟花香糅合了西湖水汽，是清淡里有些旖旎了的。

四季樟绿。四面环樟。原先还看得见高速，看得见对过的别墅，现在一冠冠香樟已使别墅零星成了小红帽。再过几年，不知是否有天光穿林之感，也许其时会嗔怪它们遮了光线？

樟树有佳邻，桂花树多棵，枇杷树若干，栀子花围篱，柳树列队，夹杂探河而长的构树，红花白花的夹竹桃，居民自种的含笑铁树茶花等等，野花闲草丛丛簇簇，千层塔刺果毛茛酢浆草太多不认识的花草。说不过来，挑杨柳说说吧。杨柳临河而种，当初依依袅袅，如今除了春天嫩芽初绽时尚是袅娜不改，和迎春花一起报春早，大致的相貌已经很孔武有力了，底楼的居民从万般宠爱到嫌之遮光，肢解枝丫。多数柳树不飘絮，偏是窗前这棵每年扬花，过敏者不觉片片柳絮红的风雅，倒是要躲着飘飘然的白絮。当然，倘若河边无一排柳树，也是无论如何少了些水色的。当初刚来时河对岸皆田畴远陌，眼前羽鸟杨柳间跳脱，晨早雾气，说诗意好像矫情了，不过野望生气象还是有些的。自然，田畴早已经变楼宇住宅，但楼宇间的香樟水杉竹子芭蕉茁壮起来了，鸟天天飞来飞去，只多不少，大的小的，艳的素的，有时眼前扑棱棱掠过白色的翅膀，赶忙追随，只见它收翅，一足轻立河边树梢，憾只憾腹中缺少鸟知识，不识鸟名，那就只是看它们娇俏柳枝顾盼，点枝凝立离去，如赏动态宋元画意。

怎能忘了北窗外的柿子树呢。是那家底楼居民自栽，多年下来出落得宽阔而舒展，春天里等桃李杏海棠都开了，它不紧不慢地冒出指甲大的叶子，两天不见就肥了一圈，再一眨眼就突然长开了，长椭圆形的叶子，青绿油润的叶子，铺满一树，枝枝干干的全隐没在一片滋润油叶里。这还不算，四月下旬开始已经悄悄开了花，柿子树的花是掩在叶子腋下的，白中隐隐淡绿，四小瓣，当颜色变成焦色，柿子花就在为柿子做准备了。每年秋天柿子树会引来一些采摘者，来儿女家帮带孩子的老人居多，袋子钩子，有备而来，邻居们看不过说几句，反被她们伶牙俐齿弹回来，“又不是你家的”。罢了罢了，在实用大于一切面前，审美的理念总是退后的。若要提公共空间什么的，更显得书生气了。惜乎柿子总不及红满秋天就被摘了。

隔着两栋楼的那棵枣树遭际相似，每年秋天都被觊觎，人、鸟都要来。当然风也来，枣子落一地。我欢喜隔三岔五走过去望望它。枣树在春天是比较晚发新叶的，面阳背阴位置不同的枣树，叶子长势各异，一般在四月中旬始出芽头，枣树的枝干是一节一节有关节的，冬天所有的叶子都凋零了，枣树就有了古意，像倪云林画中的树，若树侧非公寓楼，空旷里枣树的感觉颇为高冷。夏天最热的日子里，傍晚一定要去看枣树，空气雾数蒸腾湿浊，枣树却很清丽地开着花，花是极细小的，像小米一样，凑近闻着一点淡淡香气，这一点点香气却是捎了秋的信息，溽热的夏日有枣花可看，变成可以忍耐暑热的理由。

离枣树不远的拐角原来有棵桃树的，十几年年年开花，让这个拐角别有风致，衬上树旁的红花檵木白花檵木，何必到远处踏青呢，这里的春天看不够。但几年前慢慢枯萎了，一开始发现桃树像半边中风，一侧的叶子枯的，一侧还绿着，到 2013 年春天实在无回天之力，被物业砍掉了，原地栽了三棵茶花了事。特地写了篇文章《这个春天那棵桃树走了》祭奠，但心想倘若刚发现它半边枯树干上斑驳颗粒物出现时去跟物业反映反映，它是否会有枯木逢春的机会？那些颗粒物当时还剥下一些，说是桃胶（网上卖桃胶者众，以养颜为噱头），按古人法子也研在墨里试了试，墨似乎增了点黏性，如今还保存着，一直没有断舍离，心念这棵桃树在过去的十多年里就是我的春天。现在，发现另一棵桃树也颇有些这棵桃树的风韵了，立夏那天去望望，已经结了小毛桃。其实，小区里有不少桃树，可是“有情”的桃树似乎才是心里的桃树。

好了，太多树，遍数不能，合欢女贞杜英紫藤梧桐泡桐玉兰木芙蓉，还有其他。对了，杜英应是比较少在住宅小区种植的树吧，叶子略像香樟，可是比樟叶细长，也类似女贞，却并不结女贞的果实，树形也比女贞苗条，亭亭玉立的杜英的叶子也是常绿的，却又夹杂着铁锈红叶，颇有些颜值的。

对面那幢楼一楼女人园子里的女贞树攀援而上，挡住了一院子的光线，当初还能见她坐在院子里看书晾衣，现在院子都被攀援而上的树枝缠住，栅栏外的蔷薇金银花也一起交缠，植物是昌盛着，院子却昌盛而荒芜，无法晾晒不能小坐，底楼女人似乎无意无心打理，索性把院子让给了树。不知她的日常起居是否安然。就在她隔壁，一左一右新搬来的，右边院子干脆不种任何花草，一部分已圈进房间，其余不过晾晒之用；左边的搭了玻璃棚，也是小部分和客厅合并做了一间老两口的卧室，其余简直露天起居室，三根不锈钢晾衣竿，洗衣机洗水台杂物，每天老太被子衣服可劲晒，没地儿晒的内衣内裤就排排阵列于栅栏，配合季节的晒着萝卜干酱油肉酱鸭酱鸡等，几乎每天早晨老头儿子在这里扒拉早饭。院子前本有植物，大概嫌遮光，被他们装修时铲了，后来似乎又嫌光秃秃的，种了三棵小植物，当然还不忘插上蒜葱之类，老夫妇年轻夫妇两孩子，两室一厅的房子也是已经做足世面了，院子当然尽可能利用，烟火气倒是旺盛得很，由不得你不感佩这家人家怎么说勤快还是蛮勤快的。就是原本一溜的蔷薇栀子花篱在这里豁口了。

再看很快就会越过六层楼的塔松，真是锐不可当，塔松的叶子是像扇子一样铺展的，空间要求大，可能栽种时估计不足，有几棵塔松离楼宇不远，几年下来不要说一楼的窗，二楼三楼四楼都被它铺展的叶面挡住了光，有一棵就这么硬生生被住户刈去了好几层叶面，但是塔松的心是坚忍不拔的，它照样往上蹿，顶上那管叶子在风里晃头晃脑的很惬意。那株香椿也是极富活力，两三年前见有对母女来割它的树皮，担忧树皮被割不利树生，忍不住说几句，母女俩怪我多管闲事，那青春妙龄的女儿口气仿佛受委屈似的：我们割点树皮是治病的，不就一棵树嘛又不是你家的。再说下去大概要起争执了。母亲略微友善，手提一塑料袋树皮，一面仰头自言自语：没事，没关系的。好吧，算了，人家就是要割又奈何。香椿树皮清热利湿，还能降血糖，不过就这么回去煮水喝，不需要炮制？树皮利人，可人就这么随便割树？第二年开春，特地去看香椿，还好还好，貌似没什么大碍，顶上有新叶呢。之后路过总多看几眼，树皮伤口已经结疤，树已然安静生长着。好比人体有自愈系统，树也一样。

从一根根迁移来的树柱，然后葱茏，树在你的看和不看中发芽、换叶、抽条，冠可荫日。夏天一到，那些乱停的车就更乱了，见缝插针地找树荫。树荫总是不够用，树要慢慢长，车造一辆买一部都是快事。年复一年，树高了壮了更苍苍郁郁，车是只有报废一途的。

早春里坐出租突遭车祸，骨折养伤，疼痛要忍，行动不便要熬，眼见着春天在眼前粉红粉绿的，出门踏青是妄想，下楼都得慢慢来，幸好这一窗一窗的树，抽叶，换叶，青嫩的绿，摇曳的枝条，清香的花，红黄绿斑驳的叶色，每天每天就这么大片大片地给你看，再心情不好下去岂非辜负了树情树意。

所以，尽管知道树诗树文无数，还是要写点文字给树亲们看。其实明白树看见不看见的根本无所谓，树只是本分地生长着。这些话，不过人说给自己听吧。

2015 年 5 月 8 日

书·生

树心

再一次看到你在冬日
归来
褪去外衣，只留下本质的模样
你的外衣挺好看的，葱茏繁茂
你也很享受繁盛的好看
但是，剩下本质的模样
你是更好看的
身姿更加挺拔
挺拔如海浪拍不到的峭壁石崖
挺拔，却又无尽温柔
在寒冷的风雪中，你为寒冷
站成一树的秀韵
你为看你不看你的目光
　　飞来不飞来的白鸟
变脸四季，筑一窠暖巢
但是，当你羽叶飘尽
枝桠如血管
全部张开，铺满冬日的空气
你知道
你本质的模样
　　才是你的树心

2018 年 12 月 30 日

布衣格

——以汪曾祺小说人物为例

汪曾祺笔下多平民人物是一目了然的，尤其以家乡高邮为背景的那些作品中，卖馄饨熟食的，开药店做炮仗卖绒线的，接生的捞尸的，卖菜的售米的，磨豆腐的挑馄饨担的，教书的行医的，各色人物，各种营生，撑起一副家业，活就一种人生。此中人性刻画多元丰富容慢慢叙说，想说说另外一些人物，不算太多，但足以细味。

他们都有本事，不在乎大小类别，一技傍身，此技亦必精粹，足以为生，也足以自尊人尊。有本事，却并不江湖翻浪，亦非额头冲天，目中无人，心中自有是非分寸，过清淡平常日子，做清静自为之人。

比如，王淡人先生，《故乡人》之《钓鱼的医生》里的人物。自家小院，住家兼诊所，药都是自己做，“老婆、儿女，都是他的助手”，用料实打实。瘌痢头上的青黛，痄腮帮子上的大圆饼子，都是“用掺了冰片研出的陈墨画的”。不过，如此这般的外科小病，怎好意思多要钱呢，况且当地病患并不都付得起现钱，有时也就给点鸡蛋芝麻或者一只鸡，或者半袋鹌鹑，遇到实在困难的贫穷的，“就由病人的儿女趴下来磕个头”，看着实在贫穷的病患，王淡人“不但诊费免收，连药钱也白送了”。“淡人夫妇，十多年没添置过衣裳”。乡人们说王淡人很傻。还做过更傻的事。第一件：有一年发大水，王淡人“在腰上系了四根铁链，每一根又分在一个水手的腰里”，和四个水手一起冒着翻船的危险去营救被困乡亲，为他们治病。“这真是玩儿命的事！”另一件傻事，给整天吃喝玩乐败光家业的发小汪炳治搭背。好吃好喝请了发小住家里，还用去好多家存的麝香冰片。“有人问王淡人：‘你干吗为他治病？’王淡人倒对这话有点不解，说：‘我不给他治，他会死的呀。’”“汪炳没有一个钱，病好后，他只能写了很多鸣谢的帖子，贴在满城的街上，为王淡人传名。”淡人老婆贤惠，但这次也忍不住要问问那些麝香冰片值多少钱。“王淡人笑一笑，说：‘没有多少钱。——我还有。’”其实，读者如我们也知道这么又是接济穷患又是无偿收治发小，本就不厚的家底还能经得起多少折腾啊，淡人先生只是淡然。他平日除了看病做药做“傻事”，最大的爱好就是钓鱼，家挨着河，每天坐在河边钓鱼。“随身带着一个白泥小炭炉子，一口小锅，提盒里葱姜作料俱全，还有一瓶酒”，“钓上来一条，刮刮鳞洗净了，就手就放到锅里。”当女儿喊他时，就知道有病人了，“鱼竿插在岸边湿泥里，起身往家里走”。院子里种一架扁豆，一瓢菜。瓢儿菜的种子是特地费心找来的。诊室里“挂着一副郑板桥写的对子，‘一庭春雨瓢儿菜，满架秋风扁豆花’”。王淡人“很喜欢这副对子”。汪曾祺在这副对子后写道：“这点淡泊的风雅，和一个不求闻达的寒士是非常配称的。”

这样的人，让我想起“布衣”一词。不求闻达，有技艺，有原则，有信条，有趣致，散逸不颓，有品有格。以今天的话来说，不需聚光，自带光环。但其并不追求光环，亦非争流百舸，不过如水一苇，自然而为。

小说最后以一句“你好，王淡人先生！”收尾。是作者满满的情不自禁。

比如叶三，《鉴赏家》里提篮卖果子的。《鉴赏家》看似是写画家季匋民和叶三之间的故事，其实落墨多在叶三身上。叶三四处寻摸好果子，当令的自然要比人家的好，各地时鲜才是他绝活，不摊不铺，只跑宅门大家，提篮小卖三十多年养大两儿子。明明儿子出息了，却还是不愿在家享清福，偏就喜欢卖果子，就是专给季匋民一人卖也欢喜。季匋民不单爱吃叶三的果子，也视叶三为知己，边画画边就着叶三送来的果子，叶三从旁看他画，“专心致意，连大气都不出。有时看到精彩处，就情不自禁地深深吸一口气，甚至小声地惊呼起来。凡是叶三吸气、惊呼的地方，也正是季匋民的得意之笔”，所以别看叶三是个卖果子的，懂画。一幅紫藤，叶三说好，季匋民问好在哪里，“叶三说：‘紫藤里有风。’‘唔！你怎么知道？’‘花是乱的。’‘对极了！’季匋民提笔题了两句词：深院悄无人，风拂紫藤花乱。”这样的雅趣小说中有多处。呼应了小说开头那句“全县第一个大画家是季匋民，第一个鉴赏家是叶三”。卖果子和鉴赏家，就这么毫无违和地集于一人。话说叶三手头虽然有不少季匋民的画，却从不会出售，季画家死后很多人想来叶三这里买画，都是两字“不卖”。有个日本人慕名而来，叶三念他远道而来，只得把画拿出来给他看，只听得来人边看边叹，末了，自然想买，多少价都行，叶三还是：不卖。叶三死后，其子遵遗嘱，“把季匋民的画和父亲一起装在棺材里，埋了”。

叶三卖有品有相的果子，自己也有品有格。

再比如：陈泥鳅。《故里三陈》之一。救生船上的一个水手，专能在激浪中救人。救活人，也捞尸首。救起的活人，都已是家破人亡的，“陈泥鳅连人家的姓名都没有问，更谈不上要什么酬谢了。”不过他帮助捞尸首，“却是不少要钱的”。这也应该，水流风向非不清楚捞不到淹死者，是技术活，还是风险活，能不要酬劳？陈泥鳅钱挣得不少，却不置产业，不积蓄，不娶老婆，心里明白天天跟水打交道，三长两短是常事，“留下孤儿寡妇，我死在阴间也不踏实”，“花钱散漫，有钱就喝酒尿了，赌钱输了”。但也“偷偷地周济一些孤寡老人”。这么个凭本事吃饭的人，说来还真不起眼，但水边讨生活的地方，实在是少不了。这不，水流湍急的通湖桥桥洞里发现了一具女尸，卡在那里，不动了。找陈泥鳅。陈泥鳅一看，水流猛而急，要拨动女尸非得快速精准的巧劲不可，弄不好会送命。没多余话，问求助的公益会要十块现大洋。多了点，陈泥鳅说，“是多了点，我有急用。”允了，毕竟尸首在河道里，不是个事。裸身入水，“顺着水流，笔直地窜进了桥洞”，“只听见欻的一声，女尸冲了出来。接着陈泥鳅从东面洞口凌空窜出了水面。大家伙发出一声喊：‘好水性！’”汪曾祺一“窜”一“凌空”端地灵动，读来十分过瘾。这陈泥鳅拿了十块钱转身就走，不像大家想的那样又喝酒赌钱去了，他进了陈五奶奶家。陈五奶奶守寡多年，儿子死了，儿媳妇改嫁，留下个孙子，祖孙俩艰难度日。这几天孙子得了急惊风，奶奶“急得两眼发直”。只见那刚从激流中窜出来的陈泥鳅“把十块钱交在她手里，说：‘赶紧先到万全堂，磨一点羚羊角，给孩子喝了，再抱到王淡人那里看看！’说着抱了孩子，拉了陈五奶奶就走”。这场面也是一连串动作，无多余之语言，无多余之动作，一气呵成，像那“笔直地窜进桥洞”的身条，精炼、轻盈。

汪曾祺描写陈泥鳅的用词也是精炼轻盈，“笔直”入水，“凌空”出水，救人时的专注，助人时的急切，平日过日子的洒脱。一个水手，活儿好，活得明白，有型有度，冷水急湍热心肠，漂亮。

想象王淡人看到急匆匆抱着孩子来就诊的陈泥鳅，两人必不会客气招呼，一个赶紧接过孩子，一个在旁候着，最后大概是看到孩子没了大碍，陈泥鳅后退几步，开门悄然离去，走过扁豆花架，走出院子，应该会闻到不远处的湖水水气。

这些人物，皆平民，皆一技傍身，皆不求闻达，自在自为。虽然周遭的世道不会没有风云，天灾人祸轮流上演，可他们在水色和秋风里该怎么活就怎么活着，活出自己的特色。

这些人物，与汪曾祺擅写的另一类人物手工匠人（比如《戴车匠》）也还不同，后者诚然也是靠手艺兢兢业业挣出一份家业，人物也蛮有特点，但似乎作者比较少笔涉这些人物的“格”。虽然，“格”这个字眼放在以前可是不轻易能用的，格调、人格，做一个有格的人当乃人生追求，不过，现今“格”似乎已成大俗，要说“格”会被视为“装”，好像没格才是真性情，不过“性情”一词也已泛滥并内涵虚泛，什么都是性情，大概也就没啥性情了。但是，还是要说“格”，这么好的词为什么要有意遮掩，自尊和尊人，自律和内美，一步一行于世间，如舟行于江河湖海，有法度有品格，不枉世间渡。

此乃中国文化中很有特色的布衣风范也。布衣者，平民百姓，亦非平民百姓一语概之，好比诸葛亮所云“臣本布衣，躬耕于南阳，苟全性命于乱世，不求闻达于诸侯”。不是所有的平民都能称之为布衣的，布衣实乃平民坚守的一种信念，或者说对自己的期许，不畏权势，不迷神灵，感受尘世烟火生命本源。布衣与中国古代之“士”又有些不同，士，泛指读书人，不过有的尚有一官半职，或曾经仕途，或已然致仕归家，更倾向于某种儒家精神的践行者，所谓士人风骨。既“以气节自负，以功业自许”，怀才不遇朝廷望时，亦老庄参禅，“一蓑风雨谁怕”。而布衣，窃以为更民间一些，也不一定是读书人，但做事做人揖让进退有度，或许也无若诸葛亮式的躬耕南阳其实心怀天下之心境，但有眼界有胸次有情怀有境界，当然布衣不必挂言境界云云，不过践行平常心平常日子罢了。

如医者王淡人先生的淡泊和急公好义，如小贩叶三人微却品雅，如水手陈泥鳅的洒脱和拳拳之心，字里行间，看得出来汪曾祺对笔下人物的欢喜，他们各有各的活法，活得各有各的味道，共通之处皆为有格。

汪曾祺在《自报家门》一文中谈到他父亲是个多才多艺的人，“他不但金石书画皆通，而且是一个擅长单杠的体操运动员，一名足球健将。他还练过中国的武术。”常有人求画，却是疏懒，“他的画室里堆积了很多求画人送来的宣纸”，却并不画，天气晴好，兴致来了，才打开画室作画。喜欢画菊。常跟孩子们一起玩，会很多种乐器，给孩子做风筝。“比较有同情心，能平等待人”，对儿子汪曾祺说：“我们是多年父子成兄弟。”父亲的“这种脾气也传给了我。不但影响了我和家人子女、朋友后辈的关系，而且影响了我对我所写的人物的态度以及对读者的态度”。汪父名汪菊生，字淡如，多才多艺之外也承传汪家祖上眼科医术。有研究说王淡人原型即汪父汪菊生。俩名字由不得不让人想起“人淡如菊”来。汪菊生只是“一方之士”，名声未出乡里，却是有布衣格的人。

或言类似汪曾祺小说中这样的人物，不过是小城市人，影响不出方圆，不是那种流布极广的人物，与大城市的潮流不具备抗衡性，但个人以为这样的人物的意义并不在于地方大小，也不在于是否旺达，而具有人文生态意蕴，他们带有民间社会深处之伦理追求，是中国传统文化的流脉，所谓的大城市的现代性不成为摧毁其传承一脉的理由。不说汪曾祺小说人物的年代，就是当下社会，手机微信、智能AI生发的时代，技术的确越来越无远弗届，“单向度”“同质化”确乎成为现代人的趋势，但大千世界，生活方式和价值追求如同生物的多样性，总不会一元单求，社会文化和人性中有些根性的质素依然静水流深。

现代社会，“庙堂”依然受人追捧，“广场”似乎都搬到网络上去了，观众和主角互相切换，各种媒介发达，表达的途径早已多元，窃以为倘若布衣有格于社会大众深入人心，藏龙卧虎有之，散淡平逸有之，振聋发聩有之，或者社会会多一些理性，少一些暴戾。当然，其实如此还是修身平家之农耕文明传统之道，现代文明社会的成熟非制度建设之完善并依法执行不可，倘若公共伦理失范，法制形同虚设，那么，个体之格的星火要燎原大概亦且艰且难，毕竟人性的明亮和阴暗容易变幻。只是，无论何种社会时代何种潮流变幻，个人仍然视布衣格为一个人的气象深蔚。

2017 年 11 月下旬

孟老板和陶老板

汪曾祺的短篇小说《最响的炮仗》写于1946年，说的是某小城从兴而衰乃至家无隔夜粮的孟家炮仗店孟老板无奈嫁女的故事。说是嫁，其实就是卖，对方是一个保安队的班长。小说从孟老板去以往常喝茶吃点心的古月楼见姓宋的中间人说起，中间展开孟家炮仗店的兴旺衰竭。当中描写了小城燃放鞭炮烟火的风俗场面，为此，孟老板还被烟火炸飞了左眼。小说结尾，女儿孤零零坐洋车走了后，孟老板一个人走到荒地，燃起三个双响，“拼命把炮仗向天上扔。真是一个最响的炮仗。多少日子以来没有过的新鲜声音”。最后的炮仗声，在荒地回响，读来凄凉。这是孟老板。

《岁寒三友》是汪曾祺写于1980年的小说，8月20日初稿，11月20日二稿，篇幅比《最响的炮仗》长不少，写了小城三个人物，王瘦吾、陶虎臣、靳彝甫。三人皆小城有好名声的人。“他们没有做过伤天害理的事，对人从不尖酸刻薄，对地方的公益，从不袖手旁观。”王瘦吾原先开绒线店，惨淡经营，改行做草帽生意，小发了一笔，但后来撑不过资本强大的竞争对手，败北，机器库存全被人收了去，自己病成一个药罐子，瘦成一片纸，家里的情形自然可想而知。接着说靳彝甫，是个画师，祖上三代都是画画的，积累了不少画稿，给人画画肖像以及遗像，不过有了照相馆之后，生意不免清淡，但靳彝甫倒过得闲散，半饥半饱却有滋有味，种花养草，逍遥自在。家里传下三块鸡油冻似的田黄石那是不到万不得已绝对不卖的，连城里的名画家季匋民看中了，也只是给他过过眼瘾。季画家也不恼，只说“如果你有一天想出手，得先尽我”，还觉得靳彝甫的画有两下子，其祖上的画稿更是颇有妙处，叹曰“吾乡固多才俊之士，而皆困居于蓬牖之中，声名不出于里巷”，他具体点拨了靳彝甫所画杨贵妃出浴图的色彩运用，建议靳彝甫选出百十来件画，到上海去开个画展。在朵云轩有熟人的季画家还特地写了介绍信。靳彝甫果然在上海开了画展，卖出去几十张画，虽不轰动，但开了眼界，一去三年“行万里路”去了。

最后说到陶虎臣了。陶老板，正是开炮仗店的。陶老板也是小城一方人物，炮仗做得好，各种花式的不说，还会做焰火，为做焰火还坏了一只眼睛。“砰——磅”试放炮仗的声音是小城孩子们的乐子。风调雨顺的日子，炮仗店生意确是不坏，甚至还赶上了好年成，做了回大大的焰火生意，那情形，“上万双眼睛一齐朝着一个方向看”。叫喊，欢笑，掌声，久久不散。不过，世事无常，逢着四乡闹土匪，严禁燃放鞭炮。接着又是“新生活”运动取缔了鞭炮，陶老板的店一天天衰下去。一年、两年，到了第三年，稀粥都喝不成。有个姓宋的保长来做媒，“二十块钱，陶虎臣把女儿嫁给了一个驻军的连长。这连长第二天就开拔。他倒什么也不挑，只要是一个黄花闺女。陶虎臣跳着脚大叫：‘不要说得那么好听！这不是嫁！这是卖。’”

靳彝甫游历归来，知道俩老友如此情形，“连脸都没洗”，接连去了王陶两家，先各放上五块钱。第三天，约了王陶两人到如意楼喝酒，每人一封裹着红纸的洋钱，一封一百。“那两个都明白了：彝甫把三块田黄给季匋民送去了。”

这一天正是腊月三十，“这样的时候，是不会有人上酒馆喝酒的。如意楼空荡荡的，就只有这三个人”。最后，汪曾祺写道：外面，正下着雪。

《岁寒三友》，名副其实。经得起反复读。此景此情已烙印：冷寒雪天，仨人同醉，桌上黄酒，檐外白雪，小城的旧木色铺子，袭了青苔的老墙。

《岁寒三友》，当然比《最响的炮仗》丰涵丰富丰满，每个人物细节饱满，人物和人物又密切关联，人物还带出风俗人情，好似那三块鸡油似的田黄章，厚重温润，妙处可言却更适悟会。以前只读到《岁寒三友》，现在有了《汪曾祺小说全编》(人民文学出版社 2016 年 4 月版)，两相一对比，前面的孟老板和此间的陶老板，就是一个人哪。几乎可以肯定来自汪曾祺家乡高邮的某个原型。写孟老板时汪曾祺 26 岁，写陶老板时呢，60 岁，和汪曾祺著名的《受戒》写于同一年，《受戒》的发表为正处于“伤痕”“反思”的文坛注入别样灵韵，60 岁的汪曾祺竟被称为“年轻的老作家”，好像出土文物，其实汪曾祺早在年轻时就开始了创作生涯。《受戒》写于 1980 年 8 月 12 日，《岁寒三友》初稿则写于同年 8 月 20 日，如此创作活力，简直了！汪曾祺自述《受戒》是“写四十三年前的一个梦”，那是家乡高邮对作家创作力的一种加持，仅仅间隔八天成篇的《岁寒三友》呢，是否也是记忆和心灵深处的一种深度萦绕。所以，不满足以前年轻时写过的炮仗店，孟老板成了陶老板，陶老板身边还添了俩朋友，人物多了，情节多了，情感的力度强了，作者的笔力也有了变化。

其余两个人物不说，就看看孟老板和陶老板之间有些怎样的异同。

大致还是同的多，《最响的炮仗》以孟老板去古月楼与姓宋的碰头写起，展开他的经历，最后写女儿走后他到荒地上放炮仗。读者明白这实在是孟老板心中巨大的屈辱，不，应该说是一个难以代偿的黑洞，世事苍凉起伏深渊无底，炮仗是响了，黑洞还在。通常，小说写到这里可以结束了，汪曾祺又加了一段风俗叙事："你们贵处有没有这样的风俗：不作兴向炮仗店借火抽烟？这是犯忌讳的事。你去借，店里人跟你笑笑，'我们这里没有火。'你奇怪，他手上拿的正是一根水烟媒子。"窃以为这样的结尾很容易使读者从孟老板的故事中抽离出来，荒地里那一声巨大炮仗响带来的内心震撼反而削弱了。也许是年轻的汪曾祺希望以一个间离的叙事者出现，带着冷静的观照，好像有意给之前故事的所有起承转合安上一瞥远远的冷静的眼光。汪曾祺 1983 年在《回到现实主义，回到民族传统》一文中说过："也曾经接受过外国文学的影响，包括'意识流'的作品的影响，就是现在的某些作品也有外国文学影响的蛛丝马迹。但是，总的来说，我还是要回到现实主义，回到民族传统。"(《汪曾祺全集》三，北京师范大学出版社版，第 289 页)。早年《最响的炮仗》的这个结尾，觉得蛮有点《聊斋志异》的每篇结尾那"异史氏曰"，只是倒非就以上故事感叹总结一番，而似乎宕开一笔，以一个风俗收束，有点冲淡了孟老板及其一家在动荡时代里凄惶的命运。仿佛这是一个故事罢了。可是，即便不借火的炮仗店大概也少见了吧，何来风俗？这么一想，世间已然荒凉，不过添多一份吧。然，话虽这么说，窃以为倘若没有最后这样的宕开一笔，会更好。

陶老板在《岁寒三友》中的情节大致与孟老板相仿，最后部分有区别，女儿出嫁前的情景更多渲染，陶老板声嘶力竭地骂自己，老婆儿子都哭，女儿却不哭，反过来劝母亲弟弟，还“趴在弟弟的耳边说了一句话。这一句话是：‘饿的时候，忍着，别哭’”，读到这里，读者能不含泪？女儿出嫁所得的二十块钱，陶老板一家三口用了两个半月。二十块钱所剩无几时，女儿回来了，被连长暴力，还染上了连长的脏病。接着写陶老板到以前试放鞭炮的阴城去上吊。但没有死成，“他刚把腰带拴在一棵树上，把头伸进去，一个人拦腰把他抱住，一刀砍断了腰带”，救他的人就是住在阴城那个破财神庙里的侉子。小说没有写到侉子和陶老板有什么交集，就是一个在阴城试炮仗，一个是宿于破财神庙的流浪汉。说来大概也是炮仗结下的缘分。炮仗砰磅之后一地纸屑，并非空无。

陶老板虽然穷途末路，从一个受四方尊重的小老板落魄到家徒四壁卖女求生，乃至生而维艰，上吊求死的地步，但还是有人救他。

孟老板从《最后的炮仗》到《岁寒三友》成为陶老板，从单一的人物到处于三人关系中，从到荒地里放一次最后的炮仗，而去阴城上吊，作家是把人物命运又推动了一步，不过，在动荡时代艰难生存着的好人，笔下多小城普通人命运起伏的汪曾祺舍不得眼睁睁“看着”他们死，靳彝甫回来了，田黄石换来的钱还可以让人将息一阵，也许，将息之后，这些努力生活的人还是会缓过来。岁寒乃知松柏之后凋也，何况还有互助守望的“岁寒”友情。

2017 年 9 月中旬

再来说说薛大娘

近来读汪曾祺写于上世纪40年代的早期小说，又发现了薛大娘的身影。

说又，一则1995年汪曾祺写过一篇小说《薛大娘》；二则，在这篇小说之前，1991年，汪曾祺发表过一篇散文《一辈古人》，文章与他之前擅作的一文三则的文体（比如《故里三陈》等）相仿，由《靳德斋》《张仲陶》和《薛大娘》三文合成。这两篇，无论散文还是小说都直接以薛大娘为题。另有1994年创作的《辜家豆腐店的女儿》中也提到薛大娘。这三部作品中的薛大娘形象基本是一致的，除了种菜卖菜谋生外，兼做拉皮条的营生。薛大娘原型显然源于汪曾祺家乡高邮，隔了这么多年，已七十古来稀的汪曾祺三次下笔薛大娘，可见汪曾祺对之何等念念不忘。所以，在写于1940年的《翠子》中看到薛大娘，眼前一亮。原来年轻的汪曾祺就写过薛大娘。

《翠子》当然不是专门写薛大娘，《翠子》写“我”家十九岁丫头翠子的一点点故事。故事简单小巧。一个晚上的空间，幼年丧母的“我”和翠子在家等父亲回家。“我”欢喜翠子，翠子也关心“我”和父亲。夜里风大，两人说点闲话。父亲回来了，一肚子心事，问问幼儿饮食寒温，“我”约略知道翠子要走了，不舍，童言率语，对父亲说：“翠子真好，又好看，又待我好，跟妈一样。爹，我们再也不要让她走，教她永远在我家里!”原来翠子家里给她说了个男人，跛脚的。父亲说“这件事，我不能管!”说完，“爷又叼上一支烟，划了一根火柴，半天都不去点。等火把指头灼痛了，才把火柴扔了”。第二天正好逢爷的生日，翠子借着“我”的口说予爷：“爹，你是不是三十岁了？翠子让你明儿别出去，为你做生日，她办菜!”“明儿是你妈的忌日。我要翠子回家，她长大了，留不住。”“满屋漆黑，柝生敲过三更了。我不知道父亲甚么时候方睡。我醒来时，父亲已起了床出院中做深呼吸去了。翠子站在我床边，眼睛红红的”。一点淡淡的哀愁和相思，一点似深似浅的无奈，以一个小孩子的口吻淡淡道出。且慢，还没说到薛大娘。薛大娘在淡淡的压抑氛围中倒是若她种的青菜那般清鲜。“我”一五一十回答父亲的问话，晚上吃的是青菜虾圆汤，青菜“在薛大娘园上挑的。翠子说，这样有起水鲜”。接下来“我”跟父亲叨叨着翠子和薛大娘还有薛大娘儿子大驹子的事。在《翠子》里，专有一段描绘薛大娘儿子。大驹子见翠子和“我”来了，把正在浇水的活停下，“笑吟吟地”“替我们下园挑菜去。翠子坐在埂上跟他谈话”。薛大娘呢，“给了我两个新摘的沙胡桃，我便一个人去找蟋蟀儿去……”显然此刻菜园子里只剩下了翠子和大驹子。待“我”回到园子找翠子，“他们都没看见，翠子还那么坐着，睁着大眼睛望着天，天上不见雁鹅。大驹子呢，站旁边，看定翠子的脸”，年轻男女，各怀心事。翠子要回娘家，还被定了亲。大驹子自然就见不到翠子了。接下来一笔：“菜篮子里只有两棵。我一叫翠子，他们都不看了，一块儿下园挑菜。”薛大娘那两个沙胡桃给的真是恰恰好，支走了二宝（即“我”），留下了翠子看天，大驹子看翠子。

汪曾祺三岁时，生母杨氏因肺病去世，与《翠子》里的二宝身世相仿。当20来岁的汪曾祺写《翠子》时，年少时的记忆历历在目。在故乡一系列人事中，薛大娘这个人物分明是印象深的，《翠子》中虽然着墨不多，但已然非常像后来小说《薛大娘》中的性情：薛大娘勤勤劳劳种菜，将青菜“在两边扁圆的菜筐里码好，在臭河边的水里濯洗干净”，“就担了两筐菜，大步流星地上市了”，自自然然“拉皮条”，“他们一个有情，一个愿意，我只是拉拉纤，这是积德的事，有什么不好？”喜欢上了保全堂的管事，就主动投送怀抱，“我喜欢他。他一年打十一个月光棍，我让他快活快活，——我也快活，这有什么不对？有什么不好？谁爱嚼舌头，让她们嚼去吧！”大胆，率性，用现在的话来说，我的身体我做主。薛大娘自主掌握生命，敢于冲破道德藩篱，活得健朗鲜活。不必用“新女性”“女性主义”之类的概念来定义她，她就是一个活泼泼的生命。

我曾于2007年写过一篇题为《一个一个蓝色的闪把屋里照亮……》(刊于《文汇读书周报》2007年12月14日“书人茶话”）的文章，从汪曾祺小说《小孃孃》谈起，讨论晚年汪曾祺创作的一系列描写女性情感情欲的小说，其中也说到《薛大娘》，特别提到小说《薛大娘》结尾强调“薛大娘有一双‘十个脚趾头舒舒展展，无拘无束’的脚，‘薛大娘身心都很健康。……这是一个彻底解放的，自由的人’。尽管这样写来，已经不够汪式浑然天成了，有作者不把他的想法告诉你都憋不住了之直露之嫌”。

确然，汪曾祺并不打算掩饰对如此活泼泼生命的欣赏之情，他情愿直露，一定要明亮地说出来。

回过头去看散文《一辈古人》中的《薛大娘》，和小说一对照，发现几处作者别具用心之处值得拿出来说一说。除了说薛大娘种菜“拉皮条”外，散文中写到薛大娘的丈夫是个裁缝，“是个极老实的人。整天不说一句话，只是在东厢房里带着两个徒弟低着头不停地缝”，在小说《薛大娘》中则进了一步，写丈夫除了专事缝纫，“他在房事上不大行”，“有个江湖郎中说他‘只能生子，不能取乐’”，“薛大娘自住西边三间（屋）里”，这样为薛大娘之后的行为作了铺垫，从人性角度加深了体贴。也突破了生殖繁衍之婚姻传统伦理，直接关涉性事之欢，在小说人物，在小说作者都是比较有突破的。想象过往年代里一个水乡小镇上的一个已婚女人，若薛大娘如此举止，没有些生命自主的能量，大概不是活得灰溜溜，就是被唾沫星子淹死了。再早些年，在某些偏僻之地，或者要被族人沉塘而死吧。这么说来，其实薛大娘周边的环境还比较友好，民风也还开明，顶多嚼嚼舌头，指指点点，不会真怎么样。否则，薛大娘在那些年轻男女间怎么能“一个有情，一个愿意”地拉皮条，还提供自家的屋子做欢会的“台基”。那些男的身份大多是乡下到城镇上谋生的，做店员、帮工、为地主收租等；也有县城里一些“风流潇洒的年轻人，本地叫做‘油儿’”；而女的呢，大多是当地年轻的女佣人，小说中写到“附近几条街上有一些‘小莲子’——本地把年轻的女佣人叫做‘小莲子’，她们都是十六七、十七八，都是从农村来的。这些农村姑娘到了这个不大的县城里，就觉得这是花花世界。她们的衣装打扮变了”，来自农村的小莲子们走出了乡间熟人社会，也慢慢走出了原有的伦理囿限。当然，彼此也是交易，小莲子得些钱，薛大娘也得些好处，只是行事似乎都在彼此情愿基础上，小莲子事先也和“油儿”在街上眉来眼去的，并非强迫。当然，毕竟与传统伦理冲突，有人议论议论也是自然的，但也不过议论议论罢了。

薛大娘看上的保全堂管事也需要多说几句。散文《薛大娘》里管事姓蒲，行三,四十出头；小说中呢姓吕，行三,三十多岁，说“这样年轻就当了管事的，少有”，三十多岁的吕三比四十多的薛大娘年轻不少，如此似乎更彰显薛大娘主动追求的大胆。散文中薛大娘表达的方式特别直接——“薛大娘趴在蒲三耳朵上，直截了当地说：‘下半天到我家来。我让你……’”小说中呢，则铺陈了一段吕三平日里的形状，说他如何和人有说有笑，说话又风趣，薛大娘每天卖菜多半歇在保全堂药店的屋檐下，自然每天见到吕三，“见了他就眉开眼笑”，如何表白呢？这个吕三呢，是从万全堂调过来的，所以时常会到原先的万全堂管事那里议事，“从保全堂到万全堂”，要经过薛大娘的家。这么一来，薛大娘和吕三就有机缘结伴一起走，那么到了薛家门口，两人道别，薛大娘此时一句“你下午上我这儿来一趟”就水到渠成了。小说《薛大娘》比散文《薛大娘》多了层婉转，也不妨看作小说对现实事件的丰富。

以前读汪曾祺写薛大娘的散文小说，感受到作者对薛大娘活泼泼生命的欣赏，他描绘靠五十的卖菜女人薛大娘有股子“英气”，在小说中又添加了薛大娘有一双不爱穿鞋袜的脚，“十个脚趾舒舒展展，无拘无束”，“这是一双健康的，因而是很美的脚”。感受到作者笔下的女性主动的生活追求，有点像沪语中那句“刮拉松脆”的意味，明亮响亮。后来再三读，又感受到另外一种社会文化之深蕴。想想1940年代的《翠子》中已提到薛大娘，那这个人物是烙印在汪曾祺童年和青少年时期的，这么推算起来，薛大娘是19世纪末或20世纪初出生之人，在她生活的时代，于女性而言的伦理，还是裹小脚、身处闺门、从一而终，比如汪曾祺小说《晚饭花》(写于1981年）中《珠子灯》里的孙小姐。大户人家小姐孙淑芸新婚不久丈夫去世，自此就病了，她病恹恹地躺着，一躺十年，伴着那些丈夫在世时用过的物件，“听着老鼠咬啮着木器，还不时听到一串滴滴答答的声音”，这声音源自仅在新婚时点过一次的六盏珠子灯，“那是珠子灯的某一处流苏散了线，珠子落在地上了”。孙小姐死了。“从锁着的房间里，时常还听见散线的玻璃珠子滴滴答答落在地板上的声音”。她也并不是全然的旧式女子，她读过诗词，读过丈夫带回来的黄遵宪的《日本国志》和林译小说，还接受丈夫的建议放了小脚。受过新派教育的丈夫临死对夫人留下遗言“不要守节”，“但是说了也无用。孙王二家都是书香门第，从无再婚之女”，“改嫁，这种念头就不曾在孙小姐的思想里出现过。这是绝不可能的事。”笔者思忖，就算孙小姐夜深人静闪过改嫁之念，也要压抑下去的，得顾及两家大户人家的脸面哪。于是，珠子落地滴答，寂寂十年流逝。

孙小姐和薛大娘，同时代的女子，轩轾之别。未裹脚的薛大娘，好比那些土地里生长的青菜，何其鲜活。这在其时其代，也是殊为难得的。不过，反过来也可见，民间社会从来不是板结一块，在通常社会习俗之间总有缝隙，就好比总说古代女子大门不出二门不迈，但深深“内闱”中也有女性的话语份额的，比如安排婚丧嫁、养育后代、祭祀庆典等家庭事务方面，我们在珠子灯的寂然中也豁然而见薛大娘的奔放、英气、不压抑，主动男欢女爱，也毫无世故伦理的负累。

汪曾祺给人的印象通常似乎多为温和温润，他自己也说“我永远只是一个小品作家，我写一切，都是小品”，只是温和并不代表没有深刻的内涵，汪曾祺对世事清醒洞明。1987 年 9 月至 12 月他受邀在美国爱荷华大学参加为期三个月的国际写作计划，其间做讲座、游览、写作。在游览林肯故居后著有《林肯的鼻子》一文，最后写道：“……谁的鼻子都可以摸，林肯的鼻子也可以摸。没有一个人的鼻子是神圣的。林肯有一句名言：‘All men are created equal’(所有的人生来都是平等的)。我还想到，自由、平等、博爱，是不可分割的概念。自由，是以平等为前提的。在中国，现在，很需要倡导这种‘created equal’的精神的。让我们平等地摸别人的鼻子，也让别人摸。”此文写于 1987 年 10 月 1 日。三十年过去了，这些看起来普通的话，依然闪烁思想的光泽。他写“薛大娘身心都很健康。她的性格没有被扭曲、被压抑。舒舒展展，无拘无束。这是一个彻底解放的，自由的人”，这个结尾像给一个人物下结论，有些不那么文学，不那么留白的，但为什么要有定规呢，这些话让我们在看到汪曾祺对笔下人物的喜欢之同时，看到汪曾祺对人和社会的期许。

我想说，薛大娘真是幸福，在汪曾祺笔下永远活泼泼、水淋淋的。

2017 年 10 月 25 日

“闹市闲民”，“安命”在“一座城”

——相遇阿索林和汪曾祺的相遇

汪曾祺的《阿索林是古怪的》，写于1993年3月7日，副标题“读阿索林《塞万提斯的未婚妻》”，一篇汪曾祺认为“结构极不匀称的”“古怪的散文”。文章不长，劈首一句：阿索林是我终生膜拜的作家。第二句：阿索林是古怪的。接着才说到《塞万提斯的未婚妻》是篇古怪的散文，像游记。一个肥胖的快乐的小资产阶级“我”带着六个孩子旅行，突然在塞万提斯家乡下了火车，接着就步行去了塞万提斯旧居，由一位黑衣老妇人引入老房子，看到一位姑娘，依稀仿佛就是当年塞万提斯的未婚妻，走出屋子，在黄昏的乡村随意走走，“天是被柔和的珠色所照亮着”，“在这忧郁的平原间”，“我”想起“那位讽刺家对他的爱人所说的话——简单的话，平凡的话，比他的书中一切的话更伟大的话”。

不过，塞万提斯到底跟他的未婚妻说了什么呢，“我”可没说，读者自己去想象吧，阿索林只是描摹了这样一次意外的游历，也是游离，刚刚还安于安逸的肥胖男人突然就有了一次偏离轨道之行。小说耶？散文耶？界限模糊。有人物，但更像印象派油画里的人物廓形；有情节，但更多的是氛围，是气息。不过，读下来似乎又有一种牵引，让你慢慢地慢慢地就好像也看到了

"塞万提斯的未婚妻"的面影。

"一个西班牙的城""一个农人的生活""老人""山和牧人"，几个人物的侧影，灰色的石头，修伞匠……生于1873年卒于1967年的阿索林写着老城，老城的石头，修道院，修道院里的树，那些随处可见的人，女仆匠人，老人少女，热情的人，沉默的人，婀娜的人，忧伤的人，他笔下的西班牙，全然不是我们想象中的西班牙，斗牛士、火热的色彩、高迪式的奇幻，却像某种轻雾，笼罩在清凉的城和山间。一些人过着日子，劳作，听歌，死亡，我们读完他们，可能记得他们的名字，也或许不记得了，但是又何妨呢，心里萦回着一些面影，一些歌声，就够了，就是很阿索林式的审美体验。

也许，正因为如此，所以汪曾祺说他是古怪的？可是，却又说他是"我终生膜拜的作家"，此时汪曾祺已七十有三。年轻时，"大学二年级以后，受了西班牙作家阿左林的影响"（见《美学感情的需要和社会效果》1983），至古来稀依旧念念不忘，可见他是一直欣赏阿索林作品美学风格的，并非仅青春年少一时之影响。

应该是有某些气质总脉脉相连着的。

汪曾祺向有小说散文化的理念，写于1986年11月的《小说的散文化》充分阐释了他的观点。文章也提到阿索林。"有一些散文化的小说所写的常常只是一种意境。……阿左（索）林所写的修道院是静静的。声音、颜色、气味，都是静静的。日光和影子是静静的。人的动作、神情是静静的"，确然，读阿索林的文章——何以用文章称之，也正是其作品亦小说亦散文之故——让人静下来，这静静的感觉抟成气息氤氲于周遭，身在现世又隐于文中。我们知道农人简单地生活着，“吃白菜，番薯，黑面包，葱，蒜，有时候，一年内只两三次，他吃肉；一手把的核桃或杏仁是他的无上的盛馔”（《一个农人的生活》），我们知道农人成了一个小老人了。孩子们死的死走的走。有时候他也会叹息，但不久又振作起来。“这位可怜的人既无希望又无欲求地生活着。他的眼界只有群山，田野，天空”。“时候一天一天地过去”，他就是这般“一切全凭天意”地活着，然后死去。

若一个个体，却又像某个群体的侧影，无太多情节，更别说跌宕起伏的命运，它只是叙说着，像水彩画里一些笔触，你看到了那些洇色，却总是隐淡的；你看到物象的造型，却又总有晕色，物象也漫漶起来；可是纵如此，我们还是能感到人物的气息，闻到天地的味道，虽然一切都似乎不那么容易抓住。这种感觉介于写意和工笔之间，有时精准细节，有时率性块面，人物有名有姓，但似乎可以忽略不计那些名字，只要记住务农的修伞的卖饼的，或者女人僧人就可以了；场景也各种各样，可是却总浮现出巷子、石头屋、小花园、修道院，还有村子和土地和天空。最重要的是一双观察的眼睛带动你，一样一样看过去。看过去的所有杂驳在一起，像那种经年的石头的颜色，让你看了安静地想一想之前和之后的光阴。

唐弢先生说阿索林“疏淡中略带忧郁，如云林山水，落笔不多，却是耐人寻味”，不过，窃意其与云林相较又确乎是不同的，云林山水从疏淡中有人，到全然的山林，可谓是洁净至寂，而阿索林即便在暮霭中远远的一笔，也是有人影的。即便无人，总有着一种皴染了情绪的气息，像《旅人》的结尾那样："……宫殿已经崩摧了；然而，在附近，在这废墟的旁边，像一片从永恒传出来的微笑似的，耸立着一群优美的白杨，在垂死的黄昏的轻风中，微微地颤动着它们的叶子。"阿索林的疏淡里有微风，微风是不骚动的，多为宁静，宁静中带着一种人世间淡淡的忧伤，好似每个人都尽力地活着，但其实总不免深深地明白世间的悲哀。

这就有些明白汪曾祺的"终生膜拜"了。汪曾祺一直说"我的气质，大概是一个通俗抒情诗人"，是自谦，也是一种自知。汪曾祺有看清世相的通透，但却又身怀古典文人式的温雅，即便明白人性之恶，也难以下狠笔，总不免留有余地，《陈小手》中最后那一枪对那个联军团长之恶的刻画已是重笔的，他对人对事有悲悯和温情，好比小说《寂寞和温暖》，出身不好（华侨）的沈沅勤勉默默地在北方城市的农科院工作生活着，从不回家，也无家可回，后来还被打成右派，雪上加霜，但于人生至谷之低处还是有人默默地关心她。换位作者，这样的人物命运于笔端或许分外惨烈，可是汪曾祺的笔总不由染上暖意，皴擦岁月里残存的诗性。

阿索林呢，亦然。在《西班牙的一小时·叙辞》中他道："……文学的工作应该是忍耐和爱"，于是，他总是安静地描述着他的所见多感，不太评判，不太愤怒，只是如山水画中的皴笔，一笔笔皴染过去。《安命》一文颇能传达阿索林的作品气质。文章写了一位多思加诺先生，他"住在一条冷落的街上。他的房间是一间屋顶楼"，房间里很简单，但有书有四五幅古画。他"衣衫褴褛，但是总是清洁的”，吃简单的饭菜。天气好的日子，他便到处去散步。“他走遍马德里的各区，漫游乡野。他慢慢地走着，一连几小时地观察着他所看到的事物”。其实，他原来有可观的收入，后来随着某银行家的破产而破产了，接着妻亡子逝，从“本来有一万四千杜洛斯的收入”到“每月只有二十杜洛斯”，但多思加诺每天安然作息，“我时常在国家图书馆或柏勒多博物院碰到他”，“他对我说，我很希望有一个地方可以把我在世界上得到的经验灌输到一些青年的头脑中去。可是这事必须要有头衔和文凭，而我却没有”。他一直这样过着。“‘我对于什么也没有遗憾，我对于什么也不鄙视，’多思加诺这样说。‘我将带着现在伴随着我的宁静死去。’”

阿索林在文末写着：“这种精神上的宁静和幸福的秘密究竟在哪里呢？就是不要去管我们无法补救的事情，随着它们的迟缓的、不可动摇的、永恒的运行而乐天安命。”在这里看不到彼时彼刻的时代风云。查查资料，19 世纪的西班牙社会也是风云跌宕的。出生于 1876 年的阿索林历史上素有“一八九八派”之称。所谓“一八九八派”，与 1898 年美国和西班牙之间的美西战争导致西班牙惨败有关。这一年，古巴彻底推翻了西班牙的殖民统治，西班牙还将波多黎各连同太平洋上的关岛和菲律宾以 20 万美元割让给了美国。1899 年，西班牙又将其在太平洋上仅剩的几个岛屿——北马里亚纳群岛、加纳利群岛和帕劳卖给了德国，至此，西班牙的海外殖民地所剩无几。“一八九八派”由要求新政府变革的政治家和知识分子组成。接下来的 20 世纪初，西班牙盛行无政府主义和法西斯主义运动，各地有叛乱和起义等。但是，阿索林并没有在文章中刻意去描述所谓时代的风起云涌，他将人物命运置身于广袤的土地和天空，好比在多思加诺先生这里，破产，一个儿子在古巴战争中阵亡，女儿急性肺炎四天即逝，妻子被一连串人生厄难击倒至病而死，放在任何一个人身上都是痛彻心扉的灾难，但他却虽然清贫但安宁有尊严地活着。阿索林看重的该是这样的宁静，暴风雨过后的宁静。他把人放在人的命运中来表达，生命从生到死，经历了许许多多，最终抵达安详。

阿索林在《良心学》篇中也写到安命，一位教授的安命。“在安命中，好像作为一个对于他的失败的补偿似的，他使他的心仁慈而宽大。”

阿索林看到人在天地间的必然运命，只是淡淡地叙说着。每个人都必然走过如此这般的运命，又有什么好大声叫嚷的呢。“迟缓的，不可动摇的，永恒的运命。”

想起汪曾祺《闹市闲民》(1990）一文。“闹市闲民”是一个老人，汪曾祺坐公交换乘时所见。家就在站牌边，车不来，老人会搬出个马扎儿来叫人坐。老人的屋子陈设简单，一床一桌一方凳三个马扎儿。七八十岁，花白头发梳得齐整，衣着简单。退休了，老伴住儿子家，女儿也出嫁了。隔三岔五儿女们来看看他，带点点心，拆洗被褥。平常，老人就一人过日子。“一天三顿饭。早点是干馒头就咸菜喝白开水。中午晚上吃面。一年三百六十五天，天天如此。”面条还自己做，“抻条，或是拨鱼儿”。“他一生经历了很多大事。敌伪时期，吃混合面……解放军进城，扭秧歌……‘四人帮’垮台……然而这些都与他无关，没有在他身上留下多少痕迹。他每天还是吃炸酱面，——只要粮店还有白面卖，而且北京的粮价长期稳定——坐在门口马扎儿上看街。”“他平平静静，没有大喜大忧，没有烦恼，无欲望亦无追求，天然恬淡，每天只是吃抻条面、拨鱼儿，抱膝闲看，带着笑意，用孩子一样天真的眼睛。”换一行，文章以“这是一个活庄子”结尾。

文中对老人在成为老人之前的身世并无详情。他是否真的无喜无忧，也或许这样的恬淡只是成为老人后的状态？那么多历史起伏真的没有在老人心里留下痕迹？也许汪曾祺也并不定然如此以为，但如此恬淡情境是汪曾祺欣赏的。作此文的1990年2月，年满70周岁的汪曾祺办了离休手续，也已进入老境，写“闹市闲民”时或许会回想起自己从高邮走出，求学西南联大，又辗转上海到北京，然后经历了京剧团、打成右派下放，又重焕创作活力的各种人生起伏，于是分外感慨这样一个生活简单至极，天天睁着天真之目看街的老人吧。

两文放在一起，《闹市闲民》和《安命》或可镜像。略别则为：汪曾祺满目欣赏，欣赏背后有深深的人生感慨；阿索林亦欣赏满目，难掩沉沉的伤感。无论感慨还是伤感，皆归于宁静。若波涛过后的海面，只是一波一波地，平静地波动，波动下的涌动，一切皆于此波动中。

这样的写法或以为是少了些人生的沉重，缺少对和谐之内在的撕裂，于汪曾祺和阿索林的作品而言，是其特点，或亦乃各自局限。当然，倘若汪曾祺能有陀思妥耶夫斯基的拷问自是好的、深刻的，可是大概也就不是汪曾祺了。窃以为，局限就局限罢。好比老人每天恬淡看街，他度过了沟沟壑壑的日子，不介怀任何沟壑了，唯有街的热闹成为他生命的背景。

阿索林写“婀蕾丽亚的眼睛”看着河里的水，凝神的，梦沉沉的，“她的侧影是在黄昏的灰色的天上描剪出来”，我想起汪曾祺写小英子的脚印，“五个小小的趾头，脚掌平平的，脚跟细细的，脚弓部分缺了一块”，明海看到这些脚印子，“心里痒痒的”（《受戒》）。

1930 年 3 月神州国光社出版的戴望舒徐霞村合译的《塞万提斯的未婚妻》好比是青年汪曾祺和阿索林初遇的红娘，“终生膜拜”的因缘却终究源于两人的精神 / 性情契合，于世事洞明却又温雅有情，“古怪的”阿索林和“人间送小温”的汪曾祺是一定要相遇的。

2018 年 1 月下旬

万物静观皆自得

其实，这本《汪曾祺文与画》中的大部分文章都是看过的，谈祖父祖母，谈父亲，谈家乡，谈书画——“字的灾难”“潘天寿的倔脾气”“文人与书法”“徐文长论书画”等，汪先生的文章多看几遍实在是喜欢的，随便从哪一篇看起都有滋味可寻可回味，这些平平白白的文字，放在一起，就是风致迭生了，每一次总会有所发现和兴会。当然，买这本书是冲着书里的画去的，虽然汪先生说自己的画“只是白云一片而已”，是“只可自怡悦，不堪持赠君”，也虽然他的画如他多次在文章中说到的只是“一个册页，一个小条幅”，可是，与这些册页相遇是多么让人欣喜怡然的事情，颇有些平常人生里的激动了，尽管，这些册页画的其实也很平常人生。但汪先生的画如他的文，“寂寞与温暖”里总潜泳着“异秉”。

画的是些草木花鸟，莲叶一片莲花一朵是“初日芙蓉”的简净亭亭；垂挂飞舞的绿柳里点点红意闹是“春城无处不飞花”的春心荡漾；淡墨藤茎里小黄花波俏地开着是“故园金银花”的回忆；一枝一鸟红果数枚的疏朗不经意间是“一年容易又秋风”；那墨荷层层里的红蓝黄粉是“万古虚空，一朝风月”的清明，却似乎让人看到了晨曦里的光跳进来，实在是很“印象派”了；那葫芦底下几只回头的水鸭水灵的紧，或许是从故乡高邮湖里游来？芭蕉樱桃点染“明日要去成都”的喜悦心情。梅花、枇杷、水仙、兰草、菊花、山丹丹花，偶也见山涧潺潺，是生活所见，人生所忆，笔墨所现，好比汪先生的文，源于自己熟悉的事情，经历过的生活，“我写作，强调真实，大都有过亲身感受，我只能写我所熟悉的平平常常的人和事”(《七十述怀》)，早期如《复仇》般受西方现代派影响的作品，该是汪先生年轻时的文学探索，而并非其生命中真正的表达——汪曾祺多次在文章中说过，“我的气质，大概是一个通俗抒情诗人。我永远只是一个小品作家”。一个作家“得其自”的过程，正是其生命气质、写作风格浑然天成之境界养成。

但是，平常的人事，并没有因为平常而平庸；短篇也不囿了尺幅而气窄；好比《受戒》里的小和尚和小英子多年来，还是那么清新恬然至远，《岁寒三友》里靳彝甫的三块田黄现在视之，人情的光泽还是让人泪湿，当然，从《汪曾祺的文与画》中知晓原来这三块田黄是汪先生父亲的宝爱之物，是添了不少欣喜的，仿佛看到了作者生命中的一个个结点，都那么结实莹润。对一个人和他的作品的信任，就是这样层层夯实起来的，你知道，这样的作品不会让你失望，或许不会让你激情澎湃，可是，它总是让你时时挂心，常常牵手，成为你生活的一部分。回头再来品汪曾祺的画，也是那样地如水波轻盈无声地滋润你，虽册页条幅的，不见整山整水，不过取一枝一干，一花一石，一鸟一蝶而已，可花叶虬枝间，画面和题字间，如“包世臣论王羲之字，看来参差不齐，但如老翁携带幼孙，顾盼有情，痛痒有关”(《自报家门》)，滋味如那幅“月晓风清欲堕时”，两茎荷叶映照，蝴蝶恰好停翅，淡蓝敷色翅翼，几丝明黄触角，一池莲风生生从纸面扑来。

汪先生的字也是如此地顾盼有情，潇洒里筋骨开张，意态从容。汪先生被誉为“最后一个士大夫”，作文、写字、画画皆精彩，其实也是溯源有路，少时“从祖父读《论语》，每天上午写大、小字各一张，大字写《圭峰碑》，小字写《闲邪公家传》”，临过《多宝塔》《张猛龙》，常常读帖看笔意——“静对古碑临黑女/闲吟绝句比红儿”。祖父开店经商置田产且热衷科举，得过“拔贡”的功名，父亲传承汪家世代眼科医术，通书画，知典籍，更是无师自通各种民乐器。汪先生在写家事的文章中多次提到祖父送他的初拓本碑帖，父亲的十八般武艺皆通给孩子们带来的快乐，幼时的浸润涵泳，才成为了后来的汪曾祺。他的文字里总有的那种画意，那种留白的气韵，那种疏朗清淡的风格，都能在他的书画中找到呼应。如那幅“吴带当风”，一上一下两株斜逸的水仙，逸笔如风吹草叶，还真应了紧跟“吴带当风”的那句“曹衣出水”，出的是清冷冷之水气。

汪先生在多篇文章里提到这两句诗：“我很欣赏宋儒的诗：‘万物静观皆自得，四时佳兴与人同’”，也曾手书此诗条幅。静观，是万物，也是人。万物静观有它的自得，是不需要看人的脸色，遵照人的意志的，是花开花落，云起云落。寂寞无人识，那也是人的“得见”，不过，也由此有人和万物间的尊重、欣赏，才有感应四时的生物之息。而静观，“才能观照万物，对于人间生活充满盎然的兴致”，是煮面条等水开也简笔一幅荷蕾和蜻蜓的审美人生；静观，既能“静思往事，如在目底”，在在于笔底文画舒展；又若白石题画所云“心闲气静时一挥”，已然能从容，能自得，能不左右/依附于时潮——汪先生喜欢“独立书斋啸晚风”的徐文长或并不只是其“苍劲中姿媚跃出”（袁宏道语）的书风？

看他的那幅“凌霄”，长条幅，一枝凌霄倾满画面，左下角题诗“凌霄不附树，独立自凌霄”。一丛淡静，满纸远致。如是观汪曾祺的画，当然还有文。

2007年

汪曾祺的聊斋

汪曾祺曾于1987年至1991年间写过一组改写蒲松龄《聊斋志异》有关篇什的“聊斋新义”，凡《瑞云》《黄英》《蛐蛐》《石清虚》《双灯》《画壁》《陆判》《捕快张三》《同梦》和《虎二题》10篇，其中《黄英》《蛐蛐》《石清虚》乃1987年9月于美国爱荷华参加为期三个月的国际写作计划时所作，北京师范大学出版社《汪曾祺全集八》“附录一·1987年”云：“9月，赴美……期间开始创作系列小说‘聊斋新义’”。不过，《瑞云》篇尾写作日期则题“1987年8月1日北京”，确言之，去美前汪老已着手聊斋了。

比较感兴趣汪曾祺写聊斋女子的几篇。与《聊斋》相关原作对照阅读，当然的，文言的简述舒展成畅达的白话文，且描述对话多有补充铺展，笔致已然汪式的明净，这似乎并不非常构成新义的理由，关切的还是主要细节的改动。

两篇《瑞云》情节大致相仿：名妓瑞云年方十四梳拢之年，穷书生贺生与之钟情，无奈囊中羞涩，无法赎身迎娶，热念之下就此作罢，不料瑞云却莫名其妙被人额点黑斑，从而沦为婢女，贺生闻之怜之，赎之为妇。后贺生偶至苏州路遇和秀才，才知瑞云黑斑乃其所为，以保留她璞玉之身等有情人真赏。结尾自然和秀才妙手洗斑，瑞云复现艳丽。不同自始，蒲式《瑞云》：“濯之而愈”，夫妇“同出展谢，而客已渺”，在“意者其仙欤？”中结束。汪式《瑞云》有续情：是夜“瑞云高烧红烛，剔亮银灯。贺生不像瑞云一样欢喜”，习惯了往日“没灯胜似有灯”，“他若有所失”，“瑞云觉得他的爱抚不像平日那样温存，那样真挚”了。

妻子美艳失而复得丈夫原应高兴，为何怅然若失，是原本贺生面对瑞云美貌的潜意识里的不自信，生怕得自于因美貌失去的婚姻，乃因美貌恢复而失？是否瑞云之美终究贺生心头无端的压力？汪版显然比蒲氏笔致多了几分人性心底曲微。说来斑不过局部之丑，却引整体之变。“天下惟真才人为能多情，不以妍媸易念也”，贺生几乎相差仿佛，似乎究竟仿佛相差。

再看《黄英》，说的是菊迷马子才金陵觅名菊，路遇陶家姐弟，因菊相谈，甚欢，马子才邀姐弟同回马家分院而住。姐弟先是餐饭常倚马家，后种菊贩菊旺家兴院。相处中马子才发现姐弟两人乃菊花精。弟弟花朝节与人醉饮后倒地为菊却不再回复人形，乃后成“醉陶”菊种。姐姐黄英依然年轻如故。爱菊人邂逅菊花精，也算是天遂人愿的故事了。姐弟俩在蒲版《黄英》中到马家后，以菊兴家，增舍买田，后马子才妻子去世，黄英就嫁了他，虽然马认为卖菊乃玷污菊之清名，且有辱士人清高，但黄英并不以为然，“清者自清，浊者自浊”，马子才也无奈于她，遂家道日旺。

而汪版《黄英》删除了黄英适马的内容，故事精简许多，且随之去除了蒲松龄故事中常有的美女总会自荐秀才枕席的套路——落魄秀才白日梦式的性幻想之嫌，免了蒲式酸气。同时删减了黄英嫁与马家后姐弟菊花生意日隆，且大修庭院之桥段，唯留“自食其力不为贫，贩花为业不为俗”之观念与蒲氏共识，认同“我不想富，也不想穷，连日卖花，得了一些钱，咱们喝两盅”的生活理念。陶生与马子才交流种菊经验时所言“种无不佳，培溉在人”才是汪曾祺着墨的，“人即是花，花即是人”的补充似乎道出作者心声。陶生化身“醉陶”名品传世，或为恰好诠释。而黄英年年青春，当然是神仙故事必有笔墨，也似是人菊合一永恒的喻示。如是，汪版《黄英》颇有了庄周“梦蝶”意味，多了“留白”意境，而非故事人物皆周全坐实。颇与汪曾祺对散文化小说的体悟/实践贴合：“散文化小说……《世说新语》是最好的范本，这类作品所写的常常是一种意境”(《汪曾祺全集八·作为抒情诗的散文化小说》)。

如此人物融一的情境在《石清虚》里也有表现，89孔的奇石暗示了其拥有者邢云飞之寿，当他89岁时，“置办了装裹棺木，抱着石头往棺材里一躺，死了”，已然石人一体。

写“聊斋新义”这一年汪曾祺67岁，自1980年发表小说《受戒》震动当代文坛以降，作品日盛，声名亦日隆，去爱荷华乃其首次出国访问。在那里，访旧雨交新知，讲学游玩，在party上跳迪斯科，“杯酒论文”，书画赠友，煮菜待客，心情舒畅，且大受欢迎，聂华苓对他说“老中青三代女人都喜欢你”(《汪曾祺全集八》“美国家书”)，他自己也非常感叹：“这样一些萍水相逢的人，却会表现出那么多的感情，真有些奇怪。国内搞了那么多的运动，把人跟人之间都搞得非常冷漠了。回国之后，我又会缩到硬壳里去的”(同上“美国家书”)。在这样打开心怀的状态下，汪曾祺的“聊斋新义”对古老的《聊斋》去芜存精，对故事/人物注入更多的生命性灵，更多人性的幽微曲折，更多道法自然的生命本真，好比老汪在美国的那种舒展，焕发了另一种潜在的生命感觉。

汪氏“聊斋”大多删去蒲版中的某些无关作品意韵的情节，比如《双灯》中改魏家二小为家寒单身郎，并未娶妻可月夜窗前话，这样人物关系单纯，也非既有家妻，又消受痴情狐精化女投怀送抱的艳福——很男人中心的理想。还是《双灯》，蒲版女郎离开魏郎时唯说“姻缘自有定数，何待说也”，汪版则续：“我喜欢你，我来了。我开始觉得我就要不那么喜欢你了，我就得走”，“我们和你们人不一样，不能凑合”。不能凑合，敢说我不爱你了，不伪饰，不矫情，率性坦然，当然人间情状复杂得多，即使不爱了，也难说一走了之，好比五四启蒙，文学作品都表现了冲破或家庭或观念之牢笼而走到一起的男女，但几乎很少说不爱了以后怎么办，唯《伤逝》有所涉及，但也未及点破，到底婚姻在人间社会还是一种牵丝攀藤的社会关系，远非爱 / 不爱那么简单。不过，汪版《双灯》点亮的正是一把率情天性之火，与 1990 年代汪曾祺晚期小说中诸多人物——比如喜欢谁就主动表达“身心健康，舒舒展展”的《薛大娘》——文脉相承。

2008 年

“一个一个蓝色的闪把屋里照亮……”

关于汪曾祺的小说，恬淡平和诗意是普遍的共识，上世纪80年代已逾花甲的老作家出手别样的《受戒》和《异秉》，清清淡淡地说着“小和尚的爱情”和“小商贩王二的故事”，在当时普遍或伤痕或愤怒或哭诉的文学生态中，清凉安静地莲开一朵。之后老作家一串串的新作品，已然淡淡地说着一些“美学感情的需要”的人/事。汪曾祺自己也说过“我追求的不是深刻，而是和谐”。但是，和谐不是一团和气，和谐里同样纠结着张力，只是其钝而厚的表达看起来比较平静罢了。把汪曾祺晚年（90年代发表）小说放在一起看，尤其描写男女情感的，虽然篇幅依然不长，文字依然朴素，叙事依然平常，但无论如何还是“不寻常”。

这些男女故事，来处似乎就是不寻常的。谢普天和小他三岁的小姑妈相爱（《小嬢嬢》）；卖豆腐维生艰难卖身米店王老板父子的辜家豆腐店的女儿却单恋着王家一表人才的二公子（《辜家豆腐店的女儿》）；卖菜的薛大娘毫不避讳地在青年男女间拉皮条，向药房管事主动示爱（《薛大娘》）；吹黑管的岑明偷窥女浴室，教黑管的单身女老师虞芳接纳了他（《窥浴》）。从1993年起发表的短篇小说中，类似写情感男女的篇什很多，写小镇女子的《水蛇腰》，写《钓鱼巷》的花园深宅里与女佣夏夜偷情的少年人生；写痴情少男的《小姨娘》等，改写家乡民间故事比丘和鹿之恋的《鹿井丹泉》，较前期作品，虽然素材还是来源于家乡生活或剧团经历，但更多地撷取了饮食男女的故事，更多更直接地写情感/情欲，是之前未有的。这些情感也不止于了“小和尚”看到“小英子”的脚印“脚掌平平的，脚跟细细的，脚弓部分缺了一块”，产生“一种从来没有过的感觉”了，而趋于大胆泼辣，直抵人性幽邃，把人与人的复杂交缠爽利呈现，当然笔法已然汪曾祺式的白描和叙述，并无语言上的夸张缠绕，还是那些普通的字眼，但所蓄之势就像一笔画去的虬枝老藤，写意里满满的风雨。

就说《小孃孃》吧。小说叙事结构是传统式的，开头就交代了故事发生的地点——来蜨园，谢家花园，谢家人丁不旺，花园里除了园丁，就住了谢普天，他曾在上海美专学过画，不到毕业就回了乡教美术课，一边维持空架子的“谢家花园”；一起住的还有就是漂亮的小孃孃谢淑媛。两人对门对分住堂屋左右，晚上，小谢画炭精肖像贴补家用，小孃孃“坐在旁边做针线，或看小说——无非是《红楼梦》《花月痕》、苏曼殊的《断鸿零雁记》之类的言情小说”。就寝时，说一声“别太晚了”。小孃孃冬天都要长冻疮，小谢用双氧水替她擦拭，“轻轻地脱下袜子”，“疼吗?”“不疼。你的手真轻”。似乎就这样可以天长地久下去了。妙龄男女，按住跳动的心，守着人伦的本分。

转折来了。雷雨之夜，小孃孃“神色慌张，推开普天的房门”——想来房门从不拴上，等着被推开?“我怕!”“怕?——那你在我这儿待会。”“我不回去。”“……”“你跟我睡!”“那使不得!”“使得!使得!”小孃孃“已经脱了衣裳，噗的一声把灯吹熄了”。干净利落的电影镜头，所有之前的铺垫全部在此达到高潮。接着又是一句镜头感极强的叙述：“雨还在下。一个一个蓝色的闪把屋里照亮，一切都照得很清楚。炸雷不断，好像要把天和地劈碎。”

雷雨闪电，天地人伦情爱欲望，瞬间爆发，一切皆在其中。虽然，闪电里的故事已然暗含悲剧结局，远走他乡的姑侄并没拥有太久的平静生活，小孃孃难产去世，小谢返乡来蜨园埋骨，“飘然而去，不知所终”，但那一刻，饱满淋漓，干净利落，汪曾祺将不伦之恋爆出闪电欲花，让人怦然。

再说《薛大娘》，和裁缝丈夫分居的她卖菜、拉皮条不亦乐乎，“他们一个有情，一个愿意，我只是拉拉纤，这是积德的事，有什么不好?”她看上了保全堂的新管事吕先生，毫不遮掩那份喜爱，主动请他上门。汪曾祺不落笔心理活动——这真正是“贴着人物写”的，卖菜的薛大娘没有那么多弯弯肠子，单描述动作话语，“到了薛家，薛大娘一把把他拉进了屋里。进了屋，就解开上衣……她问吕三：‘快活吗?’——‘快活’。‘那就弄吧，痛痛快快地弄！’”无一句情色话语，却百分百情欲。末了，又补充一句“薛大娘的儿子已经二十岁了，但是她好像第一次真正做了女人”。无需说什么女性生命觉醒之类，唯此足够。

汪曾祺显然是十分欣赏这样活泼泼的生命的，小说结尾特别强调薛大娘有一双“十个脚趾头舒舒展展，无拘无束”的脚，“薛大娘身心都很健康。……这是一个彻底解放的，自由的人”。尽管这样写来，已经不够汪式浑然天成了，有作者不把他的想法告诉你都憋不住了之直露之嫌。

在就民间传说改写而成的《鹿井丹泉》(1995 年）中，把和尚归来和母鹿的情事写得纯净唯美，毫无畸恋之感，“归来未曾经此况味，觉得非常美妙。母鹿亦声唤嘤嘤，若不胜情。事毕之后，彼此相看，不知道他们做了一件什么事。”鹿女降生后被众人发现，秽言侮辱，作者却以鹿女跃井仙乐飘然，归来圆寂栀子花丛结尾。依然纯净美丽，如来往了一次伊甸园。汪曾祺述写作原由：“故事本极美丽，但理解者不多。传述故事者多语多鄙俗，屠夫下流秽语尤为高邮人之奇耻。因为改写。”与同年发表的“舒展自由的”《薛大娘》或可相互映照。如此处理，或许是抹去了人间无法唯美的丑陋了，更多在审美层面上表达，但作者显然似乎更愿意直面生命本原的那些能量。虽然，这些让人跳荡难耐的能量，最终必然要人承担。无论小孃孃死了，小姨娘变成一个麻将桌边的普通女人，还是薛大娘不管不顾活泼泼地活，或者《窥浴》中“她把他的手放在自己的胸上”的虞芳……情欲的力量或者改变人或者不过生命瞬间的爆发，作者都将之视作一种自然而然的生命表达。如写《钓鱼巷》里的大高晚间一丝不挂乘凉，轻唱牌经“白笃笃的奶子，粉撮撮的腰……”那样的惬意自然。

只是有意思的是，在汪曾祺晚年这一些小说中，都是女性的率真性情推动了情感 / 情欲的爆发，是否应合了“永恒之女性引领人们前进”的前贤理想，还是女性天然地（尤其在男性作家笔下）担当起了人性美的象征？

沈从文说：“我要表现的本是一种‘人生的形式’，一种‘优美、健康、自然，而又不悖乎人性的人生形式”(《习作选集代序》)，汪曾祺在《美——生命——〈沈从文谈人生〉代序》(1993年）一文中引用之，并多处提到沈从文所说“人性”核心。“黑格尔提出‘美是生命’的命题。我们也许可以反过来变成这样的逆命题：‘生命是美’，也许这运用在沈先生身上更为贴切一些。”如果移用于此，也许也是合适的。

2007 年

一个人与一座城市的牵念

五月春阳微醺，在延安中路茂名路和陕西路段之间逡巡，这条弄堂看看，那座老房子瞧瞧，甚至见上海马戏团内有幢老洋房，情不自禁向门卫打听它是否有忝为私立初中的前世？怎么看皆无仿佛“形状有点像船舱”的屋子。也是自然，自 1946 年至今，沧桑巨变，高架都逶迤而过了，找一所门牌号都阙如的老房子末了不过是安慰一下寻找的念头吧。

是在找汪曾祺 1946 年 7 月至 1948 年 3 月间在上海做中文教员的那间私立致远中学旧址。“这是一所私立中学，很小，只有三个初中班。地点很好，在福煦路（今延安中路。笔者注）。往南不远是霞飞路；往北，穿过两条横马路，便是静安寺路、南京路”（汪曾祺《星期天》1983 年）。但凡写到老汪离开昆明转赴上海的这段漂泊经历的，也都提到这间中学，但都未及学校的具体地址，更何况今情如何了。倒是冒昧向黄裳老先生咨询过，汪黄两人是多年老友，那时汪曾祺在上海，除去“教三个班的国文”，写作，与黄裳等朋友来往密切，且一起常去时居霞飞坊（今淮海坊）的巴金家聊天。黄老说那学校去倒是去过，好像在一条弄堂里，但具体哪里没有印象了。

汪曾祺是 1946 年 7 月自昆明经越南香港来上海的。由于没有西南联大毕业文凭（因他未应征美军翻译），到上海先是闲住同学朱德熙母亲家。9月经李健吾介绍才在这所中学落了脚。直至1948年3月离沪赴京。在这所中学的一间铁皮顶木板屋里——“下雨天，雨点落在铁皮顶上，乒乒乓乓，很好听。听着雨声，我往往会想起一些很遥远的往事”，年轻的汪曾祺称之为“听水斋”——他读书写作，创作并发表了《复仇》《老鲁》《绿猫》《牙疼》《戴车匠》《囚犯》《鸡鸭名家》《落魄》等小说，以及许多散文。反映其创作生涯一以贯之的文艺观《短篇小说的本质》即写作于此间。文后落款“三十六年五月六日晨四时脱稿。自落笔至完工计整约二十一小时，前后五夜。在上海市中心区之听水斋”。“一个短篇小说，是一种思索方式，一种情感形态，是人类智慧的一种模样。或者：一个短篇小说，不多，也不少”，写下这些话的时候，或许江南的雨已经停了，“分明听到一声：‘白糖莲心粥——！’”写《星期天》时的汪曾祺63岁，1983年的上海街头很少闻听白糖莲心粥的叫卖了，莲心粥的温软甜香当是汪曾祺的上海记忆之一。

除了《星期天》，汪曾祺的小说创作中几乎没有出现上海主题，唯散见于一些散文篇什中。他用“糯”来形容铁凝的《孕妇和牛》：“‘糯’只可意会，难以言传。细腻、柔软而有弹性……我也说不清楚。铁凝如果不能体会，什么时候我们到上海去，我买一把烤白果让你尝尝。不过听说上海已经没有卖‘糖炒热白果’的了”(《推荐〈孕妇和牛〉》1993)。

“在上海，我短不了逛逛旧书店。有时是陪黄裳去，有时我自己去。也买过几本书。印象真凿的是买过一本英文的《威尼斯商人》”，对一家“专出石印线装书”的书店扫叶山房记忆犹新，

“印象中好像在上海四马路”（均见《读廉价书》1986 年）。1989 年 9 月的《寻常茶话》从幼时家乡喝茶历数昆明上海北京杭州等地所经所见所体会的喝茶情形，提到上海：“1946 年冬，开明书店在绿杨村请客。饭后，我们到巴金先生家喝工夫茶”，文章这样收尾：“曾吃过一块龙井茶心的巧克力，这简直是恶作剧！用上海人的话说：巧克力和龙井茶实在完全‘弗搭界’。”去了泰山回来谈“山顶夜宴”：“棍豆是山上出的，照上海人的说法，真是‘嫩得不得了’”（《泰山拾零》1987 年）。在《吃食和文学》（1986 年）里谈“咸菜和文化”说“上海人爱吃咸菜肉丝面和雪笋汤”。虽四十多年过去了，沪方言 / 生活习惯在汪曾祺还是犹然心耳。民间口语向为汪曾祺所重视的创作素养：“能多掌握几种方言，也是作家生活知识比较丰富的标志。”他在和上海作家姚育明讨论姚的小说《扎根林》的信中说：“写上海知青在东北，语言（包括叙述语言）都还可以用一点上海话和东北话”（《致姚育明》）。显然，青年时代的上海生活在汪曾祺记忆中印象不浅，毕竟那是从学校到社会的初期生涯。

汪曾祺后来是再次去过上海的，但那是特殊年代里特殊的行程。1963 年 12 月下旬，才摘掉“右派”帽子一年多的汪曾祺时任北京京剧团编剧，参与了改编自沪剧《芦荡火种》的现代京剧《沙家浜》之创作工作，因创作的唱词通俗中见雅致，浅显中见才情，且具京剧韵味，受到当时样板戏旗手江青的注意，也因此无可避免地卷入政治旋涡，在江青“控制使用”下十年样板戏，亲历样板戏兴衰。1964 年春至 1965 年冬，汪曾祺等受命创作剧本《红岩》，1965 年春节前两天被江青电话召至上海修改剧本。

但江又决定不搞《红岩》了，让他们按其意图写其他剧本（详见季红真《汪曾祺与“样板戏”》《书屋》2007 年第 6 期）。当时江青住在锦江饭店，距汪曾祺当年任教过的学校不远，距淮海路 / 淮海坊更是咫尺。或许来去匆匆，或许心情复杂，在那样的环境下看到年轻时熟悉的场景（当然场景已发生变化）——是否听到糖炒热白果的叫卖声？很想知道老汪当年的心绪，但这段匆匆上海并无在文章中呈现。

上海在汪曾祺的创作 / 生活经历中，不是一个大站，高邮、昆明、张家口、京剧团才是其主要创作驿站，只是上海却是其文学 / 社会人生启程阶段的一个节点，虽然之后并不作为“往事并不如烟”的一种追忆溯源，却星星点点于字里行间，读来如当年汪曾祺听雨“听水斋”。

在“听水斋”里，老汪回忆西南联大的一个同学《蔡德惠》，“大家都离开云南，我不知道他孤坟何处，在上海这个人海之中，却又因为一件小事而想起他来”。现在，在上海这个人海里，是找不到当年那间私立致远中学了，热白果的香气亦不再飘荡，只是文字还在，一个人和一座城市的牵念就不时让人思接神游。

2008 年

寻访的寻访

在拙文《一个人和一个城市的牵念》(刊《文汇读书周报》2008年8月8日8版）中，写到曾寻访汪曾祺于1946年7月至1948年3月在沪任教的私立致远中学旧址而未果之事，在变化迅捷的如今上海要找一间小小的学校旧址，渺然也在情理之中，寻访到此为止是基本肯定了。未料，8月20日收到不相识的读者发来邮件，原文如下：

“龚老师：近读《文汇读书周报》，知道您曾寻找汪曾祺1946年7月至1948年3月间在上海做中文教员的那间私立致远中学的旧址，不知后来有无结果。据我所知，那一时期的上海建筑和机构分布，在一本老地图上有极其详细的标示。该图册名为《上海百业指南》，由上海社会科学院出版社根据原图翻印出版，今年又重印了一次，并在上海书展上销售。由于其信息覆盖到当时城区所有的门牌号和包括私人小铺在内的单位，估计您应该可以从中找到线索。Yonggang”。

这里还要请Yonggang先生见谅，我将邮件录于此。因为实在太柳暗花明又一村了，当即回复Yonggang邮件表示感谢（只是不知其姓名具体汉字，只能拼音称呼，心感不敬）。酷暑体乏，未去书市。先在网上书店查找。常去的卓越网有书影，确切书名为《老上海百业指南——道路机构厂商分布图》，却告知缺货。细读介绍，乃上海社会科学院出版社2004年的版本。于是托任职社科院的友人查询。却悉社科院出版社阙如，且其图书馆内也无馆藏，但友人让我耐心等一等，社科院图书馆愿去上图相借。就在9月下旬的某一天傍晚，她在夜色中拎来了一套上下四册的图册，接过来，分量可不轻。自红色无纺布袋取出，牛皮纸封面，一张老地图衬底，8开大小，纸质轻软，每册封一封三影印老照片若干，其余皆老上海地图，大小马路，宽窄里弄，店铺机构住宅，密密麻麻，间或插登其时广告若干，页页展开，真正如若时光通道。

先按下其他，直奔致远中学而去。心念地标若干：福煦路，离淮海路近，距南京西路也不远，于上册二第119页第六十一图，发现目标，福煦路已作为括号内小字附于中正中路边，在392号民安坊起首，就是四间机构，依次：致远中学、六河沟煤矿公司、中国新闻学校、中华民国碱业联合会。握放大镜就着灯光细看，致远中学之“中”呢，看起来若“小”，但“中”和“学”的字距似乎过大，不似前面两字通常的间距，或许影印之故，脱落点笔画也是可能的。复看地图上的其他，一般临街小店铺，节节寸寸地挨着，字迹或多或少皆有脱落。心下以为此地即为那间私立致远中学了，无疑不敢说，95%以上靠谱。

福煦路暨中正中路乃今之延安中路。心中念念弄堂如今安在否？Google Earth卫星地图搜索，黄鹤已去也，此处正是延中绿地，住宅唯保留了中共二大会址，今成都北路7弄30号的一排石库门建筑（原辅德里625号），回头看老地图，与民安坊成丁字形的一条弄堂正是辅德里，弄口一头即成都北路。将卫星地图放大再放大，延安中路高架立交桥高低交错。老地图上，里弄店铺私立学校鳞次栉比，弄堂穿来梭去的，就到了前后大马路。“往南不远是霞飞路；往北，穿过两条横马路，便是静安寺路、南京路”(汪曾祺《星期天》1983 年)。其实确切而言，静安寺路即南京西路，汪曾祺写的南京路或为往东南京东路，往西南京西路。

这番与过去时空的面对面，更手不释卷《老上海百业指南》了，曾经住过的地方，甚或家人外婆旧宅，祖母开过的店铺，都一一查实，放大镜在灯下映射出或清晰或漫漶的字迹。图册的周详全面细致令人感叹当时原作出版者的用心。据“编选说明”：“《老上海百业指南》的素材取自《上海市行号路图录》不同版次的内容精华。”该书的“编制工作肇始于 1937 年，历时一年半，将公共租界和法租界的道路及机构、住宅等一一制图标明，分别于 1939、1940 年出版了第一、第二编，社会各界反响热烈。”编印该书的乃其时上海福利营业股份有限公司，“创立于 1937 年”，“公司主持者林康侯（1875—1965)，上海人，名祖溍。17 岁中秀才，26 岁任南洋公学附小教员，再任校长。1914 年起从商，成为金融界要人，与袁履登、闻兰亭合称‘上海三老’。八一三事变后，任中国红十字总会常务理事，从事难民救助工作。上海沦陷后赴香港避难，被日军抓获，押回上海，一度担任伪职，1945 年 9 月被捕判刑，出狱后于 1949 年迁港定居。从主持者的经历看，福利营业公司有比较可靠的社会背景，这也许是其得以操办大规模调查测绘工作的原因之一。”这本图录在 1947 年 10 月和 1949 年 4 月分别出版了上下两册，其间克服了物价上涨之艰，“公司原本还有在南京、北平、天津、汉口等地编制同类图书的计划，终因政局变革，未能如愿”(均见《编选说明》)。

以余孤陋之识，将行号机构与道路里巷合于一图者，至今似未见同类图册（至少在本土），无论彼时还是当今，皆为上海历史之文献，尤在上海城市、上海文化之研究不断深入的今天，此图册是最好的上海上个世纪三四十年代城市风貌/细节的见证，从各自视角出发相信都有发现和收获。道路变迁，商贸沿革，里弄风貌，文化生活，市井胭脂……在在均可铺展。从踏访汪曾祺青年时期短暂驻留的致远中学而不得，到如今在《老上海百业指南》上终至落实，虽说不上九九曲折，也算峰回路转，未谋面读者的指点路径，朋友的援手，乃至相关图书馆工作人员的努力，所有聚集的能量，使寻访的寻访，不因为水落石出而成为终点，倒恰是激发了别样的一种情怀了。

欣喜还在后面，将此信息与友朱朱分享，她连忙与相熟的上海社科院出版社社长联系，得知《老上海百业指南》2008 年书市时加印了 10 套探路，结果很快售罄，出版社再次加印，国庆节后上市。听起来，出版社一开始颇为谨慎，读者则是期盼已久。强烈建议，此类有关老上海历史资料详实可靠的书籍出版社或当列于看家书、长命书，了解自己的城市于故事传奇可之，风花雪月可之，史料文献尤为路径，对于历史来说，这些才是基础。

如此说来吾亦可家藏一册了。

2008 年

补记：

《老上海百业指南》后来买到，道路商号学校住宅等信息非常详尽。家人还找到其祖辈当时开小作坊的路名门牌。欣喜。

Yonggang 后来也因各种机缘在网络相遇，原来是中文系 84 级系友。感恩。

此也是《寻访的寻访》之访得。

竺家巷9号

行驶了四个多小时的长途汽车热闹起来，中年男人对着手机说“你们先吃吧，别等我，我马上到了”，坐在前面携孙子回家的老年夫妇表情明显欢快起来，哄着昏昏欲睡的小男孩“到家喽到家喽”，正午的热阳照在身上，好像也将外面的草木河滩气一并裹了进来，车窗外随处河塘随处榆树杨树杂草蓬勃，村落的院子都砌着紫红大理石门楣，贴着“春来满院”“春光明媚”的红底金字联，并非对联，单单就这么一联，闪闪的，四周田地绿漾漾地衬着。

从设在文游台内的“汪曾祺文学馆”出来，已是下午2点，周围无处可打尖，也无心四处寻觅了，叫三轮车直奔东大街，三十多岁的年轻人，不知道东大街，我说就是人民街，人民街晓得，拐弯就到。老街，想象得到的破旧老街，门面斑驳至不见原来底色，或修了门窗，或扩了门脸，卖些简陋的日常用品，应该有“王瘦吾的绒线店，陶虎臣的炮仗店”吧。街面高低不平，三轮车颠簸不已，街边有条河，河畔搭建的民居正拆着，泥塘见河底，仿佛正疏浚；走到一半，老街竟然现出一幢新建蓝白立面公寓楼，工人还在楼前平地铺地砖，扬起扑扑灰尘，灰尘落下来，落在灰旧碎裂的街面，楼突兀着，若一块绸缎补丁打在旧棉袄上。街边，如果不仔细看，灰砖暗淡的高门楼就淹没在老屋群中了，或许里面就是店面敞阔的“保全堂药店”？三轮车夫找不到竺家巷，下车问，街边小店的古稀老头手指，过了过了，前面才是。一条条极细的巷子朝人民街两边延伸，眼神一疏忽，就过去了。

前面却是竺家小巷，是也不是？走至巷深，不见9号。

再往前几步，才是竺家巷。巷宽了，没几步，就见了，红底铭牌“汪曾祺故居”，双开门，炭色，关着，贴着“万物静观皆自得，四时佳兴与人同”，也是汪曾祺喜欢的宋人诗句。前几天还春寒绵绵无绝期的天竟一下子温度摸高，仿佛才脱了棉袄就恨不得短袖，午后阳光正辣，巷子静着，有的屋前有老人坐着，一户人家正老屋翻修。踌躇着是否敲门，“他们家在午睡”，黑衣中年女人忽然从斜对面小弄走出，一手拎物，一手甩开腰身，神似汪老笔下的薛大娘，生机泼辣。好，吃饭去，反正竺家巷9号就在这里了。反方向出巷子，巷子深进去一间间屋子，墙色杂驳，间或几盆植物，是否就是李小龙喜欢看的王玉英家的晚饭花？汪老的小说与眼前景互相交叉，只是似乎难以交叠，那个小说里的东大街已沉淀在文字里。一排歇了午市的小饭店触目，又一条凌乱老街触目，路凹凸、积水，垃圾随风吹，路边一间废品收购铺子正收货，铺旁三个三十多岁的女子咬着苹果。

热闹的美食街却全然不同于老街，时尚一如大城市，价格比之实惠不少，当然，这样的世面仿佛离汪曾祺笔下的那个高邮是远了。不过，“京都餐厅”里喝午茶的胖大嫂扭着腰吃水果的样子随意如在老街屋檐下。美食城不远的桥堍，一边旧屋，一边新宅，新宅豪气俯视衰惫，可也突围不了旧屋的包围，河边杂树丛丛，新宅似乎也乐得省下心思搞绿化了。

下午三点半，终于敲响那扇门。汪老的妹妹妹夫还有弟弟比邻而居着汪家祖屋，当然只剩当年大宅院的一隅。妹夫金先生退休后主理汪曾祺故居一并事宜。屋子前后两间，前屋墙上挂了几幅汪曾祺的画，葡萄、水鸭、花鸟，“这是他在张家口葡萄园时的写生”，金先生指着一幅葡萄松鼠，“每次跟学生一起读《葡萄月令》，他们都很喜欢呢，还有给他们介绍《陈小手》，他们之前没读过，读了很喜欢。”我说。金先生和汪阿姨温暖地笑了。汪阿姨的笑容让我想起老年汪曾祺的许多照片。他俩的女儿五一放假也在，人到中年的女子，听了安慰地点着头。里屋尽处带着一个小天井，天井里搭了两间披房，往上看，竟还有间屋子，原来是金先生夫妇的卧室，让我想起汪老的《皮凤三楦房子》。隔壁住着汪老弟弟汪曾庆老先生，稍稍探头，也是两间小小的屋子。喝着汪阿姨沏的铁观音，我们谈了很多关于汪曾祺的人和事，说汪老格言“无事此静坐”祖父，说琴棋书画兼通医术的父亲，说汪老在上海的短暂居留，说汪老的小说人物，就好像相熟已久的老友，无间无距，汪老的画在客厅里，和我们在一起。

金先生拿出的访客签名本还是新的，只写了两三页，这么些年了，也不知写完了几本。写些什么呢，毫无准备，一时倒愣了，还是白话此刻的心情吧：“心心念念多少年，终于来到竺家巷，满心欢喜，四时温暖，汪先生文字伴人生。”

告辞时金先生执意送我们出巷口，要跟三轮车夫谈好去高邮湖的车资，就像是亲戚道别，我们说没关系没关系的，来看汪老旧居，看他小说中许多人物故事发生的地方，与现在的高邮人聊聊天，怡然之事。车夫等金先生转身，说话了，刚才那人是你们朋友啊，他曾是城北医院的化验员，“不是医生。”那车夫还特地加了一句。听了莞尔，是汪老笔下的人物特色。

念着巧云和十一子爱得且刚烈且若水的《大淖记事》，金先生说大淖就是你们进人民路看到的那片正疏浚的河塘，看起来当地政府也想恢复旧貌，“不过蛮难的，河边房子拆建不容易。”金先生怅然道。在人民路颠簸而过时曾眼前晃过大淖巷，一条纤瘦纤瘦的小巷子。幸好高邮湖还是那么阔大一望无尽，没怎么开发，几条揽客的游艇歇着，少有游客，湖边一片湿地，间或植着稻子、油菜花，湖附近的运河里驳船沛沛然沆荡而行，斜拉桥昂然于运河之上，桥上放望：长河、大湖，湖边枝条泼辣的粗柳，空气热而爽朗，嘿，没得话说了。桥上时而驶过顶上架山地单车的小车，看桥下告示，才知近日正举行首届高邮湖国际业余自行车旅游赛呢。此地轿车并不多，当地人多以电动车三轮车交通，那些当为参赛车辆吧。

近湖处一时无三轮车可招，正好走走，从通湖路回返，看一看繁杂闹市之外的高邮（曾见步行街上服装店鳞次栉比，物品同质，门口音箱狂响），灰砖旧屋的马路，陈而静，几乎家家对联盈门，漾着古风，屋前空地有老妪藉着夕阳绗棉衣，是最传统的蓝布大褂内衬棉絮的冬衣，有间老屋前客堂开了“古驿轩”，卖宣纸笔墨颜料，路口小河畔的那户人家青藤绕满墙，墙根上青苔，如果说这里住着画的紫藤里有风的“全县第一个大画家季匋民”，我觉得真是合适的。

就在古驿轩（这个名字起得好，位于南大街的盂城驿古迹乃高邮历史之胜）卷了几张生宣携回家，明知哪里都有，看到一团和气的掌柜大妈，莫名淡淡欢喜，念起汪老小说里的侉奶奶、薛大娘、王玉英们，想着如果高雪不那么因渴望飞出小城抑郁而死（《徙》），和中医丈夫一起度日变老，就该这般模样的。

2010 年

什么时候能让你真的无所惧怕？
——读刘志钊长篇小说《物质生活》

《物质生活》是我2001年所读到的令人震撼和感动的不多的小说之一。在去年初的《收获》上我读到它，作者刘志钊，一个陌生的名字，但《物质生活》所表现的20世纪八九十年代人的生活和精神状态，我们并不陌生。我不能形容那个冬夜里看完这篇小说所受到的震撼，仿佛就在寒夜里燃起了一盆心火，在已是灰烬的地方重新点燃，那种从激情洋溢的诗情生活到商品社会物质生活挂帅的历程，所有的精神和情感体验再一次回过来，那是一种无法在记忆中消失并且影响着当下生活状态的体验。甚至在过去了差不多一年后再一次阅读，那种深入内心的感动并不因为时间的流逝而隐没。

《物质生活》中的韩若东在80年代的“蓝大”是个远近闻名的校园诗人，有着瘦削的脸和凹陷的眼睛，穿打补丁的衣服，喝食堂的免费菜汤，在宿舍里秉烛夜读《傅雷家书》而哭泣，疯狂而冷静地割断左手四根肌腱，鲜血像小溪洇红了白墙；少年丧母，在被打成右派的脾气暴躁的父亲阴影下度日，盼望一条小狗，等来的是套上狗套的父亲为他当狗。恩师乔万里的出现为韩若东找回了父爱，一首《父亲》的诗是他内心真挚的感动。可是，他爱上了乔老师的女儿乔其，父爱再一次失去。因为早年也写诗的乔老师说纯粹的诗人离现实生活太远。韩若东激情飞扬写着《春游》:“其实我们和春天都已经打过二十来个照面了当然是一见如故那还用说吗海风热呼啦地迎接了我们……”却时时受着内心的煎熬，几次发作的癫痫一头联系着失去母亲的痛苦记忆，一头则是担心失去乔其的恐惧，而这种恐惧又与渴望做出一番事业证明给乔老师看的自尊丝连在一起。曾经觉得远离诗歌的时代是可怕的时代的韩若东最终在小说的“第二部”中离开诗歌，成为一个商人，一个脸部浮肿虚脱、专横跋扈、多疑狂躁的商人，只是他这个商人因为从那样一种纯粹精神为理念的经历中蜕变而成，所以本质上其实并非在商言商的纯粹，他心灵的暗河里依然涌动着忘却的诗情。虽然当人们为他戴上诗人和成功企业家的桂冠时，他已背不出自己当年写的诗，但当他和沙岗、张民（这个人物是作为“后韩若东”出现的）飞车来到他们当年看日出的山崖上，那首《春游》喷薄而出，尽管一切都已物是人非。那个写诗的，为爱情而等待而哭泣，与乔其一起在南方写诗流浪的韩若东的确一去不复返了，如同那种以精神为甘霖为乳汁为生命中的热情寄托的时代也过去了。我们遭遇到了物质年代，我们的身体和时代言欢，我们的情感注定要和回忆缠绵，守望我们青春和生命起程的家园。

《物质生活》仿佛一个时代精神史和生活史的缩影，一个社会转型过程中灵魂挣扎和物化的悲剧，这个悲剧是文学性的，也是现实性的。“我们都这样不舍地追着匆匆的日子 / 并突然发现各自都以惊人的速度衰老 / 静默中期待着春光再次温存地照耀”（韩若东《日子》)，日子就是这样将你的希望和绝望一起带给你，如同乔其发现住在豪宅别墅里并不比与韩若东贫穷但相爱相知的流浪日子更幸福。幸福是什么？幸福并不是物质生活所能担负起来，临终的乔万里悔恨自己将“一名纯正的诗人，逼成了一个痛苦的商人”，他说：“请记住我的话：真正的幸福源于我们自身，真正的幸福属于善于理解幸福的人。”可惜他没能改正自己的错误，却中了蒋运满的圈套，使韩若东愈加疯狂，成了一个杀妻罪人。

蒋运满是小说着墨并不很多的人物，这个人物作为一种唯金钱是英雄的认同者和既得利益者，是属于韩若东所意味着的价值观的相反出现的，他的气定神闲目空一切是对韩若东的嘲讽，也是对诗意精神的一种讽刺。当韩若东在商场上与他再度相逢时，蒋运满却又变成了一个表面很禅意却格外心狠手辣的“假基督”，仿佛不把韩若东放在眼里。作者设置这个人物我想是有意图的，蒋运满属于那种时代的“弄潮儿”，他们并没有切实的信念，只是充分地利用各种手段在社会里撑自己的顺风船，如鱼得水志得意满。他作为一种物质力量的具体承载者压迫着小说中的韩若东，或许也压迫着曾经经历相同煎熬的同代人。我们或许不会像韩若东那样对物质的力量俯首称臣，但我们谁能说没有一丝一毫的妥协？

如乔万里这个人物，他以才识和翩翩风度成为学生景仰的导师，他欣赏韩若东，但他又认为韩若东的非现实性，他企图以自己历史的经验为这个时代和他个人远离诗歌找出一个解释，他说服不了韩若东，但他又无形中将他逼向物质生活。当理想主义的偶像倒塌，乔万里已经是一个病入膏肓的老人了，他悔恨，悔恨自己将韩若东推向物质深渊。其实即使他不逼迫，并不意味着韩若东不会变化。现实的困惑不是历史和经验可以释然的。乔万里最后说的关于幸福的话，与其说是他个人的人生感悟，不妨可看成是作者借此而阐发的思索，我想更可作为一种拨动，拨动以不同方式生活在这个时代的我们的心弦。

或许，在这样的意义上，沙岗这个作为叙事者“我”呈现的人物是希望所在。在作品第二部中，配角的“我”处在更多的灯光中。沙岗不像韩若东那样才情洋溢，他毕业后留了校，与同学艾可加结了婚，虽然有过在可加家人的“偷饺子事件”和与可加在招待所被人撞门的“招待所事件”，表现出与可加家人和社会生活方式及价值观念上的冲突，他基本是安于平常生活的。但他在“张民事件”中挺身而出，为保护一个有才情但生活贫困的“后韩若东”式的学生不惜辞职（其实是被学校开除），从此开始了他下南方的打工生活。在妻子不能忍受物质生活的窘迫而离他而去后，沙岗在南方物质主义的旋涡里还是过着一种边做导游边写作的生活，乔万里在病榻上也称赞他“始终在做着你喜欢做的事情，文学”，并且说他“是他们当中唯一离幸福最近的人”。虽然沙岗最后还是没能与可加破镜重圆，但他坚持了自己的理想，我们没有必要要求这个人物光华四射，以至于能够抗拒功利时代的价值观。沙岗的价值在于，在一个实利主义的时代，其实理想并不因为它光芒的暗淡而消失，关键在于我们自身的坚守，精神的操守不会因为物质而牵攀了自己的翅膀，只是飞翔的方式不再唯一，而脚踏实地的理想或许更有价值。也许，沙岗的故事是一种平衡点，作者试图在精神和物质之间寻找到一种平衡。在韩若东的悲剧之外找到另外一种诗情。不是那种疯狂地融化在春风中的诗情，而是慢慢地在生活中发现光芒，是激情落实到大地之后的光泽。

《物质生活》写得朴素，也因为诗情的激荡而灵动，它没有在结构或语言上玩什么花俏，它感动你的力量来源于人物命运，来源于作者本身对所描述对象的激情和思考。它借了韩若东、沙岗等人物的命运，深深透视了一代人的青春，书写了那个激情飞扬、跌宕理想和激扬文字的年代，摹写了理想褪色之后商业社会的洪流，经由人物于两个时间上相接但又如此轩轾的时代中的沉浮，我想作者其实是在探讨精神、物质和幸福的关系，探讨什么样的生活才是一种幸福的人生。

“什么时候才会融化？/让我像糖一样融化，坍倒在你白玉的脚下？/什么时候才能打开？/让幸福像门一样打开，所有喜悦的飞鸟不请自来？/啊，究竟什么时候，/什么时候能将世上所有你喜欢的东西都买回家？/什么时候能让你真的无所惧怕？/什么时候能天天看你微笑，/什么时候我也会泪如雨下”

多么好的诗！这是韩若东最后一首诗，与小说题目同名。是的，什么时候我们才真的无所惧怕？不必临某一种潮流而随波，也不必以一种放弃代替另一种拥有。我们的生命何时才真的坚定？

2001 年底

重读加缪

一

1985 年 11 月 3 日读完《加缪中短篇小说集》，最近重读，相隔近二十八年。

为什么重读？没有特别的原因，这个人的作品好像这么些年一直在意识深处。那天偶然翻开旧时笔记，看到二十八年前读完加缪的这本小说集后写下的文字，那些对《堕落》中“法官—忏悔者”的分析，对《不贞的妻子》雅妮娜的体悟，“雅妮娜眼中展开的整个世界，整个人类都如沙漠除了石头还是石头，石头和石头是互为分离的，谁对谁负有责任呢？”写这些文字的时候是激情澎湃的 80 年代，是青春华年的 20 岁，仿佛满满的思辨要溢出纸面，但显然是没有经过淬火的。只是以今天的眼光再看，却也又是满满的真挚，是真的相信人世间有真善美，有真相，人生有意义，人的思考有价值。

重读又读到了什么？需要问问自己。

放一放《局外人》和《堕落》，先说说《不贞的妻子》。

貌似一个当下司空见惯的中年婚姻 N 年之痒的主题。雅妮娜随经营小布店的丈夫去沙漠中的阿拉伯城镇销售布匹，长途汽车，旅途所见，穿着白袍子走来走去的阿拉伯人，小旅馆，苍茫的暮色，干燥、寒冷、浓重的夜色，“除了石头冻裂、化成细沙的微弱的毕剥声外，没有一丝风，没有一声响”的孤独和寂静，并没有太多情节的推动，只是雅妮娜随着长途车一路到达后的所见所想，与丈夫马赛尔婚姻往事的回忆，看如今身边灰白头发、狭窄脑门、宽鼻子、不规则的嘴、笨重身体，对一只“苍蝇在上面迟疑不决的爬动好像毫无感觉”的丈夫，当年的法科大学生，雅妮娜当年尽管不太喜欢“他那贪婪而短促的笑声以及鼓得太厉害的黑眼睛”，但是“她喜欢他和在此地定居的法国人一样具有生活的勇气”，“最主要的，她喜欢有人爱她”，“不，她不孤独……”当然，我们知道雅妮娜是孤独了，或者说她感到她有些孤独，“除了生意，马赛尔似乎对什么都不感兴趣”，“他们没有孩子，就在半启的百叶窗下的昏暗中打发日子”。雅妮娜是希望发生些什么的，她的内心在“装饰着阿拉伯幔帐和巴拜斯家具”的房间里隐约感到了呆滞，虽然她不必受穷，丈夫在她身上花钱也大方，“可是有些东西并不是最基本的需要，如何能够保证不缺呢?”那些不是最基本的需要是什么呢?

来到沙漠城镇，雅妮娜看到的沙漠不是梦想中的棕榈树和温暖的沙子，“到处都是石头，除了石头还是石头，就是在天上，也弥漫着冰冷的、沙沙作响的石头末，地上，只是在石头缝里，才长着一些干瘪的禾本科植物”。当然，我们都看出来，雅妮娜内心压抑，她感觉不到自己的存在，和丈夫的关系只是一种相互的需要，或者说就这样了懒得动了的木然，好比眼前的这些石头。现实总是撕掉文艺腔式的想象，没有浪漫海滩和棕榈树——其实即使有，海滩也并不总是浪漫的，当海浪袭来，当黑夜风雨交加，沙滩就是灾难之地了。雅妮娜到了沙漠小镇将会如何？加缪并没有如当下不少小说那样枝节蔓蔓，甚至加个存在可能性的情人之类，不，加缪没有这些俗套，加缪对最深处的人心负责——或许当事人尚未细致察觉，加缪要把它挑开来，加缪让人自己来醒悟来体会。黑夜，雅妮娜离开床，离开睡着的丈夫，走到黑夜里，走到夜空下，看星空旋转，“每坠落一颗星，雅妮娜都感到更靠近了黑夜一步。她的呼吸平稳了，她已忘却寒冷，忘却放荡不羁的生活或心如古井的生活，忘却生与死的无穷忧虑。这么多年，她一直为恐惧所驱，疯狂地、无目的地奔逃，现在她终于停下来了。此刻，她仿佛又找到了她的根，汁液重又在体内运行。”当她回到房间内，“她哭了，哭成了个泪人儿，还止不住。”她回答丈夫，“亲爱的，没什么。”她说，“没什么。”以俗常的观念，“不贞的妻子”没什么不贞，加缪为什么要题名“不贞的妻子”？是雅妮娜的内在变化了。精神上和丈夫的相悖。可是这种相悖在现实世界中真是太普通的事情了。马赛尔甚至还不明白妻子的精神发生了些什么变化，他觉得娶了她，给她稳定的生活，就一切都好了。加缪让自然不可知的力量让雅妮娜重新发现自己，发现她认为稳定的生活中的那些暗涛。

二

这样的故事在今天看来真是太过平常了，甚至它并没有什么太多的故事，它只是人心的波澜，日子之外的那些心灵的需要，俗常生活太容易被磨蚀的东西。或许我们说如果他们俩婚前爱得深一些会怎样？未必不会有“不贞”。当情欲之火暗淡下来，心灵的连结并不紧密深邃，亲密关系犹如石头和石头亦是正常。因为人本身即是孤独的。但是人也总希望找到连接，与外部世界是，在亲密关系亦是，只是倘若个体不能充分感受自身的精神活动，和自己的内在有充分的连接，即便夫妻恩爱，生活美满，已然是孤独的。年轻时读这篇小说看到了雅妮娜和丈夫精神上的貌合神离，看到雅妮娜希望重新找到自己的自为，为加缪揭示出的人生的某些正常面貌下的荒芜而感叹。那么，重读之后，感叹当然还是存在，却觉得平静，因为其实雅妮娜的感受都是常态：没有表情的人的脸，人世的冷漠，对日复一日的生活的腻烦，寂寞孤独，只是有些人敏锐地感受到，有些人模糊地感受到但不愿意深究以免心痛，有些人循着常规过日子不去思量，有些人为一日三餐奔波更无空间来生发和容纳这些非物化的思绪。加缪不回避，也不以通常的方式来解决，比如换种生活状态——其实也未必解决内心的这些纠结，他要让人物自己来解决，其实最后也没有解决，雅妮娜哭成泪人儿以后呢？生活还在继续，她又如何面对？是重新打量眼下的日子，还是重新在有限的时空里和自己的内心充分连接？而这种连接将以怎样的方式来表达呢？问题之后需要行动。

还有“不贞”做题目是不是合适？女性心灵的觉醒，对丈夫和过往日子的重新打量，是精神上的不贞吗？不能这么简单下结论。个人以为这才是生命的生长。

加缪笔下的人物总有一种“异质”的自省。《局外人》里默尔索住在养老院的母亲，死了，他去送葬，但是他不知道母亲的年龄，他很久没见母亲了，他也不想见母亲的遗体，他没有哭，他的漠然让养老院里的诸多人意外。默尔索好像无所谓，他“怎么着都行”，送走母亲后，他继续过日子，回公司工作，结交女朋友，去游泳，去熟人的饭馆吃饭，和朋友见面聊天。后来意外卷入了一桩杀人案，在海滩上，阳光刺得人睁不开眼，汗水笼罩眼幕，在阳光和刀光中，他枪杀了一个拔出刀来对准他的阿拉伯人，于是，关押，审讯。人们再次提起母亲去世时他没有哭，枪杀案和道德拷问纠结在一起，一个对母亲的死没有表示出伤心的人自然不是一个好人的，只是默尔索任凭人们怎么说，或者指责，或者辩护，他似乎都是无所谓了，也拒绝神甫的关怀，他甚至觉得“为了把一切都做得完善，为了使我感到不那么孤独，我还希望处决我的那一天有很多人来观看，希望他们对我报之以仇恨的喊叫声”，仿佛默尔索的死刑能给世人带去某种隐秘的看客般的快乐。

其实默尔索并非毫不在意母亲的死，他只是不像世人所通常表现的那样。小说结尾在监狱里他想起母亲，理解了为什么母亲要在养老院找个“未婚夫”，“妈妈已经离死亡那么近了，该是感到了解脱，准备把一切再重新过一遍。任何人，任何人也没有权利哭她。”理解母亲其实比痛哭更贴近心灵。只是，“在我们的社会里，任何在母亲下葬时不哭的人都有被判死刑的危险”（加缪对《局外人》主题的总结）。与社会保持一致是不被惩罚的条件。只是今天重新读《局外人》，好像已经不再感到通常所说的荒谬或者荒诞感了，因为日常生活中我们已然经历着荒谬、不可理喻，这个社会好像在崩裂，保持或不保持与其的一致都可能遭到惩罚，甚至做个“局外人”都很难了，没有边缘地带，你无法挣脱这个社会的所有空间。可是，人恰恰是一边不可理喻着，一边还要求他人可理喻着，好比不哭母亲的死是一种罪，放声假装号啕大概就是一种德行了。人无法掌握自己的生活（不必用命运这样的大词了），一次邂逅甚至也会遭来奇怪的侵扰，因为你不知道对方的脑袋里在想些什么，会做点什么出来，你以为你明白，其实并不知道。谁知道呢，强光、汗水、瞬间的受迫，理性顿然塌陷，偶然和必然在此随意转换。加缪发表《局外人》(1942 年)时不过 30 来岁，却已将人世间看了个透彻，将人和世界的关系撕裂开来。在今天，人和世界的关系史无前例地既紧密又疏离，网络手机微博微信推特等各种通讯方式使地球人都仿佛在一起，可是孤独感却并没比上世纪前世纪减少几分，战争、杀戮和偶发的灾难每一天都在发生，同时“棱镜”把每个人都暴露在高科技的监视下（高科技的背后自然是权力），又如何“局外”？

三

相比《局外人》的默尔索，或许《堕落》中“法官—忏悔者”的形象倒更穿透了过去和现在。多重人格，多重心理，对人世间冷嘲热讽，却又左右逢源，自我剖析，时刻忏悔。对这个世界的权力和财富冷眼透视，对人性中的幽邃透视有加却也充分利用。“财富使人免于马上受审，把您从乘地铁的人群中解脱出来，关进镀镍的汽车里，让你处于宽敞的花园里……财富还不就是开释，但已是缓刑了，得到它总是好的……”通篇都是各种对人性、社会的分析议论兼自我剖析，自由“那是一种苦役，一次长跑，极为孤独，令人精疲力竭。……在任何一种自由后面都有一篇判词；这就是为什么自由太沉重了，担负不了，尤其是在发烧，受苦，或不爱任何人的时候”。有的人，“当他是一个无可指责的丈夫的时候不信神，与人通奸之后就皈依了宗教，这有什么可以大惊小怪的呢?”“真是一个古怪的时代!”《堕落》中的“法官—忏悔者”不停地说着说着，更似一篇长篇哲学演讲，人间的各种荒谬怪诞恶俗，各种光鲜及其背后的丑陋，一泻千里。年轻时读《堕落》感觉痛快，但也有个副产品，即加缪帮你透视了这个世界，把它的内胆翻将出来，由此行走在这个世界中总是不由地保持一些距离，大概也因此少了一些奋不顾身的投入之情，泥浆滚过的体验自然会少一些。当然副产品也会有个好处，即尽量保持尽可能的清醒，在眼睛背后看到眼睛，这样对晃悠在世界中的光影闪烁能够多点脱敏度。重读《堕落》不再特别感到痛快而是沉痛，加缪所要表达的在他作品发表之后的那些年里不断反复上演，或许加缪还是温情的，他写的人物是“法官—忏悔者”，至少他随时忏悔着，随时看清自己所为，加缪对人还是有希望的，那么今天《堕落》中的表达大概就很少忏悔了，管它呢，做了再说。木心在《哥伦比亚的倒影》中写道：“那时候（那许多时代），人类的世界可以比喻为一只船，船长，大副二副，水手（小孩算是乘客），心里知道此去的方向，人人写航海日记，月复月年复年的进程确实慢得很，烦躁、焦灼（有人跳海了），船还是缓缓航行……这样，就这样驶入本世纪，快起来，快得多了，全速飞蹿，大副二副水手不再写日记，不看罗盘星象，心态是一致的——‘管它呢’，……‘管它呢’是‘他人’与‘自我’俱灭，‘过去’与‘未来’在观念上死去，然后澌尽无迹……”重温《堕落》，感受到加缪的犀利和不给人类留情面之外，他还是留下了希望。现实却要荒谬得多，让人绝望得多。

坦率地说，重读加缪的感受其实不如年轻时那么思绪荡漾，那么痛快淋漓。加缪的小说总在叙述叙述，有时通篇独白，絮叨，语言坚硬，常常情节并不强烈，甚少跌宕穿插，有的不过速写式的片段，节奏紧密，人物很少有清晰的面貌。现在看来自然也有些不满足的地方，比如似乎节奏绷得太紧了，太哲学式的语言了，大概人到中年，痛快淋漓之感本身就是奢侈品，与自己和世界的紧张感也相应减弱了，经不起那种太激越的感受了。不过，幸好已有所预料，或许重读就是为了让自己神经紧张——尽管神经紧张会加重失眠，世事沧桑，荒谬已是常态，神经似乎已习惯并麻痹了，好吧，就这样吧，又能如何呢？船撞上冰山会怎样？不去想它吧。或许，重读加缪的一些作品首先是向曾经激情澎湃的青春回望——回头看看，好比看一个人的来路，“致”就不必了，没那么矜贵；其次也是重温加缪表达的对人和世界的思考，那些20世纪初中期的文字，写出的恰是好比MRI照射出来的天地，不论世代，在此，骨骼血管、人心和社会无法隐藏、难以逃遁。

当然还有《鼠疫》《西西弗斯的神话》，这次没有重读，但那个推石头上山，等石头滚下来，又复推上去的西西弗斯作为一种象征，好比知其无奈无果不归路而仍然精进的人生，已然投射于其时年轻的心里，大概这也是肉身无法主动放弃荒诞荒谬之人世的一个理由。加缪47岁死于车祸，不可预料的偶然事件，荒谬，却也是世间实相。谁说车祸不能发生在加缪身上呢？也许他车祸身亡反而是上帝垂怜，否则活在这个无聊荒谬残酷的人世间何其痛苦。“局外”于世，无法“局外”于时空。

2013年7月初

人文要谈，基本更要做

——也来参与“人文精神再讨论”

其实是想了很久才决定写这篇文章，一是虑及谈不好，人文精神？四个字，四箩筐文字谈了可能还没谈透。二是以现在的心境觉得讨论云云在当下的沉浮中如大海之水珠，瞬间即刻就消失了，最多留给水珠自己一个念想。不过，却又觉得从二十年前的阅读“人文精神讨论”相关文章，到这么些年听的看的想的过的日子，流年到底是真的，虽然渐乎越来越绝望了，不过仿佛也不能虚妄下去，有些话似乎还是想说说，趁着这个机缘说一点，给自己留个念想。说得好说不好，倒也在其次了。

二十年前学者们讨论人文精神的前提是商品经济大潮初兴而忧人/社会之“人文精神”缺失，那么十年后，消费社会已然，经济是显学是热点，连学者们的岗位所在地——大学也早已经济起来，课题岗位绩效，大小骨头扔几根，抢起来场面哪里会好看，不说一切，至少诸多事宜骨子里是很商品化的，学问和生命有多少真切的联系，似乎并不是一些大学/学者们的主要问题了。更有多少“独立之精神，自由之思想”，是要打个问号的。同时，文化在今天也成产业了，楼堂馆所倒是造了不少，世界各地文化团体来华夏巡演展览走穴等等，何其有幸，我们能在家门口看到莫奈梵高的真迹了，说起来钱也比以前多了（当然通货膨胀得厉害了)，楼更高了，路都上天入地了，房子也比以前宽敞了，书也印得更精致了，那些年不敢想象的电脑手机都几乎普及了，媒体都姓“自”了，以古训“仓廪实而知礼节”按，也该是社会安祥文明，人也文质彬彬了，但是恰恰相反，社会戾气更甚，社会阶层撕裂，贫富如沟壑，特权畅行，贪腐到令人发指，裸官盛行，强拆冤案更多，政府公信力低下，为维稳不惜一切代价，电脑屏蔽敏感词越来越多，空气水食物越来越多毒素，人们的安全感岌岌可危，不少人喜欢拿狄更斯的话来说事：“这是一个最好的时代，这是一个最坏的时代”，个人不敢苟同，对谁最好？对谁最坏？如果一个社会不能给人提供基本的安全感（最最基本的安全的食物空气水)，如何最好法？如果一个政府不能给所有孩子提供基本的教育（某些偏僻地区儿童上学需要跋山涉水实在让人心痛)，如何是最好的时代？如果一个民族把历史留下来的文明遗迹纷纷拆光却好大喜功于假古董，还说什么人文？如果一个国家对自己的公民被投毒被冤枉被冤案而迟迟没有给予公正的结果，奢谈什么对人的尊严、价值、命运的维护？如果一个民族普遍地丧失价值标准，唯利是图，唯权/钱而是图，文化都要“大跃进”，都沉浸于“认真”“贯彻”“执行”的语境，如何展现人的价值和精神，如何培育文化（文化本是个慢工活)，如何传承优秀文化？而这些正是人文精神的核心。所以，人文精神再讨论的面向其实比二十多年前更加复杂。

如果说二十年前是忧心于市场经济对人文的冲击，那么二十年后再来看，其实人文精神的缺失并非因为市场经济的到来。先不论是否市场经济就一定冲击人文精神，不市场的时代，不照样十年动乱，不照样权大于法，退一步就说是市场经济吧，恰恰我们所置身其间的市场经济是不充分的市场经济，是权力和资本的抵死缠绵而形成的权贵经济，是你说市场我说行政，你说政府我说市场的市场经济，自然在似乎应该按照市场规律市场契约行事的环境中，也无法做到规矩方圆。近权力而先得月，任何领域皆然，连昭示民族未来的教育领域也不断发生各种和教育相违背的事情，分数是一切，假话套话不断侵蚀着学生们的头脑身心，甚至相对公平的高考也发生冒名顶替等各种匪夷所思之事件。社会价值观崩裂，以环境污染为代价的发展还在继续进行，金钱成了衡量一切的几乎唯一的标杆。这仅仅是市场经济带来的问题吗？如果说市场经济打开了潘多拉的盒子，那么只能说本身潘多拉的盒子就有着诸多种种，没有市场经济潘多拉盒子里的种种照样存在。个人以为人性其实是中性的，并不天然性善或性恶，很多文明教养行为规范其实还是后天习得，“自私的基因”造就了人肉身，但文明也能教化人类，否则人类那么多历史文化何处而来，人类也真该愧对“进化”了。那么即便市场经济种种，比如更多诱惑人的各种欲望，并强化它们；比如追逐利益最大化；比如为了利益竞争激烈，但一个健全社会本该有的伦理标准基本价值观并不因之而溃败，人本身应该有的对生命的尊重、对公平公正的愿望、对健康心灵的追求、对基本伦理的遵守也并不会因此而失范。市场经济只是一种经济模式，怎么会有那么大的能量侵蚀一切，横扫一切？倘若社会肌体总体是健康的，传统伦理菁华得到承传，文明社会普世价值观得到阐扬践行，规矩规则得到遵守，恶行得到惩治，良善正义得到阐扬，法治真正落实，人能守住为人的基本，又如何会全面崩裂？当然，大概这是笔者痴人说梦了，有些东西一旦失衡就如滑滑梯一般刹也刹不住。

好像说的都是些社会领域的事，文化又何尝能自我清水？本身文化倒是应该有自己的价值标准话语范畴，仿佛是应该可以自给自足的，但特殊语境下的文化，兼及资本的加入，又如何能有自身的场域和价值规范，常常倒可能是某些意识形态的传声筒风向标，某些资本操控下的秀场，文化从业者作为社会人，如何能守住基本守住底线守住文化应有的品格，这些其实都是问题，所以人文精神不是一个词汇了事，不是在学问中讨论即可了事，必须于社会外部和个人内在两者的场域中，且真正践行。在一个对个体生命不够尊重，对历史不够尊重，对文化遗存（包括对文化人）不够尊重，对自然环境不太敬畏，权有时大于法的环境中——甚至媒体上一直以官本位意识极强的“老百姓”指代本该理直气壮的“公民”，语词上的细节也已经很能说明社会皱褶里的实相。个人以为人文精神的阐扬真的很难，可以要求自己自律修行，敬畏遵守，如何能使全社会形成共识？从上世纪 90 年代就开始听起来的“我们处在转型社会”云云，到了新世纪第一个十年都过去了，这型还在转，似乎永远转不过来了。那时还有所谓“新的价值体系没有建立起来”这些似是而非的言论，其实本身就是可疑的，价值体系还有新和旧之分？公平正义民主自由良善爱等从来就是人类社会普遍的价值，或者就以我们老祖宗的话来说吧，“温良恭俭让，仁爱礼义廉耻”，也是普遍的人类价值伦理，所谓的崩坏是崩坏原本就该崩坏的，可是建立呢？崩坏了个人权威，却要“躲避崇高”“我是流氓我怕谁”。其实即使流氓也不怕，如果真有法治，遗憾的是流氓和权力蜜月绵绵，公序良俗就好比小草，虽然是大地之本，但被肆意践踏。比如荧屏充斥辫子戏内宫斗，鬼子国共抗日如同武侠飞檐走壁，真正的历史实相又何在？艺术创作就是一起侃一通编个几十集？文化倒是产业了，留下多少文化？当然，小草春风吹又生，人心里自然总归还有杆秤，于此意义上，人性和人文精神的阐扬又是值得期待的，否则，也就是谈归谈，做归做，犹如一阵风吹过，虽然或许曾经凉意冷然，或许温暖袭人，终究是风过耳。只是，真要在全社会使人文精神成为一种自觉，又何其艰难。

或许唯其艰难，所以更要阐扬和践行。个人以为，与其理论化的阐释，不如具体而微的实践，在每个日常的环节中实践，比如人的基本伦理（包括职业伦理）的持守就是最基本的——不必以人性难以做到的高标杆来衡量，基本即可，但本分其实最基本也最难，否则明知不能往食品蔬菜中加有毒化学物，为什么照加不误？每个人认真做好应该做的事，这个就是本分，但恰恰本分现在却是考量，甚或良知的考量（利益的驱动是其一，缺乏对生命的敬畏尊重乃其二，当然倘若上梁不正，一部分下梁自然会考虑是正的成本高还是歪的利益大）。比如监管，法律法规都有，可成了摆设，或者作为监管者权力寻租的介质。比如公民伦理，每个社会中的人要遵守公共空间的伦理文明（当然以血脉维系的传统文化特性以及公民教育的缺失，不少人是没有公共伦理文明这样的观念的），尊重他人其实也是尊重自己，这个其实是涉及从小贯彻（这个倒真该贯彻啊）公民教育的问题了。再比如是否社会的问题个人就能撇除，好比说人人憎恨贪腐，却都要挤做公务员，所以每个个体都是造成所有问题的一个因缘，我们的内在也需要好好修行，有信念，有持守，有反省觉知，解决好自己的内在问题，其实也是一种人文精神，不必套“独立之精神自由之思想”这样的话，至少你自己多多地学习，明了自己思想情绪的因缘起伏，对人对事对历史对文化对现实或许也会多一些观照和思考，如此也才是人之为人的一种精神生活吧。

看过不少学者谈五四的文章，都说到启蒙仍然没有完成，赛先生和德先生还是要经常说而且要说透，话说赛先生的好处大家都享受到了，技术使信息不那么容易封闭了，技术也使某些事情有了破壁的可能，不过赛先生也是双刃剑，过分高科技是否也丧失了人的主体性？比如单细胞的繁殖至少在实验室成为可能，不过人的灵魂的问题可能还是没有搞清楚，最近看英国电视剧《黑镜子》，有一集说的都是已经充分享受高科技生活的人，环视皆屏幕，吃的用的看的手到擒来，可是一个总算有点自然因素的苹果却是在一堆培养液食物中最让人念想的（苹果的这个意象自然也让人想到伊甸园的苹果，偷吃了苹果的人被上帝逐出伊甸园，高科技伊甸园里的人还是想念自然的苹果），剧情中的主角渴望人的感情血性真实，不过吊诡的是他的那些情绪被娱乐化地利用，成了科技娱乐工业中的一环。这样的电视剧篇幅不长，仿佛荒诞想象，其实投射现实，飞翔和思考，人文精神个中内蕴深矣。所以，高科技、工业化、信息化确实带来比 20 世纪 19 世纪更多的问题，但其实本质核心还是有相通之处，思想、情感、内心、灵魂、良善，这些词汇不是什么大词（其实大词小词都好，只要言之有物，不假大空就好），是和人的命运息息相关的。至于德先生，那更是需要真正落实的。诚然，没有一种制度是完美的，各有各的问题，但至少要有一种相对公平公正的制度，以宪法为核心，真正建立以民为本的理念和平台，制约人之恶，阐扬人之善和美，真诚面对历史和现实，文明和人文才会传承下去。

在网络上看到一篇介绍中日德美四国小学生守则的文章，日德美谈的都是具体可以做或不可以做的事，中国的就比较抽象，五讲四美三热爱式的，看起来很美，甚至很圣人，可是做起来却无法落实。倘若从小就习惯了不具体而微的践行，说过就算做过，那么成人后也就习惯了这种话语系统这样的行为举止，如何人文，如何精神，如何传承？

但是个人也以为启蒙不仅仅是所谓知识分子的事情（知识分子还是知道分子此处就不展开了），以中国古代“士”的传统而言，士是应齐家治国平天下，并“知行合一”；以现代知识分子体系来说，虽然知识分工日益细化，真正的知识分子是要有批判精神的，对社会发出监督/批评的声音的，所谓公共知识分子，只是公共知识分子如何能做到践行理论践行人文，是否独立立场，知行合一，其实也是一个问题。所以“他启”和“自启”必须同时进行，某种程度而言，“自我启蒙”尤为至要，阅读、学习、感受、思考、放出眼光去，不盲从，不跟风，不必“广场庙堂”，也不必“桃源不知魏晋”（其实桃源本是乌托邦），市井之间一样可以自我学习自我启蒙，马克思“白天劳作晚上思考”的理想倒真正没有“分别心”，也很人文。

地球是有寿命的，相对太阳系来说很渺小，太阳系相对银河系而言又可无视，银河系之外还有更多其他星系，如是观之，沧海一粟，才是人之实相，可是人又何其尊贵，多少年成了现在这样的生物，每条神经每块肌肉每个关节各就各位缺一不可，使现代医学可以一直忙碌下去，所以了然一粟之本然，节制自律不夸饰不人定胜天不藐视各种未知之道自然之法则；也尊重一粟之原来，在世间好好做个人。

这些话写的时候其实信心不够，断断续续了好几次，写了又想删除，虽然“当我沉默着的时候”，也许我也并未觉得充实，然而深心里其实明白“我将开口，同时感到空虚”。只是空虚倒并非虚空，“空”中自然有“有”，那么能说上一说，总也是好的，还是说明有希望在的。

2013年5月8日

今天我们怎么写散文

——写在“上海散文创作论坛”的琐话

一

今天有机会参加“上海散文创作论坛”，很高兴，以我孤陋的视野，上海作协专门就散文开论坛还是比较少的（当然，也不是没有），大多是小说作品的研讨。每年的上海文学年鉴中也比较少提及散文的创作情况。但，散文却是每天在上海（全国）的报纸杂志（主要是报纸）上刊发着。长长短短都有。这个其实是比较有意思的现象。报刊上的散文评论真正比较从散文文体内部着手来分析讨论的，其实还是不多。所以，个人觉得今天开这个会是很有意思的。

最近几年在复旦大学给MFA创意写作专业的研究生讲散文写作实践和散文经典细读，学生大多是85后90后，也有工作几年后再来读书的30岁甚至30多岁的，几个学期下来对年轻人的写作情形也有一些认识和体会。我一直觉得写作是无法教的，但可以讨论，经由课堂这个平台分享各自的生命经验和审美体悟，通过写作来梳理感觉/思考/感悟/审美。有学生觉得这个过程很享受，一个学期下来或多或少都有收获。有的学生在写作实践课程结束后说，体会到写散文是和平时写博客日志不一样的，不能什么都写，像流水账一样，要有所选择，要懂得留白，要有文学性，等等。这个学生到课程结束时的文章比一开始写得好多了，懂得剪裁，懂得叙述时的节奏，和结构上的一些安排。也有一个发表过小说的学生说对散文的概念一直比较模糊，是可以虚构吗还是不可以。他可能是虚构的文字写得多些，在散文中比较擅长用虚构的一些叙事方法，写人物比较好。我跟他们分享我的经验和体悟，散文当然首先是要真情实感的，虚构和非虚构，这个部分也是有过讨论，有些情节有适当的虚构，比如一些情景还原(通常在以历史为主题的文章中比较多些)，但你的体悟、你的情感表达必然是要真诚的。其实散文和小说也是可以打通的，这个方面作家汪曾祺先生有过非常出色的实践，如他的《陈小手》，一千多字，风俗、人性、人物、历史场景都有了。读起来就觉得是读着一篇起伏跌宕的好文。其实，汪先生是一直致力于打通小说和散文的。

我个人比较推崇“文章”这个概念，中国文学中一直有“文章学”的传统，其实写出好的文章就可以了。书信、论文、报告，甚至说明文，写人记事论学问，扎实的内容（细节）之外拥有作者的生命性情情致，都是好的散文。刘绪源先生在《解读周作人》一书中提到周作人的“余情”观，说到拥有了作者的情致，那么即使一篇说明文，也是可以写成一篇非常好的佳作的。

以前看到一篇文章中说，现在不少散文杂志登的散文不外乎故乡、父母亲、风景等，好像是说散文作者们还在原地打转转，面对这个变化多端的时代没有写出有质感的文字，我想或许确实有很多文章写这些内容，好比不少小说总要写写婚外恋一样，这个并不是问题，问题是同样的题材能否写出新意，写出自己的特色。比如从风景里看出历史，也看出环保，看出经济和环境的冲突，看出发展观念的复杂性，看出人面对风景时的态度。所以个人以为还是怎么写的问题。而怎么写，其实也和作者主体有关，作者参与观察思考所处的社会时代生活的深度、广度、延展度的多少，不仅决定了写出什么的文章，即便是千古不变的题材，也因此而决定了可以写出有意思的角度来的。

说到这里让我想起上世纪90年代中后期来一些散文评论，诸如学者散文、历史散文、小女人散文、大女人散文，云云，尤其是小女人散文的说法，个人是颇不以为然的（大多乃男性评论者的说法吧）。女性作者，写写都市生活，将“文以载道”传统中不太入文的生活琐事写进文章，还写得有滋有味（当然，这里面也不排除过分的耽溺和夸饰），就要被讥讽为小女人了，就被觉得“小”了；什么是“大”呢，在历史的废墟上感慨怀古就一定是“大”？这其实和观念有关，生活好像是不可以写进历史的，是小的，是沉默的、应该消失的，庙堂帝王将相才是大的？这里就不展开了，想来人们也不会忘记晚明小品带给读者的美感和琐碎里展示的历史感，个人以为这里有一些概念化的习气，何不对具体文本做点详细分析呢。其实都市散文的兴起，也是和文学史有承传的，远的不说，上海近代历史上的那些报章杂志，包括如永安百货1939年5月到1949年3月的企业刊物《永安月刊》，小说散文各种都有，内容自然和都市生活密切相关，我们现在看来，自然不会以“大”和“小”视之的，写的都是其时其人的消长生息。

二

所以说到上海散文，其实或许更该开拓城市生活的主题。传统审美中，似乎乡村总是美好的、淳朴的、纯洁的，而城市总是“声光化电”，狐步舞，欲望的舞蹈，或者最多市井小民，柴米油盐，城市和乡村又总是对立的。但现代社会中，城市毕竟是很多人的栖息地，是我们的家园，不是桃花源式的家园，它是我们生息的地方，文学当然要表达它。异域有异域生活的想象和美感（其实踏实生活的每个细节都不是想象），自己站立的地方也有其自身的审美。关键是我们如何来写它，个人以为还是要生在其中，出乎其外的。作者本身要有了解体悟，要对所写之物之事有切肤之感，然后还得有所超越，其实也就是感受，并且观照。也不一定都要写大事件，这并非每个人都能际遇，写自己实践的，看到的，感到的，哪怕去一次医院，我觉得都是可以写的。这几年因为健康关系，常跑医院，等待诊疗检查的过程中，也观察到不少世态百相（比如去年夏天写的《针灸室》，刊在了《散文》2012 年 12 月上），但这个过程需要慢慢沉淀，思量，才能提炼成文。像本雅明的《驼背小人》，写的是 1900 年前后柏林的童年（呵呵，也是童年），也都是自己的一些生活状态，可以看出那个时代的一些人情世相和城市风貌。我们的散文写作积年累月的，其实已经形成了不少不同作者笔下的上海这个城市的世态风貌的。这几年上海的一些出版社都出过“上海系列”的书籍，读者的反响也都不错，本地人读之，新上海人读之，异国他乡的上海人也蛮喜欢买来读读一解乡愁。或许有些评论者又要说这些都是怀旧的，不是当下的，其实怀旧的不是彼时彼刻的城市吗，怀旧的表达中必然有当下的观察和呈现。文学不是留声机，甚至常常是向后看的，在这个过程中时代和人会自己呈现出来，只要我们是诚实的，不是做作的，故意美化的（这个当然是要警惕的，警惕因为现实的种种糟糕而对过去充满了修饰的想象）。

写散文，无论写什么，语言是关键。散文是一种特别注重语言的文体。学生们有时也说到，一件普通的事情，我说来怎么就没有味道，而你写来就有味道了呢。我说这里面没有诀窍，只有在反复的实践中找到自己的语言，并找到适应表达不同题材的语言，找到适合的句子组合。这个过程，学习和实践是并行的。切实地生活、阅读和鉴赏，是一生的功课。阅读方面前贤和前辈都提供了很好的文本。古人很多啦，先秦唐宋晚明等。现代散文中，比如朱自清、周作人、鲁迅、汪曾祺、张中行、黄裳、杨绛等等。

会上发言的作家评论家都说到散文的真实性问题，有两个真：真诚地对待自己，真诚地对待读者。开会的时候和作家陆梅在讨论，陆梅说：除了以真诚写文，还有一个是以性情入文。深有同感。会上评论家杨扬说到散文作者的身份感比较弱，不像小说家诗人那样很理直气壮。因为好像大家都会写写的嘛。但是，当然，好的文章自然非许多人所为，也不能一蹴而就，需要作者个体的多方面的综合素养。或许身份感弱也不是一件坏事，因为写出好文章其实是一辈子的事，非职业化使然。个人一直觉得散文是人书俱老的体裁。人的经历、学养、识见、审美和生命体悟在生长，文也会在生长。这样的生长是可以跨越写作题材的，城市、人事、历史文化艺术等。这么多年教学中，正是基于这样的认知，常常在课堂上向学生推荐宗白华先生的《美学散步》，里面的论文同样都是美文。

周遭有太多的声音和问题，上海这个城市有着非常丰富的所在，写作或许只能表达其一。作为写作者有时候会觉得无力，有时也会怀疑写作本身。写了这么多年，涉及城市乡镇、绘画文学、读书生活等题材，每新写一篇文章时也会要问自己该怎么写，怎么样有所突破。但是，其实这些也只能在实践中才能慢慢去了然，所以想着那就写下来，琢磨着好好地写下来，就是好的，发出自己真的声音，也许怀疑也许困惑也许欣赏也许思虑也许只是观察和呈现，也无妨。

2013 年 1 月

诗心

理科专业出身的熟人，已过天命之年，就职贸易公司，聊天谈笑插科打诨很是在行，业余却写诗写小说，小说主题有青春爱情，也有时人遭际心理，有的篇什颇可读；诗歌篇幅不长，主题却很是怅惘和感叹，怅惘青春的流逝，感叹纯情的美好不复，比如“暮光渐淡 / 黑暗正欲吞噬温暖 / 流星曾划过一道闪亮 / 书写记忆力残酷的浪漫”，比如“最爱飞雪漫天 / 渐渐都消失不见 / 青瓦树尖 / 和那熟识的来去小道 / 还有那记忆深处相依绻绻”，用词比较“湖畔”加“新月”，实话实说读来有些甜腻了，但却又深以为可佩的，半百男人，已然勤勉于年轻时的想愿，是有诗心的。

2012 年 10 月 30 日晚，去了田子坊尔冬强艺术中心，参与“重聚在诗歌的名义下”的活动。此乃艺术中心将迁离田子坊之前的最后一次艺术活动，连续 24 小时，以主题单元为形式分时段展开。之所以去，是因为诗歌。不是诗人，只是有时写几句长短句罢了。也并不认为诗人一定就是特立独行，或者诗歌一定是如通常所赋予它的那样最能抵达心灵深处，其他文字的好的表达也一样能感动心灵，之所以这样并不魅惑诗歌，只是觉得诗歌是内心的一部分，这就够了。挥手曾经热情似火的诗歌岁月，但诗歌还是心灵的一部分，过去是，现在也是。在这次活动中，我念了两首小诗，熊秉明的《信》和《珍珠》，他的诗句简单朴素到清白，“昨天母亲来信说 / 我好 / 你好吗 / 我给母亲回信 / 我好 / 您好吗”(《信》)，《信》写于“文革”时期，特殊年代大洋阻隔的亲人间互相的牵挂、有言难倾、回肠百结，一切尽在这简单的家常问候中。我已经读过很多次，但每次读，还是感觉到一种质素在空间的回荡。

曾经也写诗歌，当然现在看起来或许很汗颜，不过那是经过的日子，是生命的过程，也没什么好惭愧的，也或许正是这样的经过，那份体验和行动的存在，才成为现在的生命状态。

大一时读诗经唐诗，同时还迷普希金、莱蒙托夫、济慈、雪莱、歌德、海涅、惠特曼等外国诗人的诗，那时市面上也没有更多的诗集可买，就去图书馆借阅，然后手抄在硬面本上，抄的过程等于又默默吟诵了一遍，歌德写到“人的灵魂 / 像水一样 / 它从天上来 / 再回到天上去 / 又要重新 / 落到地上 / 永远地循环”(《水上的精灵之歌》)，莱蒙托夫张起了《帆》：“在那大海淡蓝色的云雾里，/ 有一片孤帆在闪耀着白光……/ 它寻求什么，在遥远的异地？它抛下什么，在可爱的故乡？”接着读到，“而它，不安地在祈求风暴 / 仿佛在风暴中才有着安详”。也抄中国现代诗人的诗，比如“九月派”诗人，比如台湾诗人的。当然，后来陆续也买到了普希金、莱蒙托夫、海涅、济慈、歌德等的诗集，可以慢慢欣赏诵读了，但宿舍昏黄灯光下，甚至熄灯后点烛手抄的体验，至今不忘。周遭安静，唯室友呼吸，蓝黑钢笔落纸而行，诗句或激荡或忧伤或沉思，夜深如水。

要多说几句朦胧诗，当看到北岛说“卑鄙是卑鄙者的通行证/高尚是高尚者的墓志铭”并且喊出“我不相信”时，看到顾城说“黑夜给了我黑色的眼睛/我却用它寻找光明”时，当听舒婷说“我如果爱你——/绝不像攀援的凌霄花/借你的高枝炫耀自己”(《致橡树》)，当然欣喜非常，买不到书，当然只有抄了，抄了很多首。后来有老同学送了一套《朦胧诗选》，才算结束手工劳作。也陆续买到了《双桅船》《海星星》等诗集，薄薄的诗集，携带方便，随时读看，仿若现在的爱疯手机，只是现在时刻刷屏，那时读一首诗，是会慢慢读几句，想一想，再读几句。

当然也要写诗的。80年代，是诗的时代，不仅诗的凝练的表达应和了时代情绪，动乱结束之后一切都期待恢复重建的社会氛围也很诗歌，反思但是更多想象，伤痛但依然怀有浪漫憧憬，思考但其实并不充分，却终究是有幻想的，尤其被青春撞上，岂能不诗歌？春风、秋叶、冬雪、校园的石凳、童年去过的乡村、和老师会面、送友人毕业、老同学聚会、思绪……等等都是写诗的题材，除了新诗、散文诗，还有学习填的词。翻开80年代那本自己的诗歌本，橘红布面已经破损，装订线也脱落，纸张自然是泛黄了，但蓝色钢笔字都还很清晰。那时都是在草稿纸上写好，再誊抄在笔记本上的，所以字面清楚，写作的日期也是一清二楚，有的题目上自己还会画上一个小插图，看看这些题目——“校园里的石凳”“雪咏”“一片红叶”“赠别”“无歌的行板”“江南乡村散记”“山湖”“雨季里的独白”“诉说夜晚”……比如“仿佛是古远的篷帆/故事就缩在里面/开着紫色的花/咀嚼漂泊”，这是《无题》的第一段。那首《校园里的石凳》还获得过当时复旦的一个征文奖项，灵感来源于常常去早读的那些校园里的凳子，那时很多的感知似乎总会投射到物上。似乎常常忧伤，常常雨季，总有些“黑色的衣衫/顺着风顺着云飘走/灯突然暗淡无光/夜在诉说中凝滞”这样的情绪。今天再看这些少作，这些当时的心情心境，当时的表达，有点哑然，只是那正是生命的印记，又觉得释然了。

也参加了当时的复旦诗社，是81级的学长鼓励并介绍的，其实后来一直不是诗社的积极社员，只是好像参加了诗社，总归是要多多努力写诗的。也曾经有诗登在诗社社刊《诗耕地》上。记得在5号楼宿舍的走廊里，在现已拆掉的第二食堂楼上，和同学都聊过各自的写诗心得。诗歌是80年代年轻人共同的热情和话题。

毕业工作后，偶尔也还是写点诗，只是渐渐少了，橘红面笔记本上最后一首诗的写作日期是1989年9月。不是热情不再，而是不那么容易表达热情。其实，这么说也不合适，热情不是诗歌的单一元素。诗需要热情，需要想象，需要思考，需要恰当的文字，不过，写诗确实更需要一种热情，不是那种喷发的来得快去得也快的热情，而是一种回荡的情感，一种真正触碰到内心的情怀。很多很多年不写诗后，却在2006年客座韩国梨花女大工作时又提笔写诗，异乡的孤独和独特心境，想起了已故的外婆，想起她年老之后在家的寂寞，忍耐疾病的无奈和安忍，夜深径自潸然，一首《想起》自然流淌。

诗，总在心里。

更多的日子里，还是喜欢多读读诗经唐诗宋词，让汉语的菁华润泽滋养；读到有意思的现代诗，也会诵读一番，倘若课堂上正好逢着谈论诗，那一定是要吟诵的，文字的节奏、感情的律动、思绪的跌宕，诗的胜擅，如何能不沉醉回味。日子里的回味，各有层面，诵读好诗好句子，该是一种，而且成本最低，回报却是最深远的，它们探入你所知的细胞和不知的魂之深处，当下是品味，之后则绵绵回味。

资本大潮，价值失范，实务实利为上，诗确乎淡出人们视线了。只是淡出不是消失，总有人写着诗，读着诗，本来如70年代末80年代初那种诗的热潮其实也是特定时代的产物，人们有太多的话要表达，有太多的情绪要挥洒，诗的容器最是合适。然后，当很多东西重新归位，诗歌，甚或文学不再是关注之唯一实在是正常，那么，心中有诗的人总归会读诗，想写诗的人也总归会继续写诗，当然得是好诗，做作的、故作诗情的、生造的、不过是分行文字的诗句不在其列。不想写不想读的，那就离开，哪一天想念诗了，再回来，都是正常。

媒体介绍有个日本老太太92岁时在儿子的鼓励下开始写诗以打发老年寂寞时光，老太太越写越上心，出版了诗集《请不要灰心呀》，以此激励自己也激励世人，在2011年仙台地震时还应邀去电视台读自己写的诗，鼓励受灾的民众。她活到101岁，最后的时光都是在诗中度过的。老太太的生活因为诗而晚霞壮美。

有部韩国电影叫《诗》，说的是一位有些老年痴呆症初状的65岁老妇杨美子，做钟点工谋生，醉心于诗歌花草，业余报名参加了诗歌写作班，她的精神生活充实饱满。她得知孙子参与轮奸女同学，震惊，伤心，内疚，开始她与其他家长们一起同意赔款受害人（她无处筹钱，犹豫再三只能出卖身体给中过风的老雇主），但最后看到犯了罪却依然若无其事的孙子，她告发了孙子，自己则自我了断了生命。电影在诗的温暖和美中也同时展示了人生激越惨烈的一面，热爱诗的老妇杨美子用生命持守着良知。

无所谓年龄，无所谓职业，无所谓从哪一天开始，有心了，就和诗相约。

2013 年 4 月 22 日

跨界和“涉事”

近年来作家或媒体人开画展、或画家出书的事情不少，有些作家的毛笔字可能比他小说中的字单价要高出巨多，还有唱歌的写文章，主持人学画画，甚至借了名声干脆拍起卖来，演员挥毫书法卖出高价，或者演员演着演着唱起歌来，不一而足，大致此种现象被称之为跨界，当然如此跨界的称谓送上，似乎是一种社会的认可，而非你“跨”了，就真的能“界”点什么下来了。比如，有的作家或演员的字售价颇高，借的是其本行的名声；有的主持人的画不过票友水平，好评如潮涌的其实是其昔日的光环。其实，跨界不过是当下的词，早有文艺复兴式人物一说，比如达·芬奇，绘画解剖设计等在在精通垂史。当然，达·芬奇是跨界高端，非凡常人所为，多才多艺之俗语之说常人可借用。

第六届冰心散文奖颁奖会结束后，翌日举办了主题为“文学与美术的关系”的散文论坛，提出的就是所谓跨界的问题。有的发言者从自身既写作又绘画的角度，谈及文字和视觉之间的思维转化；有的评论者在欣赏画家高尔泰的具有批判性和思想性的随笔之同时，也指出这种美术和文学之间的跨界很可能会造成某种“左右逢源”，也就是说绘画的尝试也好，写写文章也罢，不过是拿来做敲门砖，特别提到“最怕官员写散文”。当然，很多官员提起毛笔写字就变成了“书法家”也是大家都可见之的现象（只是，常常是官位倒了，字也就不书法了）。也因此，有的论者对这种跨界并不看好。在倾听发言时，也在考虑文学和美术之间的关系，个人觉得其实无所谓跨界不跨界的，本身美术和文学都是一个人生命表达的载体，虽然前者主要以色彩/点/面/线条为主要表达方式，直接作用于视觉，后者以文字方式，更多需要思维的转化，可是，对创作者而言，只是表达形式的差异，相似的均为生命情感/思想的外化。当然，创作者的思维形式是有偏向的，有的比较视觉化，好比有的写作者的文字富有画面感，而有的画家的画作也超越了具象的限制，以抽象的形式通往某种更少边界的呈现；画家式的观察引入文学创作，对细节的深度传达当是有帮助的。在我看来，倘若是真正源于生命内在的创作，无论美术还是文学，它都是发源于创作者的心性，心性里涵泳了智性、感性，色彩表达是也，文字表达是也。比如我写读画散文，看一幅画，有线条色块墨色点染构图等技法层面的观看，其实更有对画画者的生命体悟，何以是“这一个”而非那一个生命会如此的表达，否则一样的技法，为什么他的表达让你共鸣？窃以为这是创作者性灵情致的转化了。

我在发言中表达了如此个人对美术和文学之所谓跨界的看法，窃以为在中国文化历史上，诗书画是文人的基本功，其实无所谓跨不跨界，也许在知识分工不断细化、专业壁垒强大的现代社会，如此多样化的表达才成为“跨界”，而现在跨界现象的层出不穷，自然也有某些人左右逢源，以此谋取各种利益，但倘若我们放宽眼光来看，或许也正是这样一种中国文化传统在当下社会的回归，也不妨视作一种文人心性的激发和回归。

当然这种心性的激发也是多面向的，有的则源于初心，由来已久的欢喜；也有的或为后天激荡，也许当物质层面上的东西得到相对的满足，回首寻找某种内心的出口，正赶上这一波，也就顺势赶趟了。就像有些土豪盆满钵满了也想换种玩法，于是找到“国学”、找到“身心灵”、找到了“田园”，然后搞搞书坊道场雅集等等，背后实际更多利益推动，面上总归知道要拿文化说事，当然如此文化暗中悄没声儿地被替换成了伪文化也实在不出意外。也有的是在真正寻找人生下半场的寄托，人生之“空”性或也是明白的，只是肉身难免要找点赖以维系的东西，在人生上半场熟悉的场域之外发现某些精神寄托，并身心投入，在“如梦幻泡影”的世间也是一种生命的流过。无论种种，以宽容的视野来看，一个人的生命期望在多元的面向上发散和表达，是生命的一种养成和成为。我们何必一定要以所谓专业的视域来限制人的内在呈现呢？

当然，一个人一生只做一件事，把一件事做到极致，确实非常好，非常庄严。但有的人喜欢多多尝试生命的多种可能，也很好啊，身心在人世间的各种经过各种体验，亦然是一种庄严。就以美术来说，或者再扩展一些——工艺，窃以为在机器越来越代替人力的现在是尚且能触摸到人的温度的领域。工作之余，做做木工，做做点心，感受人和物的联系，体悟在这种关系中的眼耳鼻舌身意，身心大概也会通透不少。现在写作大多在电脑前，长期如此其实伤害身体，而在笔墨间游走，手和笔和色彩和水之间的感觉强烈而微妙，全身的气息流动凝聚于此，能感受到与键盘前不一样的生命能量。笔者亦时有涂鸦，键字和提笔或书或画，心手相应，气手相合，凝神静心，洵是妙然。虽然，已有人说绘画在当下科技时代是一个落后的技术活了，不过，对个体生命而言，何须在意什么落后不落后，这些都是人为的价值限囿，人有意的是：生命的发现和自给自足，是生命在有限的时间里的完成。那么，又何须纠结什么跨界不跨界、能不能跨成，这些都是外在的评价，对个体来说，全身投入了，就满足了。

就算是实用一点的说法，一个人在不同领域的游走，但凡能用心，总会在彼此的差异中发现联系，在联系中感受不同事物的殊途同归，拓宽原有的视野和观念，推动身心的生长。

当然，这些想法大概也是比较“天真”了的，以心性而为的纯粹是如今的稀缺，多的是各种取巧各种旗号各种明修栈道暗度陈仓，不过，即便如此，个体能量的多种面向的发散还是值得肯定的。

其实，在中国古代，尤其宋元以来的文人艺术，诗书画是文人的“余事”，非谋生手段，乃一种生活方式。所谓八大山人所说的“涉事”，是生命的一种直接反应形式，兴之所至罢了，而不是因此要进入某些“协会”，进入“艺术市场”成为商品——毋庸讳言，这一脉文人传统，自明朝开始也发生了变化，艺术和市场捆绑密切，但是，真正的创作，是不设界限的，心的界也罢，专业的界也好，它驰骋的是生命畛域。

2014 年 10 月初

被“曹操”的手迷住了

——观 3D 京剧电影《曹操与杨修》

那天有缘看完 3D 全景声京剧电影《曹操与杨修》，竟然有些小激动，好像蛮久没有被大屏幕感染到了，一般喜欢宅在家里看电影，可以慢慢品赏细节，不太喜欢电影院里的那种过分的音效，早年间暗黑中的观影激情燃点似乎渐高了。但是，那天归来晚上竟然舍不得入睡了，想好好回味回味下午的观影体验，本来睡眠不佳，似乎正好找到一个理由，直到安眠药渐渐起效，曹操的那双手才模模糊糊从眼前消失。可是，白天一睁眼，还是看到了曹操的手，哦，不，是演员尚长荣的手。在现代影像的放大效果下，剧场内即便举架望远镜也未必如此纤毫毕现，无论中景近景还是特写，尚长荣赋予曹操的手以有机鲜活个性化的表现力，无论是求贤纳才欣然牵手杨修时的果断欣慰，还是因疑心错杀孔闻岱后知实情的懊悔遮掩，抑或忍痛杀妻以完谎言后以为杨修谅解时的迫切心情，乃至最后尽管有不忍终究下令杀杨修时的且颤抖且实锤定音，这些随人物性格性情心情而生的手之变，由不得让人不注意，也由不得不跟着演员的表演唱腔深入剧情。虽说近视眼镜再叠上 3D 眼镜，不免偶感不适，但以前在剧场看京戏容易走的神此时完全凝住，一场 120 分钟的京剧电影一气呵成。

猩红点点泪，心魂阵阵惊

当然，其实，不只是“曹操”的手让我着迷，不过以其来象征罢了，准确地说是整体让人受到感染。实话实说，我对三国的历史并不十分感兴趣，那些枭雄谋士们硝烟风起的旗号皆为天下苍生谋福祉，苍生是否得到福祉也已然消失在烟云中，不过历史也是无法假设的，后人只能去了解，并基于人性之大体古今皆然，倒也许能知古鉴今的。貌似扯远了，三国的历史大概也是颇能看到人性之各种表达的一个切面，群雄枭客争起，侠客谋士纷走，人和人之间自然是各种鲜活表现，惺惺相惜有之，争斗计谋有之，相爱相杀亦有之。具体到曹操和杨修，用当下这句相爱相杀也许也搭得上，自然，人性深处的幽邃远比相爱相杀要复杂得多。

曹操，民间有奸雄之称，京剧扮相常以白脸示之，但其疑心重的特点自然也无法遮掩他的胆略谋略高才，还有文名，否则如何挟天子以令天下，对内消灭袁绍袁术、吕布等割据势力，对外降服南匈奴鲜卑等，统一了中国北方，并恢复经济生产和社会秩序，奠定曹魏立国之基石。当然，过程并非一帆风顺，曹军兵败赤壁之战，曹操心急如焚，广纳贤才，助其伟业。3D 版的《曹操与杨修》开场即是赤壁之战的烽火硝烟，河流草船飞箭燃烧的火，直奔眼前，3D 电影的特点由此发挥得淋漓尽致。大场面的背景交代过后，展开京剧特点下的曹操与杨修之风神情貌，之人性纠缠，之相惜又相杀。

杨修何许人也，当然非等闲之辈，东汉太尉杨彪之子，出身簪缨之家，俊才捷才悟才，《世说新语·捷悟》篇曾记载四则杨修之捷才，令曹操自叹弗如。历史上杨修为曹操最后所杀自然不会如电影中那样如此这般，应该还和杨修助曹植与曹丕争位有关，也有说曹操杀杨修还有看不惯其父杨彪之故，位高权重者之间错综复杂，个中究竟且放一放，看看经历史改编了的《曹操与杨修》中两位能人的纠缠。京剧《曹操与杨修》是三十年前（1988年）上海京剧院的新编历史剧，其时影响甚大，并绵延至今，窃以为从中浓缩了许多人性至深至暗至幽之髓，时空变了，岁月流逝了，每个人还是依然可以看到那些不仅仅曹操和杨修，也是你我他的部分。

且看电影起首，曹操带领随从站在郭嘉墓碑前感叹，郭嘉是曹操统一北方的干将，曹操称之为自己的“奇佐”，惜乎三十八岁英年早逝，是故电影表现曹操看着看着似乎看到墓碑里突然蹦出郭嘉的身影，扬电影镜头之长，表曹之求贤心切。接下来杨修入主曹军，任曹操主簿，派遣好兄弟孔闻岱出生入死深入匈奴等外族之区运来粮草军马，却因曹操疑心孔通敌一刀杀死，后于杨修处得知原委心有懊悔，但位为丞相岂能轻易认错，以梦中杀人之疾搪塞过去，并厚葬孔闻岱。杨修岂能咽下这口气，设计曹操夫人半夜探视，曹操一听心中已知，夫人知此个中要害，不假曹操动手，自己举刀自刎，以圆曹梦中杀人之谎。由此，曹杨两人开始的亲密信任裂隙已无法避免，尽管曹操还将小女许配给了杨修，但裂隙一旦发生，何况两人又非轻易认错之人，一个丞相位高，威权不容侵犯；一个俊才，岂能弯腰？虽曹操正是用才之时，杨修又兢兢业业操心劳顿，然，埋伏已然十面，不过看上帝的手何时按动那个系扣罢了。

曹夫人刎颈后那场戏，曹操升职了杨修，厚葬了孔闻岱，许配小女予杨修，尚长荣的念白沧桑隐忍，曹操满以为杨修能冰释前嫌，如开头纳贤牵手时那般去拉杨修的手，迎接他的却是杨修之无视，自此，曹操的手就似乎再也不那么热情地伸出了，他俩的手也似乎再也不会拉在一起了。杨修临死前所云“我固死之晚矣”也是明白之语。到后来，虽然杨修依旧兢兢业业，恪尽职守，但和曹操在要不要兵出斜谷时发生分歧，乃至曹操为杨修牵马坠蹬，虽说曹操表面上没说什么，心里的结算是又打了一个。再后来，曹操也自知再不撤兵恐中了诸葛亮的埋伏，思量中下了当晚军营的口令为“鸡肋”，传至杨修处，聪明如杨修已然明曹之意，他赶紧去军营布置撤军事项，并安排小队兵马在关隘处布阵，说来杨修也是好心，只是其他将领得“鸡肋”令而不解，唯有杨修读懂曹操之心，并未知会曹操就擅自如此这般，做的都对，但犯了僭越之忌，本就心结重重之曹操这下再也忍不住。

施刑之际众将领除一人外皆为杨修求情，言兴朋一声音韵丰富之念白道出杨修心声：众将这是害了我呀！叹杨修并非不知人情世故，只是俊才之人日常行事多不屑与此也，原本其夫人得知此事后还劝杨修带上酒去跟曹操说说软话，说来也是翁婿之间，总还有转圜之余地，但杨修自觉无错，并不听劝，其妻与其母一般刚烈，待兵卒甫到架走杨修之际，同样的拔剑自刎，让人心颤。女性在男性系统话语权中，要么被怪罪为祸水，好像仅仅一个女人真能葬送家国；要么被送去和亲，忍辱负重换来边塞几年安宁；关键时刻反而更有担当。在《曹操与杨修》中，此情节与史实许有出入，但母女自刎在这部男人戏中好比皑皑白雪中的红梅落英，猩红点点泪，心魂阵阵惊。

眼波流转，唱念做打，纤毫毕现

也许扯远了，其实也是想说，在电影镜头面前，以往剧场里容易忽略或者难以细细品味的细节在此让人心随目走，随情节起伏，于人物表现而感激荡。加之全景声的音效系统，演员的念白唱腔稳稳地回荡剧场，且声音颗粒饱满，并无时而尖细时而过于高亢之虞。实话说来，我并非京剧戏迷，从小也无京剧熏陶，少时只有八个样板戏，也就是听“临行喝妈一碗酒，浑身是胆雄赳赳”，或者“我家的表叔数不清”的水平，当然杨子荣那高亢嘹亮响遏行云的唱腔也算让人初步了解京剧唱腔之美。及至年长，也慢慢补点课，对梅派等各种京剧流派，生旦净末丑，京剧脸谱的细究，戏服行头的奥妙，借助媒体书籍，也算略略知晓些。偶尔荧屏剧场听点折子戏，不过宽阔的剧场，只能看个戏服的华美、水袖的飘逸、武生的功夫，听唱腔的缭绕，大致线条的表演，至于眉眼举止之细节实在是勉为其难的。曾看资料说，当年梅兰芳先生为练眼神，专门养鸽子，极目注视鸽子飞翔，以助其眼神在舞台上灵活有神。在剧场里看不周全演员的诸如此类的精彩表演，也是遗憾的。至于戏剧电影，记得是看过根据昆曲《十五贯》改编的电影的，还应该有《杨门女将》，感觉似乎大体属于戏剧舞台片，当然荧屏上有时有些特写算是能看个仔细，不过总体来说，通常人们于京剧主要是听唱腔的。那么，3D全景声电影既对演员的表演提高了要求，反言之，姿态举止，眼波流转，兼之唱念做打，也使演员充分发挥才华本事，在镜头前酣畅淋漓，观众看来当然好不畅快。尚长荣和言兴朋，京剧世家出身，其艺术造诣无须吾等门外汉多言了，但是门外汉如吾等看来，两人单独的表演自然没得说，彼此的互动更加精彩，曹操之惜才爱才又控制不已地妒才，杨修之且恃才骄矜且勤勉敬业但不会轻易低下高傲的头颅，让人感叹不已。

看电视访谈中滕俊杰导演说有人看了此片，觉得有如当今职场风云。此言或也道出部分观众心声，不过窃以为其实倒无所谓职场不职场的，只要非个体独处，有人群之处，不管数目多少，也不一定如宫斗戏那么夸张，但人性之间的或微妙较量或公开叫板或刀锋凌厉或温柔补刀，在在不会缺少。若高手之间，不是有既生瑜何生亮之说吗？何况官本位文化之历史 / 现实语境，威权既要维护，但礼贤下士之态也不能没有，但贤才过于慧贤，若自知且不过分张扬，所谓如今说的低调低调，抑或分寸感极佳，或许有微妙之平衡，也可免杀身之祸。不过，人性怎会如此理性呢？命运怎会如此顺人心意呢？否则何来哈姆雷特式的“to be or not to be”？何来人生的风云跌宕？是故，曹操就是曹操，杨修就是杨修。尽管历史中的杨修也许并非如《曹操与杨修》中那般的前因后果而被杀，但即便渡尽劫波，他们之间也不会一笑泯恩仇的。性格，命运，悲剧，不过仨词汇，其间是人和人的缠绕，是人自身的缠绕，是人在环境中的缠绕。倘若能明了“空即是色，色即是空”，能修悟“空中无色，无眼耳鼻舌身意，无苦集灭道”，那么是接近于“佛”了。可惜，人不是“佛”，有人将人生视为修行路，有人把人生看作功名场，尽管大概也知道殊途同归奈何桥，只是有多少人能够明白和放下呢，“我与我周旋久矣”，周旋到最后一刻，还是那个“我”呀。

杨修临刑一幕，虽然兵卒声声来报，所报皆曹军虽遇险，但因杨修早就安排就绪，因此化险为夷，曹操心中也是明白杨修所为皆为大局着想，然，一干将领之求情让曹操不由转而妒怒，且如此功高盖主，以后的冲突也许不尽绵绵。刑前两人并坐，历数心中所思，也是各自明白，然也各自无法超越自个儿，此时的唱腔念白于音中有音、韵中含韵之外平添茫茫怆怆。

末了，尚长荣手指伸把令下，念出曹操那一声“杀”，声微颤，指更抖，然，食指中指用力往前探：“杀。”

紧锣密鼓无须敲，心中鼓声紧。何止一唱三叹。

杨修被杀后，曹军再次贴出招贤榜，因影片时长之故，镜头轻轻点过，但轻轻的分量并不轻，何其讽喻，何其暗喻，天下之熙熙攘攘之波涛诡谲岂有休矣。片尾，曹操再次站在郭嘉墓前，一身冬衣，雪花飘，寒气袭，一代枭雄何所思。何所思，思所何，古今中外，莽莽苍苍。

文质且彬彬，飞扬更浸润

本人比较老土，对创新一词不是特别敏感，记得以前有句话“创新是条狗”，好像每个人都要赶着它的尾巴，可紧赶慢赶，常常落空。话略糙，不过理不糙，因为不能无原则盲目地要求创新，倘若连传承还没做好，如何创新，从何处创来。一生二,二生三,三生万物，若是无一，宇宙大爆炸还有个奇点呢，恐怕难办的。所以，这些年来戏曲上常常有不少的创新曲目，自然有成功，但似乎一般般者也不少，并不是加了点现代声光化电之背景就算创新了，文质并举才彬彬。说到京剧创新，可能分歧也是不少的，京剧舞台唯一案俩椅一空地，千军万马可以走过，洞房花烛已经点燃，长亭相送十八里别过……舞台是实体，也是虚拟和想象的存在。好比那案或为饭桌或乃公案或作祭坛；而京剧中开门并无门，骑马不见马，以一种言外之旨想象和丰富了艺术魅力。正如刘勰所云“思表纤旨，文外曲致，言所不追，笔固知止”，实在也是中国美学之留白境界的。

略略扯开去，比如古琴艺术，因其音量不大，历史上通常视为文人修身养性之器，和其他乐器有些不同，一般琴箫合奏尽也，如今也有人以创新之名做百人古琴齐奏，在吾等爱好者看来也是脱离了本末的，毕竟也许节奏可一致，古琴特殊之琴韵如何能统一呢？不过，张岱《陶庵梦忆》有文“绍兴琴派”中云：“余曾与本吾、紫翔、尔韬取琴四张弹之，如出一手，听着骇服”，以张岱之尝有“练熟还生，以涩勒出之”之古琴美学观，不会不知合奏于琴是个坑，不过在高手之间看来还是有默契的。不过，对百人合奏古琴之类我还是持观望态度的。说回京剧，搬到大银幕上，倘若单单影像记录，其实早在中国电影诞生之初（1905 年），第一部中国电影即是与京剧的合作《定军山》，谭鑫培主演，后来京剧电影也是不胜枚举，此处不赘，不过，这些京剧电影虽然也蛮好，相对还是比较平面化一些，当然演员的表演是比舞台上看起来更加生动了，然近年来3D技术手段的加入，前有滕俊杰导演的《霸王别姬》和《萧何月下追韩信》，如今又有《曹操与杨修》，当下听闻滕导的第三部3D京剧电影《贞观盛世》正在紧锣密鼓地拍摄制作中，使京剧和电影的亲密接触较之以往的略有距离感的彬彬有礼，而变得水乳交融甚或飞扬起来，舞台的布景真实性强化，且兼之技术化特效的景深，观众不易出戏，当然也许布莱希特之间离效果是减弱了，以前听戏听戏，你知道是在听戏，可闭眼拍拍调门，关节处不忘喝个彩，好比“我”看着戏，也看着“我”在看戏，好的电影，是牵引你浸润的、代入的，与之同呼吸共命运的，直至黑幕出现演职员表，竟生出几分依依不舍，出来抬头蓝天白云或阴霾笼罩，心头却还涌动着银幕上的那些爱恨情仇（想想，人世间，林林总总的变异末了真正难离此四字），只是爱恨情仇还是会吸引你，你不会介怀那精髓之老梗，看好看的让人浸润的表现手段，也是人世间的梗。

这么说来，也且了然何以不舍入睡，自感得回味一番才算过完这一天，是因为被感染了，身心浸润了，京剧之本依旧，比如唱念做打，比如简略的空间施展广阔，扬鞭即代策马行军，等等，然3D摄影机，立体化了原先的舞台设置，全方位了人物的表演，技术并没有喧宾夺主，技术烘托阐扬了京剧之美，京剧既很京剧，又蛮日常，戏服行头虽在身，人物内心表达亦生活。是故，在我的陋见里，好的艺术，是不单单这个文本自身的，它有着丰富的能指，它好比一个隐喻，一个象征，过度阐释当然不必，但其内涵之丰沛，其义之悠远，其沟通生活与人性之厚重，时间和空间流逝变幻，它却还在。

2018 年 8 月底至 9 月初

后记

照例要写个后记，其实想说的话已经在自序中说过了，想表达的各种——叙事也好，感触也罢，也都在文章中了，所以，也就不必再多言了。

感谢嘉定文联给予我的这次机缘，能够将一些自己的文章结集出版，这是继《行色——龚静散文精选》(深圳海天出版社2016年6月版）之后的又一本自选集，也是自己对过往创作的一次回顾。感谢曾刊发这些文章的《文学报》《新民晚报》《文汇读书周报》《上海文学》《散文》《上海纪实》(电子刊）和《东方商旅》(航机刊物）等报纸杂志，感谢编辑朋友们的信任和支持。

收获的喜悦好像还没有，虽然自然会有一些淡淡的欢喜，算是流逝岁月中的生命之安慰，但持续地学习和生长才是时时深切之感，非如此，生命和写作无法拥有丰富的可能性。于是，《花半》的编选也是一次检省的过程。

感谢愿意分享《花半》的旧雨新知。

2019年1月28日

图书在版编目（CIP）数据

花半 / 龚静著.——上海：文汇出版社，2019.7
（新时期嘉定作家群文学丛书）
ISBN 978-7-5496-2886-5

Ⅰ．①花… Ⅱ．①龚… Ⅲ．①随笔－作品集－中国－当代
Ⅳ．①I267.1

中国版本图书馆 CIP 数据核字（2019）第 127927 号

花半

著　　者　龚　静
策　　划　朱耀华
责任编辑　徐曙蕾
特约编辑　甫跃辉
装帧设计　张志全

出版发行　文匯出版社
　　　　　上海市威海路755号
　　　　　（邮政编码 200041）

照　　排　南京理工出版信息技术有限公司
印刷装订　上海天地海设计印刷有限公司
版　　次　2019年7月第1版
印　　次　2019年7月第1次印刷
开　　本　890×1240　1/32
字　　数　200千
印　　张　9.625
印　　数　1-2800

ISBN 978-7-5496-2886-5
定　　价　39.00元